한국의 역사인물
가상 인터뷰집

홍지화 지음

ㄲㅇbook

| 목 차 |

Part 1. 나라와 백성을 위한 촛불이 되다

옛 선인들과의 수다를 통해 그들이 지금 우리들에게 보내는 시그널, 지혜의 메시지에 귀 기울러 보자.

옛날 옛적 위대한 인물들을 지금 이 순간 소환해 인터뷰를 진행한다면? 그들도 하고 싶은 이야기가 정말 많을 것 같다. 숲 속에서 "임금님 귀는 당나귀 귀"를 외치며 발설하고픈 욕구를 대신했던 어느 이발사처럼 당시에는 말할 수 없었던 비밀들, 아무한테도 말하지 못했던 이야기들이 마음속에 켜켜이 쌓였을 것이다. 너나없이 인간의 삶이란 게 본래 그런 것일 테니까.

이 책을 간단히 소개하자면 '알아두면 쓸모 있는 역사 이야기'다. 그리고 '읽어두면 쓸모 있는 역사 이야기'이기도 하다.

몇 년 전, 어느 날엔가 모 대기업의 사외보 담당 기획자님한테서 원고청탁을 받았다. 위인들의 가상 인터뷰를 소재로 글을 1년간 연재해 달라는 것이었다. 거 참, 재미있겠다, 하며 흔쾌히 수락했다.

글을 쓸 때마다 나는 신사임당도 되어보고, 광해군도 되어보면서

내가 마치 그들의 입장에서 생각하며 글을 써내려갔다. 소설적 상상력도 곁들여지며, 할 말이 넘쳐나 매번 한정된 지면의 압박을 받았다. 송고용 원고와 보관용 원고를 따로 만들어야 할 만큼.

어쨌든 내가 옛 위인들의 입장이 되어 1인칭적인 글을 쓴다는 것은 매우 재미있고 흥미진진한 일이었다.

담당자님이 말씀하시기를, 사외보 독자들의 반응도 매우 좋다고 했다. 계간으로 몇 년을 더 연재하고 끝을 맺었다.

그리고 그냥 컴퓨터 속에 묵혀 두기에는 아까워서 이 원고들을 다시 카카오 브런치에 올렸다. 공유수가 3천이 넘었고, 검색을 통해 총 8만 여명이 내 브런치에 방문했다. 한 가지 특이한 점은, 학생들의 중간 기말고사 시즌에 조회수가 폭발적으로 증가한다는 것이었다.

최대한 고증되고 검증된 자료를 참고로 해서 글을 썼다. 그러므로 이 책을 정독하는 것만으로 우리나라의 역사를 알고, 훌륭한 위인들의 삶을 거울 보듯 들여다보면서 우리의 삶을 대하는 태도와 가치관도 달라질 것이라 생각한다.

　여기 호출되신 위인들도 우리와 다를 것 하나 없는 평범한 사람들이었다. 하지만 그들은 자신의 인생을 다르게 살려 노력했고, 꿈을 꾸고 쉼없이 노력했다. 암울한 시대와 엇박자를 내면서도, 온갖 장애물에 막혀 넘어지고 쓰러져도 굴하지 않고 꿋꿋이 최선을 다해 무언가를 남기거나, 지키거나, 꿈을 이루려 노력했다. 어쩌면 세상이, 난세가 평범했던 그들을 위인으로 만들었는지도 모를 일이다. 그들은 우리에게 말한다. 꼭 다른 사람과 같은 길을 가려 애쓸 필요는 없다고, 남들보다 조금 늦어도, 늦깎이여도 괜찮다고. 이제 그 파란만장하고 흥미로운 이야기 속으로 그들과 함께, 그들과 속 깊은 대화를 나누는 시간이 되기를….

　명장 이순신과 벗이 되어도 보고, 자신이 바로 나비박사 석주명도 되어보자. 그들은 여러분 가까이에 있다.

2021년 11월의 어느 스산한 가을날 밤에

홍 지 화

Part 1

나라와 백성을 위한 촛불이 되다

이내 몸은
나라와 백성들을
지키는 도구일 뿐이오

백전무패, 불멸의 이름이 된 이순신

"죽고자 싸우면 반드시 살 것이고, 살고자 비겁하면 반드시 죽을 것이다."

즉 필사즉생, 필생즉사(必死卽生 必生卽死). 대한민국 국민이라면 다들 한번쯤은 들어본 말일 것입니다. 이 말은 자신의 목숨을 걸고서 조선의 바다와 영토를 왜의 침략으로부터 기필코 지켜낸, 그 이름도 유명하신 명장 이순신(1545~1598) 장군의 좌우명입니다.

이순신 장군은 당대의 척박한 환경에 맞서 목숨을 걸고 전쟁에 임함으로써 위기에 처한 나라와 백성들을 구하였고, 세상을 떠난 후에는 각별했던 충효정신과 대쪽 같은 청렴정신, 그리고 백성들을 사랑하고 아끼는 애민정신으로써 훌륭한 리더가 갖추어야 할 덕목이 무엇인지 일깨워 주었습니다.

10

일제 강점기 역사학자 정인보는 이순신장군을 가리켜 '명장이라기보다 성자(聖者)'로 평가했고, 언론인 천관우도 충무공 이순신을 '영웅, 혹은 성자로 일컬을 만큼 흠 없는 완전무결한 인물'로 표현했습니다.

이순신장군은 우리나라 뿐 아니라, 세계 해전사에서도 넬슨제독에 견주어도 부족하지 않을 만큼의 명장(名將)으로 칭송받고 있는데요. 영국의 해전사연구가이며 이순신을 연구한 발라드(G. A. Ballard) 제독은 그에 대하여 다음과 같이 평하기도 하였지요.

'이순신 제독은 서양 사학자들에게는 많이 알려져 있지 않으나 그의 업적은 그로 하여금 위대한 해군사령관 가운데서도 뛰어난 위치를 차지하게 하였다. 이순신은 전략적 상황을 가장 잘 파악하고, 비상한 해군전술과 전쟁에서의 유일한 참정신인 불굴의 공격원칙에 의하여 항상 고무된 통솔력을 겸비했다. 어떠한 전투에서도 이순신이 참전하기만 하면 승리는 항상 결정된 것과 다름없었다. 이순신의 물불을 가리지 않는 맹렬한 공격은 절대로 맹목적인 모험이 아니었다. 이순신은 싸움이 벌어지면 공격을 머뭇거리지 않았으나, 승리를 확보하기 위하여 신중을 기하는 점에 있어서는 넬슨제독과 공통점이 있다.…(중략)…영국인으로서 넬슨과 어깨를 나란히 하는 장수가 있다는 사실을 인정하기는 쉽지 않으나, 만약 그렇게 인정할 만한 인물이 있다면 그건 바로 조선의 이순신 제독일 것이다. 그는 전쟁터에 나가 단 한번도 패배한 일이 없고, 전투 중에 전사한 위대한 동양의 해군사령관이라는 점은 틀림없는 사실이다.'

'이순신' 하면 자동적으로 떠오르는 것이 있는데요. 바로 '거북선'이죠. 그 이전에도, 당대 그 누구도 생각하지 못한 세계최초 철갑선 거북선을 발명해 전쟁을 승리로 이끌었던 이순신 장군. 나약한 한 인간으로서 감당하기 버거운 위기 속에서도 묵묵히 자신의 소임을 다해 조선의 바다와 백성들을 지켰던 이순신 장군님을 이 자리에 소환하여 여러 말씀을 들어보도록 하겠습니다.

이번 인터뷰는 인생 스케일이 워낙 크신 분이기에 밤샘 토크로 이어져, 이야기가 많이 길어질 것 같습니다.

활을 잘 쏘던 아이, 장군이 되다

인터뷰어 안녕하세요, 장군님. 이 자리에 모시게 되어 영광입니다.

이 순 신 나도 반갑소. 후대양반. 그래, 무엇이 궁금하신가? 허심탄회하게 이야기해 드리겠소.

인터뷰어 장군님은 다섯 살 꼬마들도 알 만큼 대한민국에서 이름이 많이 알려진 분이시지만, 그래도 인터뷰에 나오셨으니까 본인 소개를 안하고 넘어갈 수는 없겠죠? 본인 소개 부탁드리겠습니다.

이 순 신 후대양반들이 궁금한 게 많다고 나오라고 해서 나온 것일 뿐, 나는 나를 정면에 내세우는 게 부담스럽소. 허나, 사실에 입각하여 내 소개는 하리다. 내 공식적인 직함은 조선 선조 때에 정읍현감, 진도군수, 전라좌도수군절도사 등을 지낸 무인, 즉 장수 이순신입니다.

본관은 덕수(德水) 이씨였으며, 나는 조선 인종 1년인 1545년 4월 28일에 서울 건천동, 지금으로 말하자면 중구 인현동쯤 되겠소. 한 평범한 집안의 셋째 아들로 태어났소.

우리 가문은 대대로 문신을 배출한 문벌가문이었으나, 할아버지(이백록)가 기묘사화(1519년(중종14) 남곤, 홍경주 등의 훈구파에 의해 조광조 등의 신진 사대부들이 숙청된 사건) 일파로 간주되어 관직에 나아가지 못해 문신으로서의 명맥이 끊겼지요. 할아버지는 훈구파가 찍어내고자 했던 조광조 같은 기묘사림의 핵심 인물은 아니었지만, 기묘사림이 시행한 별과(別科)에 추천된 120인 중 한 사람으로, 「기묘록 속집」에 이름이 올랐소. 아버지(이정) 역시 과거에 급제하지 못하셨고요. 나도 본래 과거급제를 염두해 두고 어릴 적부터 사서오경을 탐독했소. 내가 칼을 들고 사람의 목을 베는 무인인데도, 「난중일기」 와 같은 글들을 남긴 것도 사대부 집안에서 나고 자란 까닭이었소. 어려서 활쏘기도 좋아했지만, 글

읽기도 즐겨했습니다. 즉 나는 글을 다룰 줄 아는 당대에는 보기 드문 장수였지요.

부모님께서 지어주신 이름의 뜻도 이와 무관하지 않을 터. 내가 우리 집 셋째 아들인데, 위에 두 형 이름이 희신, 요신이고, 막냇동생은 우신이었습니다. 우리 형제들의 가운데자 이름이 중국 고대의 삼황오제 중에서 복희씨와 요·순·우 임금에서 따온 것인데, 부모님께서 아들들이 자라 세상에 나아가서 성군을 섬기는 훌륭한 신하가 되라는 뜻을 담지 않았나, 싶소. 아버지께 확인해보지는 않았지만, 아비 된 자의 마음으로 그냥 느끼는 거지요. 나한테도 네 아들들이 슬하에 있었으니.

인터뷰어 장군님은 현재 현충원이 있는 아산에서 자라신 것으로 압니다만, 서애 유성룡 대감님에 의해 처음 장수로 발탁이 되었다지요. 7년 전쟁 임진왜란(1592년~1598) 을 극복하게 한 양측이 된 두 분이신데요. 유성룡 대감님과는 어떤 인연이셨어요?

이 순 신 껄껄. 세 살 위 동네 형아였어요. 그분으로 말할 것 같으면 정말 사대부가(家)의 뼈대 굵은 관찰사 대감님댁 도련님이셨어요. 온 고을에 총명함으로 소문이 자자했던 서책벌레 모범생이셨는데, 스물 다섯에 과거에 급제하셨지요. 사실 집안 신분이 서로 다르다 보니까 어릴 적에 그 분과 친하게 어울린 건 아니었는데, 마을을 지나

다니면서 활쏘기며 개구지게 노는 나를 유심히 지켜보신 것 같소.

인터뷰어 유성룡대감님이 남기신 임진왜란의 기록서, 즉 「징비록」에서 다음과 같이 어린 시절의 장군님을 인상 깊게 회고하셨는데요. '이순신은 어린 시절 얼굴 모양이 뛰어나고 기풍이 있었다. 성품 역시 영특하고 활달하였으며 남에게 구속을 받으려 하지 않았다. 다른 아이들과 모여 놀 때면 나무를 깎아 화살을 만들어 동리에서 전쟁놀이를 했다. 마음에 거슬리는 사람이 있으면 그 눈을 쏘려고 해 어른들도 그를 꺼려 감히 군문 앞을 지나려고 하지 않았다. 자라면서 활을 잘 쏘았으며 무과에 급제해 관직에 나아가려고 했다. 말타고 활쏘기를 잘 했으며 글씨를 잘 썼다.' 라고요. 장군님이 어려서부터 명장의 기질을 타고나신 듯합니다.

이 순 신 그런 모양이오. 그런데 사실 좀 위험하게 놀았던 것 같아서 살짝 부끄럽기도 하오. 자기 마음에 안드는 사람이라고 해서 함부로 대하고, 특히 나뭇가지를 깎아 만든 활로 그의 눈을 겨누는 것은 대단히 위험하고 잘못된 행위임을 후대 분들도 잘 기억해두길 바라오. 그리하면 안되는 일이오.

아무튼 내가 유성룡 대감한테 많은 은혜를 입은 건 사실이오. 무능한 임금 선조와 시기심이 하늘을 찌르는 조정 대신들의 모함을 받아 내가 위기에 처하고 모진 고초를 겪을 때마다 그는 자신의 모든 걸 내걸고 기꺼이 내 편에 서서 나를 지지해주었소.

인터뷰어 한양에서 나고 유년기를 보내셨는데, 갑자기 아산으로 이사를 하게 된 까닭은 무엇인가요? 그리해 아산이 장군님의 연고지가 되었지요. 장군님을 기리는 현충원도 그곳에 자리하게 되었고요.

이 순 신 아산은 내 외가입니다. 그리된 까닭은 우선 아버지가 벼슬을 하지 못하셨고, 경제적으로도 어려운 상황이었소. 예나 지금이나 한양, 즉 서울은 가난한 이들이 살기에는 녹록치 않은 곳이지요. 조선은 철저히 남성중심의 사회였지만 그 이면에는 여성을 배려하는 제도도 있었소. 조선 중기까지도 널리 시행되던 남귀여가혼(男歸女家婚) 제도가 바로 그것이오. 혼인을 하고나서 남편이 처가에서 일정기간 거주하는 이 풍습은 아내와 처가의 위상을 드높이는 계기가 되었소. 널리 알려진 사례는 신사임당과 율곡 이이대감의 경우지요. 두 분을 상징하는 대표적인 지역이 강릉인 것도 그러한 까닭이죠.

인터뷰어 장군님은 나라와 백성을 위하는 충심도 깊으셨지만, 효심도 그에 못지않게 깊으셨던 걸로 알고 있습니다. 한 일화로, 어머니를 뵈러 가실 때 새치를 모두 뽑고 가셨다지요. 아버지를 여읜 조카들도 친자식처럼 거두셨을만큼 성품이 인자하셨다고 전해집니다.

이 순 신 불의를 보면 분노하고, 우는 사람 앞에서는 함께 울며 그 고통을 나눠 짊어지는 게 사람이자 장수의 마땅한 도리라 생각합니다. 아버지 대신 어머니가 실질적인 가장 역할을 하시며 우리 형제들을 힘들고 어렵게 키우셨어요. 우리 어머니는 굉장히 현명하셨던 분으로 아들들을 끔찍하게 사랑하셨으나, 가정교육만큼은 엄격하셨지요. 유년시절에 다소 거친 면이 있기도 했던 내가 성품이 어질고, 후에 명장으로 나라에 큰 공을 남길 수 있었던 것도 어머니로부터 받은 큰 영향과 가르침 때문이었소. 잠시 자화자찬 한마디 하겠소. 나는 사실 칼을 다루고 사람의 목을 베는 살벌한 전쟁터의 장수이지만, 내 본모습은 인자하고 다정다감한 선비요. 사대부가 사람이라면 기본적으로 갖추고 있어야 할 충효정신과 글과 시에도 능했으며, 정의롭고 용감함을 두루두루 겸비했는데, 그 모든 게 어머니의 영향에서 비롯된 것이오. 늘 어머니에게 자랑스러운 아들 순신이고 싶었소. 늙어가는 모습, 다쳐서 아픈 모습을 보이는 것도 불효라고 생각했소. 그래서 어머니를 뵈러 갈 때에는 새치를 깔끔히 정리하고 용모단정한 모습으로 갔소. 아, 요즘처럼 염색약이 있었으면 좋았을 것을. 차라리 먹물을 바르고 갈 것을 그랬나보오. 껄껄. 지금도 가슴이 미어지는 것은, 내가 조정 대신들의 모함을 받아 의금부에 하옥되어 모진 고초를 겪느라 어머니의 임종을 지키지 못했다는 것이오. 임진왜란 중에 난 두 명의 가장 소중한 사람을 잃었소. 내 어머니와 내 아들 면이. 그게 지금도 가슴에 뜨겁고 아픈 화상자국으로 남았소.

함경도 변방 말단장수에서
수군 지휘관이 되기까지

인터뷰어 장군님은 당대 사람들의 경우에 비하면 비교적 늦게 무과에 급제하여 무인의 길을 걸으신 걸로 알려져 있습니다. 그에 대해 자세한 말씀 부탁드리겠습니다.

이 순 신 그랬소. 내 나이 서른하고도 둘, 즉 1576년(선조 9년)에야 식년무과에 병과로 급제하여 권지훈련원봉사로 처음 관직에 나갔소. 나는 항상 늦깎이 인생이었소. 그 전에도 하는 일없이 무위도식한 건 아니오. 어릴 때부터 무인의 자질을 보였지만, 나는 대대로 선비집안 출신이었기에 문과 응시를 준비했소. 과거 급제를 해 금의환향을 꿈꾸면서 문과 과거 준비를 열심히 했소. 한 햇수로 십년 문학 수업을 하다가 결혼한 지 1년 뒤 차차 식구들이 늘어나고, 해서 인생의 방향을 크게 틀어 본격적으로 무예를 배우기 시작했소. 그 때 문학을 공부한 게 내가 무인으로서 드물게 「난중일기(亂中日記)」를 비롯, 여러 시편을 남긴 밑거름이 되었소. 그러다가 스물여덟 살이 되던 해에 비로소 무인 선발시험의 일종인 훈련원별과에 응시하였으나, 시험장에서 달리던 말이 거꾸러 넘어져서 낙마해 왼쪽 다리를 다치고 실격하였소. 다리에서 피가 나서 버드나무 껍질이라도 벗겨 다친 다리를 동여매고 마지막까지 최선을 다했으나 실격처리를 당하고야 말았소.

낙방한 후에도 계속 무예를 연마해, 4년 후인 1576년(선조 9) 2월 식년무과에서 병과(丙科)로 급제했소. 그 당시 내 나이 서른 하고도 두살이었으며, 임진왜란이 발발하기 16년 전이었소. 내 생애가 대부분 그러했지만, 이때부터 절대 호락호락하지 않은 관직생활이 서프라이즈로 펼쳐졌소. 다른 사람한테 아첨을 떨거나, 간사함이나 처세술과는 거리가 먼, 내 대쪽 같은 성품 탓도 있겠으나 내 신념이나 가치관에 반하는 매우 힘들고 어려운 관직생활의 연속이었소. 사실 전쟁터에서의 싸움보다, 인간관계가 더 풀기 힘들고 어려운 실타래 같았소.

인터뷰어 첫 근무지는 어디셨는지요?

이 순 신 1576년 무관으로 급제 후, 첫 임지는 지리적 여건이 매우 험악한 함경도의 동구비보권관이었소. 기후와 산세가 험악한 지형이지요. 굽이굽이 이어진 산과 하늘밖에 안보이는. 해서 나뿐만 아니라, 그곳 근무자들은 고생이 많았소. 이듬해에는 발포수군만호를 거쳐, 건원보권관, 훈련원참군으로 발령받았고, 사복시주부가 되었소.

인터뷰어 그 당시에도 조정에 억울하게 문책을 당하셨다지요?

이 순 신 부친상을 당해 잠시 관직에서 물러나, 당시 3년 상을 마친 후, 함경도 조산보만호 겸 녹도둔전사의로 임명되었소. 지리적 여건상 우리나라 최북단 함경도인 탓에 중국 여진족들의 거주지와 인접해 있었소. 여진족들의 침입이 빈번해, 우리 백성들의 살인, 약탈 등 피해가 많은 곳이었소. 그래서 당시 내 상사인 병사 이일(李鎰) 장군에게 국방강화를 명목으로 군사를 더 보내줄 것을 요청하였으나 결국 묵살 당했소. 헌데 얼마 후, 정말 여진족떼의 침입을 받고 우리의 몇 안되는 적은 군사로 막아낼 수가 없어서 부득이 피하게 되었소. 맞서 싸우는 게 불가능했소. 나는 우리 병사들의 목숨도 소중했소.

그런데 함경북도 병마절도사 이일(李鎰)은 이 사건을 패전으로 간주했고, 그것이 오로지 경흥부사 이경록 대감과 내 탓이라며 우리를 오히려 문책하였소. 싸우지 않고 피한 죄. 심지어는 여진과 내통했다는 모함도 서슴치 않았소. 군사를 요청했을 때에는 충원도 안해줬으면서 말이오. 이경록 대감과 함께 옥에 갇혀 장형을 받아 매를 맞았소. 나는 억울했소. 목숨을 걸고 이일의 결정에 불복, 병사 충원을 들어주지 않고, 패배의 죄를 우리에게 묻는 것은 옳지 않다며 내 행동의 타당함을 주장하였소. 마침 이 사실이 조정에 알려져서 중형을 면하기는 하였으나, 나는 첫번째 백의종군(白衣從軍)이라는 억울한 길을 걸었소.

그러던 내게도 드디어 무인으로서 활약할 기회가 왔소. 1588년(선조 21) 1월, 나를 무고했던 병사 이일이 이천오백여명의 군사를 이끌고 여진족 점령지를 급습해 가옥 200여 채를 불사르고 380여 명을 죽인 승전보를 울린 보복전에 참전해, 공을 세움으로써 백의종군에서 벗어나게 되었소.

인터뷰어 임진왜란에 대해 사실적으로 기록한 책, 유성룡 대감의 「징비록」을 보면 "이 사건으로 말미암아 사람들이 이순신을 알게 되었다"고 쓰여 있는데요. 그만큼 장군님은 바른 말이 아니면 입 밖에 내지 않고, 바른 길이 아니면 가지 않는 원칙주의자셨군요.

이 순 신 나는 평생을 원칙주의자로 살았소. 그런데 당시에는 이런 태도가 통하지 않았소. 상식과 원칙이 통하지 않는, 매우 갑갑한 현실이었소. 나는 사람들한테 미운털 박히기 딱 좋은 사람이었소. 내가 공직에 몸담은 내내 버릴 수 없었던 원칙을 엄수하는 강직함은 나를 때로는 크고 작은 곤경에 빠뜨렸소. 현실적인 불이익과 모함을 너무 많이 받았소. 내가 자기들과 다르니까 두려웠던 게지요.

그러나 얼마 후, 그 일로 말미암아 내 이름이 조정에까지 알려져서 파격적인 승진도 하게 되었소. 1580년(선조 13년) 7월 발포(현재 전라남도 고흥군)에 종 4품 수군만호로 임명된 것이오. 이 인사에서는 파격성도 눈에 띄지만, 무엇보다 내가 처음으로 수군에 배치되었다는 사실이 중요하오. 장차 조선 수군의 미래를 책임질 첫 단추가 그리 끼워진 셈이오.

인터뷰어 그 때 장군님을 후대 사람들이 청렴의 아이콘으로 불릴 만한 일화가 생겼다지요. 이른바 '오동나무사건'.

이 순 신 내 직속상관인 전라좌수사 성박이 자신의 이방을 보내 거문고를 만들 나무가 필요하다며 발포 객사의 잘 자란 오동나무를 베어가려고 하지 뭡니까? 관청 소유의 나무를 개인의 소유 목적으로 쓰다니요. 절대 안될 말이지요. 해서 내가 극구 반대를 했소.

추후 항명 어쩌고저쩌고하며 나에게 별다른 인사 조치는 따르지 않았으나, 얼마 후 서익과의 악연이 불거졌소. 예전에 친척의 참군 자리를 청탁했다가 심사관인 나한테 일언지하에 거절당한 데에 앙심을 품은 서익이 방문을 하자, 그 속을 빤히 아는 성박은 나에 대해 온갖 험담을 그에게 미주알고주알 늘어놓았소. 병기의 상태를 점검하는 군기경차관 신분으로 발포에 내려온 서익은 그의 말에 맞장구를 치며 내가 병기를 제대로 보수하지 않았다고 조정에 악의적으로 보고한 것이오. 서익의 보고로 말미암아 나는 1581년(선조 14) 5월, 두 해 전의 관직인 종8품 훈련원 봉사로 다시 강등되었소.

훈련원의 임무는 크게 시취와 연무, 두 가지요. 그 후 나는 함경도 최전방으로 다시 나가 고생하다가 1586년 서울로 돌아와 정6품 사복시 주부를 맡았소. 이때부터 임진왜란이 일어나기 전까지 나는, 일부 나를 마뜩찮게 여기는 대신들의 반대를 받기도 했지만 그런대로 순조롭게 무신으로서 승승장구 했소.

1589년(선조 22) 12월, 정읍현감에 제수되기도 했고, 1590년(선조 23)

에는 내 지지자였던 유성룡대감의 추천으로 평안도 강계도호부 고사리진의 병마첨절제사(종3품)에 임명되기도 했었소. 당시 만호 임명 때와 비슷한 파격적인 승진이었는데, 대신들과 삼사들의 반대로 며칠 후 취소되었소. 한 달 후, 다시 평안도 만포진 병마첨절제사에 제수되었지만 그 역시 대신들의 반대로 무산되었소. 그들은 아첨과 파벌을 모르는 원칙주의자인 내가 마뜩찮아 그저 이유도, 명분도 없는 반대를 위한 반대만 일삼았소. 한마디로 말해, 전쟁나면 바리바리 싸들고 피난가기 바쁜 무능한 양반들이 하는 짓은 더 치졸하고 더럽소. 요즘 세상에도 나라의 높으신 양반들이 싸움질만 하고 있지 않소?

인터뷰어 예. 뭐 그렇다고 볼 수 있죠. 내내 육군에만 계셨는데, 그럼 언제 수군으로 옮기신 건가요?

이 순 신 앞서 잠깐 언급했다시피 1580년(선조 13년) 7월 발포(현 전남고흥)에 처음 종4품 수군만호로 부임했지만 얼마 후, 함경도로 발령이 나고 백의종군도 하고 나름 바빴지요. 그런 후 1591년 2월, 주먹구구식 행정으로 단 며칠 만에 세 번의 자리를 거쳐서 옮겨 앉은 게 바로 전라좌도 수군절도사(정3품)였소. 그때 내 나이 불혹을 넘긴 마흔 여섯이었고, 임진왜란을 14개월 앞둔 시점이었소. 무과에 급제한 지 어언 15년, 한번의 백의종군을 포함해 여러 곤경과 실전을 온 몸으로 부딪치며 쌓은 노하우를 나이테처럼 새긴 끝에 마침내 수군의 주요 지휘관 자리에 올랐소. 변방의 말단 장수의 이력으로 앞으로 다가 올, 게다가 준비도 전혀 안된 거대한 국난, 7년 전쟁 임진왜란에 맞서 온몸으로 겪어내야 하는 수군 지휘관 자리는 내게 그야말로 하늘이 내린 형벌과도 같이 가혹했소. 임금과 조정 대신들은 내게 아무 도움이 되지 않았소. 한마디로 말하면, 공중전만 빼고 산전수전 다 겪었던 셈이지요.

백성이 있어야 나라가 있다
-임진왜란의 포화 속으로 자신을 던지다

인터뷰어 장군님, 이제 7년 전쟁 임진왜란에 대해 말씀을 나눠볼까 해요. 정말 일본, 즉 왜에 아무 낌새로 못 느꼈고, 따라서 아무 준비도 못한 상태에서 어느 날 갑자기 왜의 공격을 받고 전쟁이 발발한 거죠.

이 순 신 그렇소이다. 나는 전라좌도수사로 있을 때 곧 왜의 침입이 있으리라는 예측을 어느 정도 했소. 그래서 조정에 내 생각을 전하고, 혹시 있을지도 모르는 전쟁에 대한 준비와 국방력 강화를 끊임없이 건의했으나 받아들여지지 않았소. 그들은 쓸데없는 걱정을 한다며 오히려 나를 조롱했소. 당시 조정 사람들은 유비무환의 정신도 모르는, 제 욕심에 눈이 먼 사람들이었소.

인터뷰어 그랬군요. 그에 대한 자세한 말씀 부탁드립니다.

이 순 신 1589년 정읍현감으로 재직 중에 유성룡대감에게 추천이 되어 고사리첨사로 승진되었고, 이어서 절충장군으로 만포첨사와 진도군수 등을 지내고, 내 나이 어느덧 마흔 일곱이 되던 해에 전라좌도수군절도사로 임명되었소.

곧 왜침이 있을 것이란 첩보를 입수. 그에 대비하여 좌수영(현 여수)을 근거지로 삼아 전쟁 중 직접 전투가 벌어질만한 예상 지역을 선별해 군비를 확충하는 등 내 나름의 왜의 침략에 최대한 대비하도록 노력했소. 더 나아가서 군량미 등 확보를 원활하게 하고자 우리 조선의 최남단 지역에 위치한 섬, 즉 해도(海島)에 둔전(屯田)을 설치할 것을 조정에 몇 번이나 건의하였소. 하지만 조정에서는 일어나지도 않을 전쟁을 왜 미리 걱정하느냐며 설레발을 떤다고 나를 비웃는 사람들이 많았소.

하지만 그 이듬해인 1592년 4월 13일, 왜의 침략으로 임진왜란이 발발되었소. 일본군 15만여명이 조선을 침략했소. 그 하루 전날, 나는 거북선을 완성했소. 지금처럼 전화나 통신 수단이 없었던 때라서 사람이 말을 타고 직접 달려가서 전쟁 발발 소식을 전해야 알 수 있었던 때였소. 왜의 대군이 부산포 앞바다로 대거 몰려와 우리 백성들을 약탈하고 죽이고 있다는 급보가 전라좌수영에 있는 나에게 전달된 것은 그로부터 이틀 뒤였소. 나는 온 몸의 피가 끓어올랐소. 가슴이 불같이 뜨거워졌으나, 머리는 오히려 차가워졌소.

이 날은 마침 공휴일이라서 업무를 보지 않고 있었는데, 해질 무렵 경상우수사 원균으로부터 왜선 350여 척이 부산포 앞바다에 정박 중이라는 소식도 부족해서 부산과 동래가 함락되었다는 급보가 함께 들어왔소. 전쟁의 실전 준비가 전혀 안된 상황에서 그들이 무얼 할 수 있었겠소. 우왕좌왕, 발만 동동 굴렸겠지요. 그러는 사이에 왜군은 우리 양민들을 습격하고 죽이고 약탈하고…. 암튼 그랬소.

부산포 수군의 총 책임자였던 경상좌수영 원균의 수군은 왜선단에 맞서 공격은커녕 방어도 제대로 못하고, 그대로 부산포가 함락되는 굴욕과 수모를 안겼소. 경상좌수사 박홍은 부산포가 함락된 뒤에야 자기 슬하의 장졸들을 몇 명 이끌고 동래에 당도하였으나 동래가 왜군에 함락되는 것을 보고는 군사를 돌려 육지로 도망쳤다했소. 나는 처참한 부산포를 상상하니 기막혔소. 게다가 후대에 장수 자격이 없는 비겁하고 찌질한 인간의 대명사가 된 원균은 한 술 더 떴소. 거제도에 거점을 둔 우수사 원균은 적군이 그곳에 당도하기도 전에 전투의지를 상실하고 바다를 내줌으로써 사실상 조선수군은 왜군과 한번 제대로 맞붙지도 못한 채 조선의 바다를 점령당했소. 나는 그런 사실에 분노하였소. 장수가 칼을 버리다니. 내게는 있을 수 없는 일이었

26

고, 이해되지도 않았소.

인터뷰어 그래서 장군님은 무얼 하신 거지요?

이 순 신 분노하고 화를 낸다고 상황이 달라질 건 없지 않소? 나는 적에 맞서기에 앞서 전황을 면밀히 분석한 후, 즉시 전선을 재정비하고 전쟁태세를 갖추었소. 어떻게든 적에 치명타를 입히는 게 내 목적이었소.

마침내 4월 29일, 내가 지휘하는 전함대는 수영 앞바다에 총집결, 매일매일 장수들이 머리를 맞대고 작전회의가 열리고 강도 높은 훈련도 강행하여 완전한 전투태세를 갖추게 되었고, 5월 2일, 내가 총지휘관으로 기함에 승선해 적과의 대전을 펼칠 모든 준비를 끝마치고 바다로 나아갔소. 출전 당시 규모는 전선 24척, 협선 15척, 포작선 46척, 도합 85척의 대선단이었소. 그 모든 걸 나는 조정의 도움 없이 꾸렸소.

그로부터 나흘 뒤 한산도에 이르러 경상우수사 원균의 선단을 만났으나, 전선 3척과 협선 2척에 불과, 매우 초라한 규모였소. 애들 전쟁놀이 하자는 것도 아니고 실전인데, 그래가지고서 무슨 전쟁에 내선다는 것인지 딱하였지만 그래도 원균 함대와 연합함대를 꾸리지 않을 수 없었소. 나는 그를 진심으로 대했소.

7일 옥포(玉浦) 앞바다를 지날 무렵 척후선으로부터 적선 30여척이 가까이 있음을 알리는 첩보가 당도했소. 왜군놈들은 조선의 수군이 해상으로부터 공격해 오리라고는 생각도 못하고 육지에 올라가서 불을 지르고 약탈과 살인 등 온갖 만행을 자행하고 있었소. 조선인들의 귀와 코를 베어가서 자신의 실적으로 윗선에 보고한다고 들었소. 나는 치가 떨렸소. 그들이 더 이상 우리 백성들을 괴롭히는 걸 내 눈으로 보고 있을 수가 없었소. 우리 수군의 맹렬한 공격 소식을 듣고서 급히 왜군놈들이 배에 올라 도망가려 뱃머리를 돌렸으나 나는 그들에게 도망칠 기회를 주지 않았소. 우리 수군의 위력을 아직 모르고 우왕좌왕하는 왜군들에게 총 공격을 퍼부었소. 우리 수군의 포화와 불화살에 왜군 배 26척이 격파되고 많은 왜군 병사들이 죽었소. 이 싸움이 바로 옥포대첩으로, 최초의 내 해전 승리로 알려진 것이오.

인터뷰어 앞서 임진왜란이 발발하기 하루 전날, 거북선을 만들었다고 하셨습니다. 그럼 거북선은 언제 출전했습니까? 거북선에 대해서도 간단히 설명해주십시오.

이 순 신 거북선이 처음 바다에 모습을 드러내게 된 것은, 그러니까 5월 29일 사천 해전이었습니다. 육지전투에서는 왜군 말발굽에 한양 지나 개성까지 함락된 날이었소. 거북선을 처음 본 왜군들은 무슨 괴물을 본 것처럼 오금을 저리고 아연실색했소. 내가 고안하여 군관 나대용 등 부하들과 함께 만든 것이지만 정말 멋지게 잘 만들었소. 말하자면, 세계 최초의 돌격용 철갑전선이지요.

거북선이 첫 사천 해전을 비롯해 참전 때마다 돌격전선으로서 제 기능을 발휘했소. 그 어떤 틈도 보이지 않을 정도로 매우 견고해서 적군의 배가 감히 거북선을 쓰러뜨리지를 못했소.

내가 당시 조정에 승전 보고를 하며 남긴 「당포파왜병장(1592년 6월14일)」 글에도 자세히 나와 있듯이 거북선은 적에 대항한 방호력 측면에서 가장 최강의 무기였소.

"신이 일찍이 왜적들의 침입이 있을 것을 염려하여 별도로 거북선을 만들었는데, 앞에는 용머리를 붙여 그 입으로 대포를 쏘게 하고, 등에는 쇠못을 꽂았으며 안에서는 능히 밖을 내다볼 수 있어도 밖에서는 안을 들여다볼 수 없게 하여 비록 적선 수백 척 속에라도 쉽게 돌입하여 포를 쏘게 되어 있으므로 이번 출전 때에 돌격장이 그 것을 타고 나왔습니다."

즉 거북선은 보통 판옥선과 달리 갑판 윗부분까지 완전히 덮개를 씌워서 방호력 측면에서 훨씬 강력하고 우수했소. 덮개를 씌웠을 때 방어뿐만 아니라, 아군의 움직임을 전혀 알아볼 수 없는 장점이 있소. 다시 말해서 적군이 아군에게 조준 사격을 가하려 해도 눈에 보이지 않으니 어찌 하겠소. 적의 공격을 무력화 시키고 우왕좌왕하게 만들기 딱 좋소.

이런 우수한 방호력을 바탕으로 아군의 피해와 희생을 최소화하면서 거북선은 선봉에서 돌격선 역할을 수행했소. 먼저 거북선으로 하여금 적선이 있는 곳으로 진격하여 먼저 천자, 지자, 현자, 황자 등 여러 종류의 총통을 쏘게 했소.

임진왜란 다음해인 1593년 조정에 보낸 보고서의 한 구절인데, 다음과 같이 「조진수륙전사장(이순신/1593년 9월)」에 기록돼 있지요.

"거북선이 먼저 돌진하고 판옥선이 뒤따라 진격하여 연이어 지자·현자 총통을 쏘고, 포환과 화살과 돌을 빗발치듯 우박 퍼붓듯 하면 적의 사기가 쉽게 꺾이어 물에 빠져 죽기에 바쁘니 이것이 해전의 쉬운 점입니다."

이처럼 거북선과 판옥선은 임진왜란 해전에서 조선 수군의 승리를 뒷받침한 가장 강력한 무기였으며 결정적인 수군 승리의 토대중 하나가 되었소.

거북선은 두꺼운 개판과 개판 위에 설치한 바늘처럼 뾰족한 철침으로 인해 적이 배로 뛰어오르는 것을 원천적으로 봉쇄할 수 있었을 뿐 아니라, 적의 화살과 조총 총탄도 어느 정도 막아낼 수 있었소. 당시 조선 수군의 주력 군함이었던 판옥선은 1층 갑판에 있는 인원들만 보호할 수 있었소. 2층 상장갑판의 전투요원은 보호가 불가능했고, 적에게 노출된 공간에서 활을 쏘거나 적에 맞서 백병전을 벌일 수밖에 없었소. 하지만 거북선은 배에 탄 모든 사람을 적에 노출 시키지 않은 채, 실내에 두어 보호할 수 있다는 것이 무엇보다 최대 장점이었소. 내 부하들은 모두들 소중하니까 말이오.

사실 왜군들은 해전에서도 적의 배로 뛰어들어 칼과 창으로 승부를 가리는 단병전을 선호했는데, 조선의 입장에서는 왜군들이 우리 아군의 배로 뛰어들어 단병전을 못하게 막고, 아군의 강점인 활쏘기와 화약무기 사격으로 적을 제압하는 게 가능하다면 더없이 좋은 것이오. 그 같은 필요에 의해 나는 기존의 판옥선 위에 철갑으로 덮개를 씌우고 용머리를 앞에 세워 화포를 쏘게 하는 형태의 거북선을 제작하게 된 것이오. 즉 기본 갑판 위에 갑판을 한 층 더 높인 군함이 판옥선이고, 그 갑판 위에 아예 철갑덮개를 씌운 군함이 거북선이오.

인터뷰어 예. 그렇군요. 장군님이 생전에 너무 바쁘게 사셨기에 이야기가 많이 길어졌어요. 시간 관계상 이제 주요 사실과 주요 해전만 살펴보도록 하겠습니다. 그해 6월, 한양과 평양마저 왜군에 함락당하고, 선조는 평안북도 의주까지 쫓겨 피란을 갔지요? 장군님은 선조임금을 개인적으로 어찌 평가하십니까?

이 순 신 신하된 도리로 임금을 감히 평가하는 것은 천부당 만부

당하나, 지금은 나도 그도 이승에서의 신분이 사라졌으므로 이 한 마디는 정말 하고 싶소. 선조는 정말 더럽게 무능하고 덕이 없는 임금이었소. 그는 유성룡으로, 이이로, 나로 이름만 대면 후대 사람들이 다 알만한 유능한 신하들을 많이 거느렸을 정도로 타고난 인복이 매우 좋았으나, 그 인재들을 제대로 이용할 줄을 몰랐소. 무엇보다 신하들을 신뢰하지 않았고, 의심과 시기로 그들의 진을 뺐소. 간신과 충신을 구별하지 못하는 어두운 눈을 가진 임금이었기에, 나라가 왜에 짓밟히고 백성들의 삶이 도탄에 빠지고 불행했소. 내가 정유재란 때에 원군과 이중첩자 요시라의 모함으로 두 번째 백의종군하던 날, 성문 밖에서 큰절도 안올리고 나온 이유요. 한달 넘도록 모진 고문과 심문을 받고, 백의종군하며 남해안으로 가던 직후에 나는 어머니 부고를 받았소. 나라를 지키고자 했지만, 결국 나는 내 어머니 임종마저 지키지 못했소. 흔히 임금은 하늘이 내린다고 하지 않소? 하지만 선조는 임금의 자리에 걸맞는 리더십을 갖추지 못한 못난 양반이었소. 한마디로, 임금 자리에 어울리는 그릇이 아니었소.

인터뷰어 앞서 옥포대첩에 뒤이어 6월 2일에 있었던 당포대첩에 대해 이야기를 부탁드립니다.

이 순 신 당포해전에 앞서 거북선이 첫 출동한 사천해전에 대해 먼저 말하고 싶소. 내게는 의미 있는 전투요.

옥포해전이 있었던 다음날, 고성의 적진포에 정박중인 왜선을 쫓아가 13척을 불태웠소. 1차 출동 후 전력과 전선을 보강해, 다음 전투에 대비하고 있던 차에 왜군의 주력함대가 서쪽방향으로 계속 직진하고 있다는 첩보가 들어왔소. 나와 생각이 대체로 잘 맞았던 전라우수사 이억기 장군에게 우리 힘을 합해 같이 출동하여 왜선을 격파하면 좋겠다고 제안하였소. 그렇게 이억기장군과는 의견일치를 봤지만, 그 사이 다시 경상우수사 원균으로부터 왜선 10여 척이 사천과 곤양 등지로 진격하고 있다는 첩보를 받고 예정된 출동일을 앞당겨 선제공격을 가하기로 하였소. 마치 무슨 게릴라처럼 적군의 함대는 여기저기서 계속 출몰하였소. 그 때는 지금같이 레이더 기술이 전혀 있지도 않았고, 그 지역 사람들의 첩보에 전적으로 의존해야 했소. 말을 타고 하루 이틀을 달려와 내게 전해야 했소.

마침내 5월 29일, 거북선을 선두로 해서 23척의 판옥선을 이끌고 여수항을 출항하였소. 노량에 이르러 원균 장군의 보고를 받은 후, 우리의 무적함대 수군은 곧 적군이 정박 중인 사천 앞바다로 향했소. 근데 왜군은 대부분 상륙해 이미 육지로 올라간 상태였고 해변에는 왜선 12척이 남아 있었소. 그런 싸움은 하나마나한 거요. 해서 육지에 상륙한 왜군을 바다로 유인해 섬멸할 계획을 세웠소. 그 작전계획은 적중하여 왜선 12척을 파괴하고 많은 왜군을 섬멸하는데 성공했소.

인터뷰어 육지로 올라간 왜군을 어떻게 바다로 다시 유인하셨는지요?

이 순 신 그건 군사기밀이라서 공개하기 곤란하오. 어쨌든 이 전투에서 군관 나대용 등이 부상을 당하였고, 나도 적의 조총탄에 맞아 왼쪽어깨가 뚫리는 부상을 입었소. 이 사천전투에서 최초 출동한 거북선의 위력은 획기적인 것이었고 찬사를 받았소. 거북선을 처음 본 왜군들의 표정을 봤는데 그렇게 재미있는 구경거리도 없습디다. 무슨 바다괴물을 보는 듯 놀라서 우왕좌왕했소.

그리고 6월 2일, 왜선이 당포에 정박 중이라는 첩보를 받고 곧 그곳으로 달려갔소. 당포 선창에는 일본의 수군장 가메이[龜井玆矩]와 구루시마[來島通元]가 이끄는 대선 9척, 중·소선 12척이 정박하고 있었소. 왜군의 규모만 보더라도 큰 전투가 벌어질 것 같았소. 왜군들은 우리 백성들을 대상으로 방화와 약탈을 자행하다 조선수군을 보고 선제공격을 해왔으나, 거북선을 앞세운 조선수군의 맹렬한 공격으로 엉망진창이 됐고 대패했소. 게다가 우리 공격으로 말미암아 왜장 구루시마까지 죽었소.

근데 이때 한 피난민으로부터 거제도로 도피하였던 왜군의 함대가 다시 당항포로 도주하였다는 첩보를 입수했소. 이억기장군과 내 연합함대는 그 즉시 당항포로 달려갔소. 왜군들은 보이는대로 즉각

없애 버린다는 게 내 목표였소. 당항포 앞바다에는 왜의 대선 9척과 그 외 중선 4척, 소선 13척이 정박 중이었소. 우리 조선수군을 발견한 왜의 수군은 먼저 공격을 가해 왔소. 우리 아군의 함대는 적선을 모두 포위하고 먼저 거북선으로 맹공을 가하였소. 그야말로 놈들은 독 안에 든 쥐새끼들이었던 게지. 말하나 마나 결과는 우리 아군의 대승이었소. 왜선은 모두 소실되었고, 왜군들도 대부분 물에 빠져 죽거나 화포와 화살에 맞아 죽었소. 우리 수군은 정말 무적함대였소. 이순신의 거북선과 무적함대라 할까?

인터뷰어 예. 연이은 대승. 대단하십니다. 다음은 명량, 노량과 함께 이순신의 3대 전투 중 하나인 한산도대첩에 대해 이야기를 부탁드릴게요.

이 순 신 한산도는 지형적 여건상, 적에게 호락호락한 여건이 아니오. 거제도와 고성 사이 견내량은 지형이 좁아 사방으로 헤엄쳐나갈 길도 없고, 적이 궁지에 몰려 섬에 상륙한다 해도 굶어죽기에 딱 알맞은 곳이었소.

1592년(선조 25) 5월 29일부터 제2차로 출동한 우리 수군은 6월 10일까지 사천, 당포, 당항포, 율포해전 등지에서 대승을 이어갔으나, 육지전투에서는 계속 패전의 소식만 거듭되었소. 왜군은 육지에서 위로위로 진격해 나아갔소. 한양이, 평양이 모두 짓밟히고, 결국 임금과 조정은 피란길에 올랐소. 그러자 적은 기세등등해져서 거제도와 가덕도 부근에서 적선이 적게는 10여 척에서 많게는 30여 척까지 떼를 지어 몰러 다니며 자기네 육군을 뒷받침해 주고 있었소.

당시 전라좌수사였던 나는, 전라우수사 이억기장군과 힘을 합해 재차 출동을 결정하였소. 이때 일본은 수군의 패전을 만회하고자 병력을 대폭 증강해 조선으로 보냈소. 와키사카 야스하루 장수가 이끄는 제1진은 70여 척을 거느리고 웅천방면에서 출동하였고, 구키 요시타카의 제2진도 40여 척을, 제3진의 가토 요시아키도 많은 병선을 이끌고 조선의 바다로 들어와 위협을 가하고 있었소.

나는 7월 6일 이억기 장군과 더불어 49척을 거느리고 전라좌수영(현: 여수)을 출발, 노량에 이르러 경상우수사 원균 장군의 함선 7척과 합세하였소. 7일 저녁 조선 함대가 당포에 이르렀을 때 왜의 크고 작은 함선 70여 척이 견내량에 들어갔다는 첩보를 접하고 이튿날 전략상 우리 아군에게 유리한 한산도 앞바다로 적의 함선들을 유인해서 토벌할 작전을 세웠소.

먼저 판옥선 대여섯 척을 보내 적의 선봉을 급습하게 했소. 우리 군의 공격을 받은 적선이 일시에 쫓아오자 아군 함선은 거짓 후퇴를 하며 적을 한산도 앞바다로 유인하였소.

우리의 계획대로 한산도 앞바다까지 적의 함선이 쫓아오자, 서로 계획한 약속의 신호에 따라 아군의 모든 배가 일시에 북을 치며, 뱃길을 돌리고 호각을 불면서 학익진을 펴고 일제히 왜군을 향하여 진격하였소. 거북선의 지자총통과 현자총통, 승자총통 등 모든 화력을 총 동원해서 왜선들을 격파하고 불살라 66여척이 산산이 파괴되었소.

왜군의 이름 있는 장수들이 모두 스러졌고, 백병전으로 적의 목을 자른 것이 86급, 기타 물에 빠지거나 칼이나 창에 찔려죽은 수가 수백 명에 이르렀소. 한산도로 겨우 도망친 왜군 400여 명은 군량미도 없이 13일간을 쫄쫄 굶다가 운 좋게 탈출하였소. 아주 통쾌한 전투이자 승리였소. 이 전투는 내 전투뿐만 아니라, 임진왜란의 3대 대첩 중 하나로도 손꼽히오. 그 결과 일본 수군은 완전히 전멸하였소. 나는 이 전투의 공로로 정헌대부로 승진하였고, 나를 도운 이억기 정군과 원균장군도 가의대부로 승진하였소. 그러나 그러한 직책이 무슨 의미가 있겠소. 아무리 잘 해도 조정과 한번 삐끗 어긋나면 역모죄가 되어 죽이네 살리네 하는 중죄인이 되는 암울한 시대였는데.

아무튼 한산도 대첩 이후 나는 안골포(현: 창원군 웅천면)에 있었던 적선들도 격파하였소. 뿐만 이니라, 자기네 수군이 조선의 수군에 의해 전멸당했다는 소식을 들었을 왜의 수군장은 안골포에 정박 중이었소. 나는 그쪽이 수심이 얕아서 적선을 유인해 공격하려 하였으나 적선이 포구 밖으로 나오지 않자, 여러 장수들을 교대로 보내 종일토록 적선공격을 명하였소. 적의 큰 함선들은 싸우지도 않은 채 거의 부서져 버렸소이다.

그 결과, 가덕도 서쪽 지역을 우리 수군이 완전히 장악했고, 따라서 다음 목표는 왜의 심장부인 부산포를 기습 공격하기로 이억기 장군, 원균장군과 연합함대를 결의했소. 판옥선 44척을 비롯해 총 166척의 대함대였소. 그게 1592년 9월 1일에 있었던 부산포해전이오. 이 전투로 우리 조선의 수군이 일본 수군의 전선을 완전히 격파했소. 1백여척을 격파했는데 일본 본국과의 연락을 차단하고 왜군의 해상 활동을 위축시켰소. 살아남은 자들은 육지로 도망쳤고요.

인터뷰어 여기서 한가지 질문을 안 드릴 수 없는데요. 조선 수군은 그토록 강했는데, 임진왜란은 왜 7년동안 이어진 거죠?

이 순 신 바다에서의 전투와 육지에서의 전투가 성질이 다르기 때문이오. 물 위에서의 전투가 육지에서보다 더 치명적이고도 용이하오. 특히 왜군은 일대일로 맞붙어서 싸우는 걸 선호하기 때문에 육지전투에 강하오.

인터뷰어 그렇군요. 그럼 3대 대첩 중 하나인, 1597년 9월 16일 정유년에 있었던 명량대첩에 대한 이야기 부탁드릴게요. 임진왜란을 일으킨 토요토미 히데요시가 죽자, 명나라와 일본이 일종의 휴전 교섭인 강화회담을 실행했고, 그 회담이 일본의 성과 없이 결렬된 이

후, 본국으로 철수했던 왜군이 엄청난 군대를 이끌고 다시 침입한 거죠? 이를 정유재란이라 이름하고요.

이 순 신 그렇소. 나는 우리 조선의 문제를 명나라가 나서서 이렇고 저렇고 하는 게 매우 기분 나빴소. 우리 국권은 우리가 지켜야 마땅한데 왜 남의 나라가 우리 운명을 결정짓는지 몹시 불쾌했소. 아무튼 왜군을 멀쩡히 살아보낸 것에 부아가 치밀었는데, 다시 침입해 주니 왜구 박멸의 기회는 이때다, 싶었소. 이번에야 말로 결코 살아서는 못 돌아가게 해주리라, 복수를 다짐하며 전투에 만전을 기했소.

그러나 명량대첩에 대해 이야기하기 전에 한 가지 더 설명할 문제가 있소. 나는 정유재란이 발생했을 때 원균장군의 모함으로 바다에 나가보지도 못하고 의금부로 압송되어 옥에 갇혀 혹독한 고초를 겪었소. 겨우 죽을 고비를 넘기고 2차 백의종군까지 했소.

인터뷰어 아, 그렇군요. 2차 백의종군이 시기상 먼저지요.

이 순 신 그 일이 발생한 배경에 대해 설명하자면 다음과 같소. 순전히 원균장군의 열등감과 피해의식, 시기심에서 비롯됐소. 성품이 좀 까칠하고 이기적이었거든. 그리해 결국에는 자기도 치욕스럽게 목숨을 잃고, 나라와 백성들도 위기로 몰아넣었소. 지금 생각해도 참 한탄스러운 일이오.

그 일의 발단은 왜군 장수 고니시의 부하이자 세작, 즉 첩자인 일본인 요시라라는 자가 경상우병사 김응서에 알리기를, 가토(가토 기요마사/ 가등청정 : 임진왜란을 선봉에서 이끈 왜군 장수)가 조만간 조선으로 건너올 테니까 수군에게 그를 생포할 것을 은밀히 건의했다 하오. 그러자 그 말에 귀가 솔깃해진 조정에서 당시 수군통제사였던 나 이순신에게 가토의 배가 조선 바다에 도착하는 즉시 그를 잡아오라는 명을 내렸소이다.

내 생각에는 그 첩보라는 게 아주 미심쩍었소. 간악한 왜의 속임수인 것 같았소. 내 직감은 언제나 맞았고 그 때도 그랬소. 그러나 나는 장수요. 조정에서 출동하라면 그것이 부질없는 일인 줄 알면서도 출동해야 하는 것이오. 알면서도 부득이 출동할 수밖에 없었소. 허나, 가토는 며칠전에 벌써 서생포(현 : 울주군)에 들어와 있었소. 천부당만부당한 것은 그를 놓친 게 전부 내 책임이, 내 죄가 된 거요. 마치 내가 명을 어기고 출전을 지연해 그를 일부러 잡지 않은 것처럼 말이오. 그동안 쌓은 공은 온데간데없이 사라지고.

그들이 그런 터무니없는 주장을 했던 이유가 나를 전라좌수사겸 수군통제사로 앉힌 영의정 유성룡 대감을 함께 엮어서 몰아내고자 하는 반대파의 계략이었소. 나를 먼저 파직시키고, 죄인 이순신을 전라좌수사 자리에 앉힌 유성룡 대감을 다음으로 몰아낼 속셈이었지요.

근데 이 바람에 불씨를 던진 게 바로 원균 장군이었소. 경상우수사 원균은 내게 시기심과 열등감을 가진 사람이었기에 노골적인 불만을 드러내며 나를 모함하는 상소를 여러 번 올렸소. 아마도 그는 자만하여 수군통제사 자리를 탐했던 듯 싶소.

원균장군의 상소를 읽은 선조는 아둔한 사람이었기에 현재 정세가 어찌 돌아가고 있는지 실정을 정확하게 파악하지 못했소. 간신들의 말만 귀에 담을 뿐이었소. 그는 원균의 상소만을 믿어 의심치 않아 내게 크게 노했소. 이순신이 임금의 명령을 어기고 출전을 지연해 가토를 놓쳤다는 죄를 물어 나를 모든 관직에서 파직하고, 원균장군에게 그 직을 대신하게 하였소.

하지만 언제나 그랬듯 유성룡대감은 끝까지 나를 지키고자 옹호했소. 그는 임금에 간곡히 청하기를, 통제사의 적임자는 이순신밖에 없으며, 만일 한산도를 잃는 날이면 호남 지방 또한 지킬 수 없다며 간청하였지만 소용이 없었소. 임금은 나를 잡아들이라 명하였고. 나는 정유재란의 폭풍우속에서 더 어찌지를 못하고, 모든 걸 내려놓은 채 포송줄에 묶여 한양으로 압송되었소.

내가 2차 왜란, 즉 정유재란이 있을 것을 예측하고 준비한 게 꽤 되었소. 한양으로 압송되기 전, 나는 그 소식을 듣고 전선이 있던 가덕도에서 한산도로 급히 와서 원균 장군에 인수인계를 했는데, 당시 한산도에는 만석이 넘는 군량미가 있었고, 화약도 4,000근, 총통은 각 선척에 적재한 것을 제외하고도 300자루가 되었소. 그 정도면 전쟁 준비는 아주 충분할 정도였으나….

인터뷰어 원군이 그걸 모두 말아먹었군요?

이 순 신 그렇소. 모두 남김없이 말아드셨소. 당시 영남지방 도체찰사 이원익이 이순신이 체포되어 압송 중이라는 소식을 듣고서 왜군이 두려워하는 것은 이순신이 있는 우리의 수군인데, 원균한테 그 자리를 맡겨서는 안 된다며 반대하는 상소를 선조에게 올렸지만 소용없는 일이었소.

내가 압송되어 소달구지가 지나는 곳곳마다 백성들이 길을 막고, 땅을 치며 통곡했소. "사또, 우리를 두고 어디를 가십니까. 이제 우리는 모두 왜군의 칼에 죽은 목숨들입니다. 제발 우리를 살려 주십시오"라며.

헐벗은 백성들의 모습에 내 가슴도 천갈레 만갈레 찢어지듯 아프고 슬펐소. 내 무슨 부귀영화를 꿈꾼 것도 아니고, 나라와 백성들을 지키고자 열심히 일하고 목숨걸고 싸운 것밖에 없는데, 나를 그리 내치다니 무능하기 짝이 없는 선조가 아닌, 하늘이 한없이 원망스러웠소.

며칠을 걸러 한양으로 압송된 나는 임진왜란 소용돌이 속에서 나라를 위기에서 구한 은공은 모두 무시된 채 한 달여 동안 혹독한 1차 신문을 받았소. 그들이 말하는 내 죄는 이러했소. 조정을 기만하고 임금을 능멸한 죄, 적을 토벌하지 않고 나라를 저버린 죄, 다른 사람의 공을 빼앗고 모함한 죄, 방자하여 꺼려함이 없는 죄. 나는 기가 찼소.

그들이 바라는 건 유성룡대감과 나를 엮어 대감을 내치려는 수작이었으나 나는 아무리 육체적으로 정신적으로 견디기 힘든 고문에도 사실만을 말하였소. 1차 신문으로 몸이 쇠약해지자, 우의정 정탁의 적극적인 변호로 신문을 더 이상 받지 않아도 되었으며 의금부에서 겨우 풀려난 후, 도원수 권율장군이 지휘하는 진영에서 두번째 백의종군을 하게 되었소.

인터뷰어 그 직후에 또 슬픈 일이 있으셨다지요?

이 순 신 불행이란 엎친 데 덮치는 법이오. 하늘이 참 무심하였소. 2차 백의종군 당시 권율장군을 도우려 남해안으로 향하는 길에서 어머니의 부고를 받았소. 그전에도 바빠서 자주 찾아뵙지도 못했는데 한달 넘게 옥에 갇혀 있다보니 어머니가 편찮은지도 모르고, 임금을 능멸한 죄인이라고 집안도 쑥대밭이 됐을 테고, 어머니 임종도 못 지켰소. 이렇게 영영 이별이라니, 세상천지에 나 같이 불행한 사람이 또 있을까 싶어서 일찍이 죽는 것만 같지 못하다고 한탄했소. 남해안으로 가던 길에 집에 잠시 들러 우리 어머니를 그리며 성복을 마친 다음 슬픔과 애통한 심정을 누르고 다시 남쪽으로 향하였소. 내겐 할 일이 아직 남아 있어 죽을 수조차 없었소.

그 해 7월, 당시 삼도수군통제사였던 원균이 왜군의 유인전술에 빠져 거제도 칠천량에서 전멸에 가까운 패배를 당해 내가 그간 힘써 일군 조선의 강한 수군 무적함대는 그 흔적조차 사라져 버렸소. 내가 어렵게 일군 한산도 군비마저 완전히 초토화된 상태였소. 타인이 애써 이룬 것에 숟가락만 얹는다고 그와 같이 되지는 않소. 어리석은 원균장군은 그걸 몰랐소. 정말 희망이라고는 손톱만큼도 보이지 않았소.

원균이 이끌던 수군이 대패하고, 그가 적이 쏜 화살에 맞고 사망했다는 소식이 조정에 전해지자 대신들은 어찌할 바를 몰랐고, 선조는 대신들을 불러 모아 긴급회의 같은 걸 했다는데 그들이라고 별 뾰족한 수를 내놓을 리가 있었겠소? 영양가 없는 헛소리만 구구창창 늘어놓을 뿐이었지. 그때 오로지 병조판서 이항복대감이 이순신을 다시 삼도수군통제사로 기용할 것을 강력하게 주장하였다 하오.

그리하여 조정을 기만하고 임금을 능멸한 죄, 적을 토벌하지 않고 나라를 저버린 죄, 다른 사람의 공을 빼앗고 모함한 죄, 방자하여 꺼려함이 없는 죄 등 온갖 중죄를 뒤집어씌워 죽이고자 했던, 그렇게 버림받고 내쳐졌던 나를 선조는 다시 불러들여 조선의 수군을 책임지는 삼도수군통제사 자리에 다시 앉힐 수밖에 없었소. 마치 발에 맞는 새 짚신이 없으니까 아쉬운 대로 엊그저께 내다버린 낡은 짚신이라도 다시 주워서 신는 것처럼 나도 그의 헌짚신이 된 기분이었소.

당시 선조는 양심의 가책이라도 느꼈는지 뭐라 항변할 말이 궁해서 교서에 다음과 같이 썼더이다. "지난번에 경의 관직을 빼앗고 죄를 주게 한 것은 또한 사람이 하는 일이라 잘 모르는 데서 나온 것이오. 그래서 오늘날 패전의 욕을 보게 된 것이니 그 무엇을 말할 수 있겠소." 라고. 늦게라도 자신의 무지함을 깨닫게 되어 다행이었소.

두려움을 용기로 바꿀 수 있다면
이루지 못할 일이 없다

인터뷰어 그럼 원균의 대패로 모두 조져먹은 조선의 수군 진영을 어떻게 정비해 명량대첩을 승리로 이끄신 건가요?

이 순 신 생전에 내 아들과 술을 한잔 나누면서 이런 덕담을 했소. "전쟁은 누구나 두렵다. 나도 두렵다. 허나, 그 두려움을 용기로 바꿀 수 있다면 못할 것도, 이루지 못할 일도 없다."

피할 수 없다면 당당히 맞서야 하는 거요. 나에게는 하고 말고의 선택의 여지가 없었소. 처음부터 다시 시작한다는 마음 자세로 우리 수군 진영을 재정비했소.

유성룡 영상대감 등 몇몇 대신들의 간곡한 건의로 나는 삼도수군통제사에 재임용되어 남해 등 수군진영을 돌며 두루 살폈으나 남아

있는 것이라고는 군사 120인에 병선 12척이 고작이었소. 그것도 배설장군이 칠천량해전에서 가까스로 탈출시킨 거요. 아무 도움도 안 되는 조정에서는 전투를 나가지 말라, 만류했소. 그러나 나 이순신은 그렇게 비굴한 사람이 아니오. 나는 우리 백성들을 지킬 의무가 있었소. 나는 전선과 진영을 최대한 재정비하고 전투에 참여할 뜻이 있는 백성들을 모아 칼과 활을 다루는 법을 가르쳤으며 열세였지만 수전에서 적에 대항해 당당히 싸울 것을 결의하였소.

정확히 말하면, 명량대첩은 정유재란 때인 1597년(선조 30) 9월 16일 명량(울돌목: 현, 전라남도 진도 바다와 육지 사이의 해협)에서 일본 수군을 상대로 싸워 대승한 전투요.

군중에 남아 있던 쓸만한 함선이라고는 아까 말한 12척, 거기에 일반 백성들이 나중에 가져온 한 척이 더해져서 13척이 전부였소. 정말 그 모습에 눈물겨웠소. 당시 왜의 수군은 한산도를 지나 남해안 일대에 출몰하면서, 육군의 육상 진출과 동시에 서해로 진출하려 하였소.

따라서 나는 왜군이 서해로 나아가는 물목이 되는 명량을 꼭 수호하지 않으면 안되었소. 내가 8월 29일 벽파진(현 : 전라남도 진도군 고군면 벽파리)에 도착했을 때 왜군은 그곳 진영에 있는 조선 수군을 무력화 시키고자 여러 번 야간 기습공격을 감행했소. 하지만 우리 수군의 철저한

경계로 뜻을 이루지는 못하였소.

며칠을 두고 왜군의 정세를 주도면밀하게 파악, 명량의 지형적 여건상, 즉 물살이 빠르고 협소하여 회오리가 치듯 하는 명량의 바다에서 그대로 적과 싸우는 것이 매우 불리하다고 판단하였소.

9월 15일, 나는 조선 수군의 본거지를 우수영(현: 전라남도 해남군 문내면)으로 옮겼소. 다음 날, 이른 아침 적군이 명량으로 쳐들어왔소. 적의 전선은 133척으로 확인되었소. 나는 출전 명령을 내리고, 선두로 나서서 명량으로 향하였소. 그 때 명량의 조류는 거의 정조 시간이 가까웠소. 왜군에 비해 함선의 수도 터무니없이 작고, 병력도 열세했던 탓에 적군이 기세등등해 더 사나워질까 봐 나는 위장전술을 폈소. 피난선 100여 척을 전선으로 위장해 우리 함선 뒤를 따르며 소리치며 응원하게 해 우리의 병력이 훨씬 많아보이게 했소.

근데 명량 앞바다로 들어서면서 우리가 일자진을 만들며 적군의 수로통과를 막자, 일대 혼전이 전개되었소. 조류가 서서히 남동쪽으로 방향을 틀어 흐르기 시작했으며, 되려 적선들에 내가 탄 함선이 포위되는 매우 위급한 상황이 되고 말았소.

그 순간, 뒤에 처져 있는 거제현령 안위와 중군 김응함 등에게 적진으로 돌진해 백병전으로 전환하자, 전투는 절정에 이르렀소. 그때 마침 조류도 방향을 바꾸어 흐르기 시작해, 많은 전선이 같이 움직이는 왜군에게 상대적으로 불리하였소. 그런 협수로에서는 우리처럼 적은 규모로 활동하는 전술이 유리한 법이오. 아무튼 명량의 협수로에서의 전투는 어느 게 우리 아군의 배인지, 적의 배인지 구분조차 어려운 매우 어지러운 상황이 되었소.

적군의 배가 우리 배 옆을 스치는데, 나의 전선에 함께 타고 있던 투항왜군인 준사가 나를 보고는 갑자기 "꽃무늬 옷을 입은 저 자가 바로 안골포해전 때의 장수 구루시마입니다."라고 소리쳤소. 기회는 이때다 싶었소. 그래서 내가 부하 김석손을 시켜 그를 끌어올린 뒤 당장 목을 베어 허공을 향해 높이 매달았소. 이를 본 왜군들은 사기가 극도로 저하되었소. 그렇게 우리 수군은 불리했던 전투의 기세를 잡았소.

우리 수군은 인정사정 볼 것 없이 왜군을 향해 현자총통과 각종 화포 등을 쏘면서 맹렬하게 공격했소. 협수로에 철쇄를 깔아 적선을 전복시키는 전술도 펼쳤소. 왜군은 한마디로 정신을 차릴 틈도 없이 붕괴되었소. 녹도만호 송여종과 평산포 대장 정응두 등 여러 장수와 병사들이 힘을 합해 적선 31척을 대파하였고, 살아남은 왜군들은 도주하기 바빴소.

명량해전의 대승으로 조선 수군은 10배 이상의 적을 맞아 명량의 협수로의 지형적 요건을 최대한 이용, 왜의 서해 진출을 완전히 차단함으로써 정유재란의 대세를 우리 아군에게 유리하게 전개할 수 있었소. 내 안의 풀리지 않던 응어리들이 싹 풀리는 기분이었소.

이 명량해전은 내게 무엇보다 값진 승리였소. 2차 백의종군 뒤의 절망과 좌절 속에서, 통제사로 다시 부임한 후에 펼친 최초의 대첩이며 우리 수군을 다시 일으키는데 결정적인 계기가 된 전투였소.

인터뷰어 장군님만의 정보 수집 노하우가 있으셨다는 말을 들었습니다. 사실인가요?

이 순 신 노하우라 하기에는 좀 그렇고, 우선 현지 백성들과 친하게 지내는 게 한 방법이었소. 나는 외지 사람이라 현지 사정이나 지형적 여건 등을 잘 모르잖소. 어느 곳이 물살이 센지, 어느 곳이 암초가 많아 배가 다니기 위험한지 등 모르는 게 많았소.

처음 전라좌수사에 임명되었을 때의 일이오. 곧 왜적이 침입할 거라는 첩보를 받긴 했는데, 육지 사람이라서 바다에 익숙하지가 않았소. 그래서 내가 한 일이, 매일 밤부터 이른 새벽까지 포구의 백성들을 좌수영 뜰에 모아놓고 밥과 술을 배불리 대접하며, 짚신도 삼고 길쌈도 하고, 자기들끼리 씨름도 하는 등 하고 싶은 대로 다 하게 하면서 이야기들을 나누게 하였소. 나는 평상복 차림으로 편하게 백성들과 술잔을 나누며 대화를 유도하고, 옆집 아저씨처럼 한 상에 둘러앉아 허허거리며 격의 없이 즐겼소.

포구의 백성들은 처음에는 나를 높으신 양반이라며 매우 무섭고 어려워했으나 시간이 지남에 따라 남녀노소할 것 없이 친밀해져 나를 잘 따르며 농담까지 주고받는 사이가 되었소. 어느 집에 수저가 몇 벌인지, 어느 집 누가 몸이 불편한지 다 꿰뚫을 정도였소. 한데, 그들의 대화 내용이 대개 바다와 연관된 것이었소. 오랜 세월 고기 잡고 조개를 캐고 다니면서 깨달은 정보였소. 가령, 어느 항구는 물살이 세서 들어가면 배가 뒤집힌다거나 어느 여울에는 암초가 있어서 그쪽으로 가면 배가 부서진다거나 하는 정보 말이오. 그런 정보는 실전에 아주 요긴하게 활용되는 귀중한 정보였소. 그들의 이야기에 귀를 기울여 기억해두었다가 다음 날 아침 직접 항구로 나가 사실 확인을 하였소. 거리가 먼 곳은 믿을만한 휘하 장수를 내보내 자세히 살펴보게 하였소. 백성들의 말은 모두 사실이었소. 예나 지금이나 전쟁은 결국 정보 전쟁이오. 좋은 정보를 얻으면 힘들여 싸우지 않고도 승리할 수 있소. 한참 열세였으나, 급한 물살을 유리하게 이용해 승리를 거둔 명량해전처럼 말이오.

인터뷰어　그렇군요. 그런데 명량해전에서 대승을 거둔 이후, 얼마 가지 않아 또 억장이 무너지는 비보를 전해들으셨지요?

이 순 신　그랬지요. 2차 백의종군 직후 어머니를 잃었고, 명량해전이 끝나고 달포(한 달이 조금 넘는 기간)가 안된 10월 14일, 셋째 아들 면이 전쟁터에서 전사했소. 세상에서 이 못난 아비를 가장 자랑스러워했고, 그래서 내 뒤를 이어 무인이 된 아이오. 채 서른이 안된 이른 나이에 저승에 불러간 게 내 탓인 것만 같았소. 대명천지에 나처럼 불행했던 사람도 없을 거요.

인터뷰어 아드님을 잃은 슬픔과 절망 속에서도 백성들에 대한 보호와 조선 수군을 다시 일으키기 위해 굉장히 많은 노력을 하셨더라고요. 더욱이 조정에서 해야 할 일을 장군님이 개인적으로 하셨어요.

이 순 신 아, 후대양반이 '통행첩'에 대해 말씀하시는 것 같구려. 맞소. 그랬소. 명나라에서 지원군이 파병되었고, 전쟁이 거의 끝나간다는 직감은 들었으나 왜군은 육지전에서 발악을 하고 있었소. 약탈 살인 방화 등. 곱게 물러가면 좋으련만 그것이 아니었소. 설사 오늘이 마지막이라 해도 나는 내 백성들과 군사들을 어떻게든 보호하고 싶었소. 그것이 내 책임과 의무라 생각했소.

명량대첩으로 제해권(자국의 해상을 자유롭게 사용할 수 있는 권리)을 되찾은 후, 나는 보화도(현 : 목포 고화도)를 본거지로 삼아 그곳에 108일간 머무르며 남서쪽으로는 길이 1킬로미터, 높이 2미터, 폭 1미터의 돌로 된 성을 쌓았소.

또한 적선과 우리 어민의 선박을 구분함과 동시에 모자란 군자금을 메우기 위해 인근 해상을 오가는 배들에게 식량을 받고 대신 '통행첩'을 발행해주는, 이른바 오늘날 '통행권' 발급 제도를 도입했소. 그러면 우리 어민들과 백성들을 적으로부터 안전하게 보호하고, 군자금도 모을 수 있는 일석이조의 효과가 있었소. 성과는 기대이상이었소. 열흘만에 1만석의 군량미가 확보되었고, 그렇게 모은 군자금으로 병기와 함선을 만들어 전열을 가다듬었소. 왜군들의 몹쓸 행패를 피해 우리 진영으로 백성들이 모여들었고, 우리 수군의 기세가 아주 등등했소.

다음해 2월에는 고금도(현: 완도)로 본진을 옮긴 후, 백성들을 모집하여 널리 둔전을 경작시키고 소금도 판매하였소. 그것도 꽤 짭짤한 장사가 됐소. 갈 곳 잃은 난민들과 장병들도 다시 모여들어서 수만 가(家)를 이루게 되었으며, 군 진영의 위용도 예전 한산도 시절의 10배에 버금갔소.

인터뷰어 요즘 유행어로 장군님은 역시 짱이십니다. 당시 사대부가의 인물들에는 보기 힘든 사업수완도 갖추셨군요. 그것 또한 애민정신(백성들을 아끼고 연민하는 마음)에서 비롯된 것이지요. 이제 어느덧 마지막 질문입니다. 끝으로, 장군님의 마지막 전투, 노량대첩에 대해 이야기를 들어보도록 하겠습니다.

이 순 신 예. 노량해전은 내 생전의 마지막 전투였소. 당시 조선은 명나라의 파병지원을 받고, 전국 각지에서 곽재우 장군 등을 비롯해

의병들이 활발히 일어나 왜군들이 퇴각 중이었소.

1598년 11월 19일, 퇴각하려고 모인 500여 척의 왜선을 노량(현: 여수와 사천 사이)에서 발견, 거북선과 판옥선들을 동원해서 맹공격을 퍼부었소. 당시 명나라 수군제독 진린 장군과 함께 작전 중이었는데 그는 전투를 기피하였소. 도망가는 애들한테까지 공격을 가할 필요는 없다는 것이었소. 남의 나라 일이므로 그들은 굳이 힘들게 싸울 필요가 없었던 것이지요.

그러나 나는 적들을 곱게 보내주고 싶은 생각이 추호도 없었소. 이 7년 전쟁에서 조선 백성들이 밟힌 것만큼 그들한테 똑같이 되돌려 주고 싶었소. 또, 그리 곱게 살려 보내주면 추후에 재차 침입 가능성이 있소. 왜의 수군이 전멸되어야 조선도 그만큼 안전해지는 것 아니겠소?

나는 진린 장군을 어렵게 설득하여 공격에 나섰소. 내가 주력함대를 이끌고 노량에 나가 물러가는 적의 함대에 맹공을 퍼부어 아주 쑥대밭을 만들어놓았소. 조선 수군의 맹렬한 공격을 감당할 수 없었던 적군들은 많은 사상자가 났소. 거의 전멸상태였소. 짓밟힌 조선인들을 대신한 내 복수는 그리 다한 셈이오. 그것이 하늘이 내린 나 이순신의 마지막 소임이었던 것 같소. 선두에 나서서 전투를 지휘하다가 퇴각하는 왜군이 쏜 유탄이 심장 가까이를 관통했소. 의식이 차츰 흐

려짐을 느꼈으나, 나는 내 죽음을 병사들에게, 특히 적에게 알려져서는 절대 안된다고 생각했소. 왜군이 두려워하는 건 조선이 아니고, 나 이순신이 있는 조선의 수군이기 때문이오. 그래서 가까이 있는 부하한테, "싸움이 바야흐로 급하니 내가 죽었다는 말을 삼가라."라는 유언을 남기고 조용히 눈을 감았소. 내 죽음을 안 병사들은 모두 슬퍼하며 울음을 터뜨렸으나, 내 뜻을 정확히 파악한 현명한 이문욱 장군이 주위 사람들의 곡을 그치게 하고, 옷으로 내 시신을 가려 눈에 띄지 않게 하였소. 그리고 힘차게 북을 치며 앞으로 나아가 싸울 것을 독려하였소. 결과는 대승이었소. 나는 이승을 떠나면서도 흐뭇하였소. 내가 맡은 소임은 그걸로 다한 거요.

인터뷰어　그래서 병사들은 장군님이 돌아가셨다는 사실을 전혀 모른 채 열심히 전투에 임했다지요. 전투가 끝난 후, 모든 병사들과 백성들이 "죽은 이순신이 산 왜군을 물리쳤다."며 통곡, 장군님의 부음을 애통해 하였다고 전해집니다. 그로부터 3백년 가까이 왜군은 조선의 바다에 얼씬도 안했다고 하지요. 명장 이순신이 쌓아놓은 조선 수군의 위력을 알고 있었으니까요. 장군님. 후대인의 한 사람으로서 정말 감사합니다.

이 순 신　내가 남긴 말 중에 널리 알려진 게 '필사즉생, 필생즉사 (必死卽生 必生卽死)', 즉 '죽고자 싸우면 반드시 살 것이고, 살고자 비겁하면 반드시 죽을 것이다.'인데, 이 정신은 전쟁에서뿐 아니라 사람의 모든 일에 해당되는 거요. 노력하지 않고 거저 이루어지는 건 없소. 약삭빠르게 남을 이용해 제 이익을 취하려 들면 제 꾀에 제가 넘어갈 것이고, 죽을힘을 다해 노력하면 원하는 바를 반드시 얻을 수 있을 것이오.

인터뷰어   예. 오늘 말씀 감사합니다. 살펴 가십시오.

하늘을 사랑한
조선 과학의 아버지

조선 문명의 꽃을 피운, 발명왕 장영실

오늘은 후대로부터 '조선의 에디슨'이라 불리는 장영실 대감을 이 자리에 모시고 인터뷰를 진행하겠습니다. 교과서에도 등장하시고 여러 매체에도 꾸준히 언급되는 분이지만, 이해를 돕고자 장영실 대감을 잠깐 소개해 드리도록 하지요.

조선 세종 대의 과학자인 장영실(1390년경~?)은 세계 최초로 강우량을 측정하는 측우기와 자동으로 시간을 알려주는 물시계인 자격루, 그리고 해시계 5종 세트를 우리나라 최초로 만든 인물입니다. 당대 사람들은 그를 '조선 과학을 위해 태어난 인물'로 칭송하였다지요.

신분의 귀천이 존재하던 조선에서 말단 최하층 노비 신분으로 태어나 명석한 두뇌와 뛰어난 손재주로 태종과 그의 아들 세종의 총애를 한 몸에 받으며 노비로서는 감히 상상조차 못할 반전인생을 사셨는데요. 지금부터 장영실 대감께 그 파란만장한 반전인생에 얽힌 이야기를 청해보도록 하지요.

노비 신분을 극복하고,
임금의 전폭적인 지지를 받는 과학자가 되다.

인터뷰어　안녕하십니까? 장영실 대감님. 먼저, 대감의 업적을 간단하게 소개해 주십시오.　20여년 동안 궁에서 많은 것들을 만드셨겠지만 시간관계상 간단히.

장 영 실　이보게나, 후대양반. 요즘 날씨가 왜그리 변덕스러운 게야? 오는데 고생했잖소. 하늘을 연구해봐, 하늘을. 과학의 불모지였던 우리 시대에도 날씨가 요렇게 구리진 않았는데 기후 변화가 참 걱정일세, 에헴.

　내가 세운 업적은 조선 최초의 천문관측대인 간의대를 비롯하여, 대·소간의, 규표, 앙부일구를 비롯해 일성정시의, 천평일구, 정남일구, 현주일구 등 해시계 5종 세트, 에 또 동활자인 갑인자 등 뭐 이루 헤아릴 수 없을 정도로 많지. 살아생전 내 사전에 농땡이란 없었고, 쉼 없이 생각하고 뭔가를 만들었어.

인터뷰어　부지런하셨군요. 대감의 존함이 「세종실록」에 여러 번 등장합니다. 대표적인 예가 '영실의 사람됨이 비단 공교한 솜씨만 있는 것이 아니라 성질이 똑똑하기가 보통보다 뛰어나서, 매일 강무(講武)할 때는 나의 곁에 두고 내시를 대신하여 명령을 전하기도 하였다. 그러나 어찌 이것을 공이라고 하겠는가. 이제 자격궁루(自擊宮漏)를 만들었는데 비록 나의 가르침을 받아서 하였지마는, 만약 이 사람이 아니었다면 결코 만들어 내지 못했을 것이다. (세종 15년 9월 16일)'라고 언급됐는데요. 세종대왕의 총애가 대단하셨다고 들었습니다.

장 영 실 그랬지. 그 분의 하늘과 같은 성은을 많이 입었지. 사실 나는 관노였네. 조선같은 엄격한 신분사회에서 노비는 사람 취급도 못받았네. 내 부친은 노비가 아니고 원나라의 귀화인이었지만, 모친이 관기였기에 나도 별 수 없이 노비가 됐지. 노비의 신분으로 내가 태종한테 능력을 인정받아 발탁되어서 궁에 들어가기까지 설움도 많았지. 요즘 말로 금수저 은수저 물고 나온 양반것들이 종종 노비가 자기들보다 명석하고 똑똑하니까 시기와 괄시할 때도 있었고. 그 때마다 북받치는 설움을 밤하늘의 총총한 별을 보고 위로를 받았네.

인터뷰어 그럼 어떠한 계기로 노비였던 대감이 태종의 눈에 들어 궁에 들어가서 그의 아들 세종 대에 이르기까지 많은 업적을 남기셨는지요?

장 영 실 그 전에 한가지 알아둘 게 있네. '**민심이 천심**'이란 말을 아는가? 옛날 왕들은 절대 권력이 하늘에서 온다고 생각했네. 그들은 일식이나 월식, 가뭄, 벼락, 폭우 같은 자연현상을 몹시 두려워했네. 특히 태종 이방원은 친인척을 모두 죽이고 왕위에 오른 인물이

어서 그 두려움이란 게 말도 못할 만큼 컸네. 하늘의 변고를 자신이 지은 죄 때문이라고 생각했지. 그로서는 그 두려움을 떨쳐버리기 위해서라도 하늘에 대해 알아야 할 필요성을 깨달은 걸세. 꽤 명석한 데가 있었던 태종은 절대왕권을 구현하기 위해 민생을 안정시키고자 샤머니즘보다는 과학에 기반을 둔 정치가 필요했지. 그래서 나를 명나라 유학까지 보내 첨단천문지식을 배워오라 명했고, 현왕이었던 그의 아들 세종 또한 인본에 뿌리를 둔 왕도정치를 실현하고자 천문에 해박했던 내가 필요했지. 그는 조선에 맞는 역법을 가져야 한다고 생각했거든.

장영실이 궁에서 쫓겨난 까닭

인터뷰어 세종 때 상의원 별좌를 비롯해 물시계 자격루 제작에 성공하자 호군에, 그 뒤로 대호군까지 승승장구하셨는데 추락하는 데는 날개도 없다고 왜 갑자기 곤장 80대를 맞고 파면되어서 궁에서 쫓겨나셨는지요? 그 후로 행적이 묘연하셨고요.

장 영 실 그때가 1442년(세종24)년이었지. 내가 임금이 탈 가마제작을 총괄 지휘 감독했는데 가마가 제작 중 갑자기 부서진 거라네. 임금이 다친 것도 아니었지만, 의금부에 하옥되어 불경죄로 심문을 받았지. 그나마 세종이 곧장 100대에서 80대로 감해준거라네. 향간에는 간의대 제작으로 인해 명나라와의 외교 분쟁에서 날 보호하려 했다는 설도 있고, 20여년간에 걸친 세종의 과학프로젝트가 끝나 내가 더 이상 필요치 않았다는 설도 있지만. 뭐 어쨌든 입신양명이란 것이 본래 말없이 왔다가 말없이 사라지는 한 줄기 바람 같은 거라네.

인터뷰어 끝으로 대표 발명품에 대해 설명을 부탁드릴게요. 먼저 해시계부터.

장 영 실 휴대용 해시계까지 나는 해시계 5종세트를 만들었네. 앙부일구는 세종 16년(1434)에 이천영감 등과 함께 만들었지. 가마솥 같이 오목한 시계판에 세로선 7줄과 가로선 13줄을 그어 세로선은 시각선을, 가로선은 계절선을 나타냈어. 지구는 둥그므로 해가 동쪽에서 떠서 서쪽으로 지면서 생기는 그림자가 시각선에 비추어 시간을 알 수 있었지. 또 절기마다 태양의 고도가 각각 달라지기 때문에 계절선에 나타나는 그림자의 길이를 통해 24절기도 알 수 있지. 그러니까 시계뿐 아니라 달력 역할까지 한 셈이야. 특히 글자를 모르는 백성들을 위해 12지신 그림으로 시간을 알려줬지. 대궐뿐 아니라, 종로 혜정교와 종묘 앞에도 설치한 우리나라 최초의 공중시계였어. 반응이 아주 폭발적이었네. 그 후 계속 단점을 보완해서 일성정시의와 천평일구, 정남일구까지 나왔고, 이것들의 장점과 편의를 살린 휴대용해시계 현주일구까지 만들었지. 앙부일구는 조선에서 처음 만들어져서 일본에 전해졌고, 조선 후기에도 계속 만들어 사용했지.

인터뷰어 물시계도 발명하셨지요?

장 영 실 자격루와 옥루도 내가 만든 걸세. 자격루, 즉 자동 물시계는 중국 송나라의 소송이란 사람이 1091년경에 처음 만들었는데, 물레바퀴로 돌아가는 거대한 물시계였다네. 근데 원리가 하도 복잡해서 그가 죽은 후에는 아무도 작동시키지 못해 사라졌어. 세종은 소송의 자동 물시계를 재현해줄 사람을 찾고 있었어. 나는 그를 돕고자 이 자동물시계를 만들기로 결심했지. 당시 세종과 정인지영감 등이 수집한 자료를 참고로 해, 마침내 1438년(세종20) '자격루'라는 새로운 자동 물시계가 완성됐다네. 예전 물시계는 사람이 계속 물을 길어줘야 하고, 이를 한번이라도 거르면 대혼란이 초래됐지만, 우리가 만든 자동물시계는 사람의 힘을 전혀 빌리지 않고, 완전 전자동이었지. 원리는 간단하네. 파수호에서 흘러 내려온 물이 수수호로 들어가서 살대를 띄워 올리면 그 부력으로 인해 구슬이 떨어지며 종을 쳐 시각을 알리는 원리였네. 자격루는 2시간마다 한 번씩, 하루에 12번씩 종을 쳐서 시각을 알렸네. 자시(밤11시~1시)가 되면 종소리가 울리고 쥐 인형이 자(子)의 글자가 적힌 패를 들고 위로 솟았다가 내려가고, 축시(새벽1시~3시)에는 소 인형이, 인시(새벽3시~5시)에는 호랑이 인형이 종소리와 함께 시각을 알렸네. 「세종실록」에는 이를 가리켜 그 장치가 귀신과 같이 움직여서 보는 이마다 감탄하지 않는 이가 없다고 적혔다네. 어떤가? 신기방기하지?

인터뷰어   그렇군요. 현재 매년 5월 19일은 발명의 날입니다. 이날은 세계 최초 측우기의 발명을 기념하기 위해 재정된 날인데요. 측우기에 대해서도 한 말씀 부탁드릴게요.

장 영 실   우리나라는 대대로 농업국가였네. 농업국가에서 비처럼 중요한 건 없지. 옛날에는 비가 내려도 정확한 강수량을 잴 수가 없어서 젖은 흙을 파헤쳐 물기가 스며든 깊이를 재 어림잡아 짐작을 했어. 이는 지질마다 다 다르므로 정확한 게 아니지. 내가 어느 날 무심코 물통에 떨어지는 빗물을 보고 착안해 만든 것이 바로 '측우기(1441년)'라네. 높이 31.5cm, 지름 15.3cm로 만들어진 측우기는 원통형이었고, 통의 표면에 대나무처럼 굵은 마디가 있어, 안에 빗물이 고이면 주척이라고 하는 대자로 고인 물의 깊이를 재서 강수량을 측정하는 원리야. 서양보다 200여년이나 앞섰으며 1442년(세종 24년) 5월부터 한양을 비롯해 각 도의 군현에 설치해 강우량을 측정하는데 요긴하게 사용했지.

인터뷰어   동활자 갑인자는 역대 활자본의 백미로 손꼽힙니다.

장 영 실   세종 16년(1434)인 갑인년에 만든 동활자인데, 글자 사이

사이 여유가 있고 판면이 크고 늠름해 필력이 좋아 보여서 먹물에 인쇄를 하면 선명하고 아름답게 나온다네. 결과적으로 나와 나를 발탁한 태종과 그의 아들 세종으로 인해 조선 전기의 과학은 찬란히 꽃을 피웠지.

인터뷰어　참으로 많은 것을 만드셨고, 많은 일을 하셨네요. 감사합니다. 대감님 살펴 가십시오.

그대의 뜻이 곧
나의 뜻이로다.

삼국 통일의 주역, 김유신과 김춘추

흔히 19세기 독일 통일을 이루어낸 비스마르크와 몰트케 콤비를 비교해 우리나라 역사상 가장 멋진 시너지를 발휘한 콤비를 꼽으라면 이 두 사람을 꼽을 수 있을 것입니다. 바로 신라 화랑도의 두 대표 김춘추(金春秋:604~661)와 김유신(金庾信:595~673).

두 사람은 삼국을 통일해서 강력한 통일국가로 발전시키겠다는 같은 비전을 가지고 있었기에 힘을 합해 엄청난 시너지를 발휘, 삼국 통일이라는 거대한 목표를 달성할 수 있었습니다. 어제의 동지가 오늘의 적이 되고, 어제의 적이 오늘의 동지가 되는 변덕스러운 현대의 인간관계가 부끄러울 만큼, 이 두 사람은 그야말로 눈빛만 봐도 서로 마음이 통하는 영원한 동지이며 환상의 명콤비로 알려졌지요.

그럼 오늘밤은 두 분을 한 자리에 소환해 위대한 인터뷰를 진행하겠습니다.

인생의 목적과 꿈이 같은 두 화랑 만나다.

인터뷰어 안녕하세요. 장군님들. 교과서에서 뵈옵다가 이렇게 직접 뵙게 되어 반갑습니다. 우리나라 역사상 가장 오래 되고, 문화예술의 부흥기를 누린 시대가 바로 통일신라시대가 아닌가, 생각하는데요. 그런 통일신라를 이룬 주역이 바로 두 분이잖아요. 먼저, 두 분의 인연은 어떻게 시작되었는지요?

김 유 신 나 김유신은 몰락한 가야국 왕손 출신의 장수였고, 이 사람 춘추는 당시 성골이 상위 1%를 장악한 골품제에서 정치적 힘이 비교적 약한 진골 출신의 귀족이었소. 해서 뭔가 큰 일을 도모하려면 나한테는 날개를 달아줄 정치적 배경이 필요했고, 반대로 춘추에게는 막강한 군사력이 필요했지요. 현대에서는 우리 같은 관계를 두고 서로 원원하는 사이라 한다지요? 내가 춘추를 먼저 알아봐 친해지려 공을 좀 들였소. 다행히 우리는 서로 닮은 구석과 통하는 데가 있었소. 무엇보다 목적과 꿈이 같았소.

서라벌에선 보기 드문 출중한 외모와 머리도 명석해 보였고 집안도 좋아, 한마디로 욕심나는 친구였소. 나는 내 여동생을 춘추에게 시집보내고자 잔꾀를 좀 부렸소. 그와 친구가 되어 함께 공놀이를 하다가 그의 옷고름을 일부러 찢었지요. 집에 데리고 가서 술 한 잔 같이 하면서 동생 문희한테 찢어진 춘추의 옷고름을 꾀메라 했지. 다행히 내 작전대로 술에 취한 춘추가 문희의 방에서 잠들었고, 문희가 춘추의 아이를 가지게 됐소.

헌데, 두 사람이 정식 부부가 되려면 한 가지 넘어야 할 산이 있었소. 춘추가 이미 어릴 적 혼인을 마친데다가, 귀족신분이었기에 우리의 미천한 출신성분도 문제였지요. 허나, 나는 내 앞길과 우리 집안을 일으키기 위하여 이 결혼을 기필코 성사시켜야만 했소. 며칠 궁리 끝에 무시무시한 소문을 내기로 했소. 쉽사리 순결을 잃은, 부끄러운 여동생을 당장 불에 태워 죽이겠다고 다른 사람들 앞에서 떠벌리고 다녔지.

이 소문을 전해들은 선덕여왕이 중재를 잘해 내 의도대로 춘추와 나는 천하에 둘도 없는 처남 매부지간이 되었소. 후대 사람들은 놀라 자빠지겠지만, 후에 나는 춘추의 셋째 딸과 혼인했소. 그 때 당시에는 그게 가능했었거든. 전생에 무슨 끈끈한 인연인지는 몰라도 춘추와 나는 이렇게 도저히 떼려야 뗄 수 없는, 각별한 관계가 됐소.. 배반 같은 건 생각도 못했지요.

인터뷰어 두 분의 결합이 혼인을 이용한 정략적인 결탁이라는 평가에 대해 어떻게 생각하는지요?

김 유 신 혼인을 통한 정략적인 관계라…. 후대 사람들이 보기에는 그렇게 보일 걸요. 그러나 당시에는 혼인을 통해 우리처럼 상호보완적인 관계로 발전한 경우가 아주 보편적이었소. 백지장도 맞들면 낫다는 속담이 있듯이, 서로 같은 목표를 가진 집안끼리 혼인관계로 엮이면 서로의 부족한 점을 보완하면서 엄청난 시너지 효과를 내지요. 우리 두 사람의 목표는 오직 하나, 삼국을 통일해 당나라나 왜가 감히 넘보지 못하는 강력한 신라를 만드는 것이었소.

그러기 위해서는 이 친구 김춘추의 대단한 정치적 배경과 탁월한 외교 능력과 명석한 두뇌, 그리고 나 김유신의 막강한 군사적 힘의 결합이 필요했소. 그렇게 해서 이루어진 게 바로 삼국통일이오. 우리 누구도 둘이 아닌, 혼자서는 결코 해낼 수 없는 대단한 일이었소.

마침내 삼국을 통일하다.

인터뷰어 김춘추, 아니 태종 무열왕 폐하, 두 분이 함께 이룩한 삼국통일 프로젝트 과정을 간략하게 설명해주신다면요?

김 춘 추 내가 무열왕인 건 사실이나, 편하게 김춘추라고 부르시오. 거 불편하게 폐하 어쩌고저쩌고 하지 말고. 일목요연하게 설명해드리다. 에, 신라의 군사적 요충지인 대야성이 백제에게 함락당해 거기 성주였던 내 딸과 사위가 잔인하게 몰살을 당한 게 발단이 되었지요. 감히 내 딸을 죽이다니…. 가만히 있을 일이 아니었지요.

나는 내 자식의 원수를 갚고자 반드시 내 손으로 백제를 치리라 결심했소. 백제를 쑥대밭으로 만들 수만 있다면 고구려 소도둑놈 같은 연개소문과도 손잡을 각오가 돼 있었소이다. 나는 고구려로 떠나기 전, 김유신 장군과 한 가지 합일을 봤소. 만약 내가 두 달이 지나도 돌아오지 않으면 공은 나를 죽을 때까지 볼 수 없을 텐데 어찌하겠느냐고 그랬더니 김 장군이 이렇게 대답하더이다.

"그때에는 기필코 화랑의 말발굽이 고구려를 쑥대밭으로 만들고 말 것이네. 자네 뒤에는 내가 있으니 나를 믿게나." 라고요.

그 말에 나는 안심하고 고구려로 가서 동맹을 맺자고 제의했지만, 연개소문은 나를 소 닭 보듯 했소. 그 자는 예전에 신라에 뺏긴 한강 상류지역을 반환할 것을 요구했지만 어림 반푼어치도 없는 소리였소. 나는 고구려에 억류당했다가 별주부전 설화에서 힌트를 얻어 꾀를 내 겨우 탈출했는데, 김 장군이 군대를 이끌고 이미 고구려 국경 근처까지 와 있었소. 어찌나 반갑던지.

이런 일들은 나와 김 장군의 정치적 결합과 파트너십을 더욱 강력하게 만드는 계기가 됐소. 우리는 차후 선덕여왕에 반대해 반란을 일으킨 구귀족 세력 '비담의 난'을 피 한 방울 묻히지 않고 용의주도하게 진압했고, 이를 계기로 우리와 뜻을 같이하는 신귀족 세력이 상대등을 완전히 장악해 진덕여왕이 후사 없이 죽자 내가 마침내 왕위를 물러 받았소.

나는 왕의 신분이었지만 뛰어난 외교 수완으로 나당 동맹을 성사시켰고, 영원 불패 김장군의 막강한 군사력을 등에 업고 백제와 고구려를 차례로 무너뜨려 삼국통일에 기여했소. 내가 타고난 명이 짧아서 내 아들 문무왕이 삼국통일을 완성했으나 결국 내가 한 것이나 마찬가지요.

인터뷰어 삼국통일전쟁에서 외세, 즉 당나라의 힘을 끌어들인 것에 대해 사대주의 논란도 있는데, 그에 대해서는 어떤 견해이십니까?

김 춘 추 당시 상황에서 당과의 연합은 피할 수 없었소. 그럴만한 사정이 있었소. 우선 고구려, 백제, 신라 삼국 중 가장 힘이 약했던 게 우리 신라였소. 힘이 약하니까 살아남고자 간에 붙었다가 쓸개에 붙었다가, 상대가 안심하면 등에 칼 꽂는 격으로 배신을 밥먹듯이 했지. 우리도 좀 졸렬하게 굴었다는 걸 인정하는 바요. 그도 그럴 것이, 진흥왕 때만 하더라도 동맹지간이었던 백제를 배신하여 성왕을 죽여서 백제를 멸망직전까지 몰아세웠소. 이에 압박감과 위기감을 느낀 고구려와 임시 동맹을 맺어 고구려가 백제 웅진성까지 쳐들어가는 길을 터주는 등 백제를 칠 물밑작업을 마쳤소. 허나, 백제는 물론이거니와 고구려조차도 우리 신라에 감정이 좋지 않았소. 왜 안그렇겠소. 우리를 믿을 수 없었겠지요.

결국 이 두 나라가 우리에게 적대감을 품고 백제 무왕 때 서로 동맹을 맺어 우리 신라를 고립시키며 압박을 가했소. 당시 신라는 고구려와 동맹 중이었으나 이를 백제가 교란시켜 고구려와의 동맹이 물거품이 돼버렸소. 우리 신라 홀로 버틴다는 게 쉬운 일이 아니었소. 자칫했다가 백제나 고구려의 침입을 받아서 사라질 위기였소.

해서, 우리는 바다건너 이웃나라 왜와 동맹을 맺으려 여러 모색을 했지만 이 역시 오랜 혈맹관계인 백제의 방해로 인해 실패하고, 당시 유일한 돌파구라고는 오로지 신생국가인 당나라뿐이었소. 그래서 당나라와 동명을 맺은 거요.

김 유 신 그에 대해서는 내가 부연설명을 하리다. 당시 백만 대군을 거느린 수나라와는 비교도 안되었지만, 신생국가인 당나라는 그래도 전망이 밝아보였소. 현재의 중국 땅, 즉 당시 중원은 수나라가 분열돼가면서 몹시 혼란스러웠소.

수의 분열조짐 틈새를 타고 고구려가 중원으로 치고 올라가야 마땅한 일인데, 당시 고구려의 영류왕은 그럴 생각이 전혀 없어보였고, 자국의 안정에만 공을 들였소. 그런 영류왕의 생각은 당시 을지문덕이나 연개소문 등 신흥 무신세력의 생각과는 정 반대되는 것이어서 충돌을 빚었소. 연개소문의 성격상 얌전히 자국만 지키고 앉아있을 위인은 아니었지. 싸워야 사는 사람인데.

아무튼 얼마 지나지 않아, 영류왕은 연개소문에 의하여 척살되고 말았소. 연개소문이 왕위에 올라 자국의 내부를 정리하고 있을 때에, 당나라는 이미 중원을 완벽히 통일하고 기반을 견고히 다졌소. 이때 유감스럽게도 고구려는 주변 분위기 파악을 못하고 친당 세력에서 반당 세력으로 정치노선을 달리하였소. 당나라는 아무리 신생국가라 하더라도 절대 약소국가가 아니었소. 생긴 지 얼마 안됐다며 깔봤다가 큰 코 다칠 상대였지요.

삼국사기에 기록된 내용이기도 하지만, 당나라 황제 이세민의 30만 대군이 언제든 맘만 먹으면 고구려 15만 대군을 쳐 전멸할 정도였소. 당시 당나라는 그만큼 강대국이었소.

나당 연합조약으로 인해 추후 당나라는 우리 신라와 함께 백제를 멸하고 백제 땅을 당나라 식민영토로 편입시켰소.

허나, 나당조약대로라면 백제는 신라 땅으로 귀속되어야 했고 고구려의 대동강 이북은 당나라가 차지한다는 것이었습니다만, 당나라가 그 약속을 깨버린 것이지요. 당나라의 야욕을 알아차리자, 자칫 우리 신라까지 당나라에 먹히게 될 것 같은 두려움이 우리를 떨게 했소. 우리는 신라를 지키기 위해서 당나라 세력들을 모두 한반도에서 몰아내야 했소. 우리 신라는 필사적인 노력 끝에 당나라 세력들을 백제땅에서 몰아내는데 성공, 백제를 차지하였소. 그러나 한강 북쪽 고구려 땅은 당에게 내주고야 말았소.

결과적으로 나당연합군으로 말미암아 신라가 얻은 것이라고는 겨우 자국을 위협하던 백제와 일부 고구려의 땅뿐이지, 오랜 세월 번영을 누리던 고구려의 수도 평양성과 넓은 만주벌판까지 차지할 수는 없었소. 지금까지도 그 곳을 당에게 내주고 말았던 게 못내 아쉽지만, 한편으로 우리는 우리의 군사력으로 당의 세력을 우리 땅에서 완전히 내몰아냈다는 데 의의가 크오. 그것만으로도 삼국통일의 자주성과 독립성이 확립되었다고 생각하오.

인터뷰어 그렇군요. 끝으로, 입에 달면 삼키고, 쓰면 뱉는 현대의 이기적 인간관계에 대해 한마디 해주신다면요?

김 춘 추 우리는 신라가 정치, 군사, 경제의 세 분야가 굳건해진 후, 주변국의 정세를 적절하게 이용해 외교와 무력으로 삼국을 통일하는 기틀을 마련했소. 특히 나 김춘추의 뛰어난 외교 능력과 분석력이 최고의 파트너 김유신 장군의 군사력과 충정을 만나 빛을 발해 당시 초강대국이었던 당과 대등한 관계를 유지하는데 초석이 되었소.

무릇 인간은 인간과 인간 사이에 존재하고, 국가 역시 국가와 국가 사이에 존재하는 법, 제아무리 잘난 사람일지라도 저 혼자 살 수 없듯이 홀로 존재하는 섬 같은 국가도 없소. 그러므로 정치를 하든, 장사를 하든, 무얼 하든 간에 성공하기를 바란다면, 사람을 보는 안목도 중요하오. 우리가 서로를 모르는 체 지나쳤더라면 삼국통일은 역사상 존재하지 않았을 지도 모르오.

그것보다 더 중요한 것은, 내 사람을 함부로 내치지 않는 것. 어떤 상황에서든 믿고 함께 가는 것. 뜻이 같은 사람끼리 힘을 합한다면 내가 상상했던 것보다 훨씬 거대한 것을 이룰 수 있다는 사실을 후대 분들도 기억했으면 하오.

화약으로
고려와 조선의
바다를 지키다.

화약의 아버지, 최무선

영화 <신기전>을 보면 어마무시한 무기 하나가 등장합니다. 바로 '신기전'이라는 무기인데요. 조선시대 당시에는 매우 획기적이고, 최첨단 신무기였습니다. 오늘날로 치면 로켓병기와 비슷한데, 이 신기전의 밑바탕에는 한 위인의 필생의 노력과 열정이 담겼습니다. 바로 우리 역사상 최초로 화약을 발명했을 뿐만 아니라 이를 이용해 여러 무기를 만들어서 자주국방의 쾌거를 이루고, 왜구의 침입으로부터 우리 바다를 지킨 고려의 명장이자 과학자 최무선(崔茂宣,1325~1395)장군입니다. 최장군님을 이 자리에 모시고 여러 말씀을 청하겠습니다.

왜구를 소탕하고자 화약의 국산화를 외치다

인터뷰어 안녕하십니까. 최장군님.

최 무 선 안녕하소. 나 고려의 장군 최무선이라 하오. 후대양반들 반갑소.

인터뷰어 고려 말과 조선 전기로 명맥을 잇는 동안 장군님의 가문은 3대가 모두 획기적인 무기 개발로 나라에 큰 공을 세웠지요. 그 시발점은 바로 화약을 발명한 장군님이셨고요.

최 무 선 그렇소. 무릇 화약은 대량 살생용 무기 제조에 없어서는 안되는 것이었소. 간단히 말하면 전쟁의 판도를 바꾸는 것이오. 칼과 활로는 바글바글 떼로 덤비는 적들을 제압하기에 한계가 있지 않겠소?

인터뷰어 화약을 발명하게 된 특별한 계기가 무엇이었나요?

최 무 선 내가 화약을 만들고자 집을 몇 채나 태워 먹었는줄 아시오? 걸핏하면 불장난이나 한다며 부인 심기를 어지럽혀서 집에서 쫓겨난 적도 여러 번이오. 특별한 계기가 없는 발명품이 어디 있겠소? 내게도 화약개발에 일생을 걸만큼 절박한 것이 있었소. 삼면이 바다인 우리나라의 지리적 특성상 왜구가 자주 쳐들어왔소. 상거지 떼처럼 나무배타고 우르르 몰려와 육지로 올라와서 우리 백성들을 죽이고, 쌀을 훔치고 노략질을 일삼았소. 나는 그것을 어려서부터 많이 봐왔소. 그러나 아무도 백성들을 구하지 않았소. 고려 말 조정은 그럴만한 힘이 없었고, 정치인들도 요즘처럼 자기 잇속 챙기기에만 급급했었거든. 무릇 역사란 반복되는 것이오.

인터뷰어 어려서부터 왜구의 약탈로 고통 받는 백성들의 피폐한 삶을 많이 목격해, 마음이 아프셨군요. 그래서 무인이 되기로 결심하셨고요?

최 무 선 그렇소. 나는 경상북도 영천시 오계동 마단에서 광흥창사를 지낸 최동순의 아들로 태어났소. 부친이 재직했던 광흥창은 당시 관리들의 녹봉을 맡아 관리하는 관청이었소. 당시 관리들의 녹봉은 화폐가 아니라, 곡식이었소. 그렇다 보니, 광흥창사는 예성강 하구를 통해 개성을 비롯해서 전국 각지로 운반되는 곡식을 책임지는 곳이기도 했소. 당시 왜구는 이 예성강을 통해 운반되는 서해안의 여러 항구의 쌀과 곡식을 노렸소. 내가 어린 시절을 보냈던 때는 바야흐로 고려왕조의 운명이 마치 바람 앞의 촛불 같았소. 지배층은 권력에 눈이 멀어 정쟁만 일삼았고, 백성들의 고통은 안중에도 없었지. 전라도와 경상도 해안 지방을 중심으로 왜구가 자주 출몰하여 우리 백성들을 상대로 약탈과 살인 등 많은 피해를 입히고 있음에도 불구하고 그들은 철저히 외면했소.

그러던 어느 날, 나는 예성강을 통해 들어오는 화약을 처음 보게 됐소. 그것을 보는 순간 저것이다, 하고 묘안이 떠올랐소. 저것으로 무기를 만들어 왜구를 격파해야겠다는 생각 말이오. 「태조실록」에도 기록돼 있듯이 내가 본래 천성이 밝고 방략(方略: 일을 꾀하고 해 나가는 방법과 계략)이 많으며, 병법에 대해 말하는 것을 좋아한, 적극적이고도 긍정적인 인간이었소. 한마디로 말하면, 실천력 하나는 끝내줬지.

인터뷰어　그럼 그 때 이미 중국은 화약을 가지고 있었군요?

최 무 선　화약과 나침반, 종이, 인쇄술은 고대 중국의 4대 발명품이요. 화약은 대략 850년경에 연단술사들이 단약을 제조하는 과정에서 우연히 발명됐다 하오. 8세기부터는 군사무기로 사용되었는데, 11세기에는 화약을 이용한 일종의 화염방사기와 유사한 무기가 개발되었소. 13세기에 이르러서는 실크로드를 타고 서방으로 전파되었지. 이후 서방에서 화약무기가 널리 보급되면서 전쟁의 성격이 공격 중심으로 전환되었소. 까만색 분말가루가 가진 힘이 실로 무섭고도 대단했지.

그런데 화약의 제조기술은 최고의 군사기밀이었소. 중국은 제조기술이 세어나가는 걸 원천적으로 차단했기 때문에 알 길이 없었소. 이웃 나라 고려는 비싼 가격에 전량 수입해야 하는 처지였소. 그렇다 보니 고려로서는 항상 화약이 부족했소. 무기 제작은 엄두도 못냈지. 나는 화약 무기의 막강한 화력을 믿어 의심치 않았소. 나는 무인으로 조정에 들어간 후, 여러 차례에 걸쳐 왕에게 화약을 국산으로 제조해, 최신무기를 만들어서 왜구를 소탕하자고 건의했소. 하지만 매번 내 건의는 묵살 되었소. 친원세력이 주류였던 조정의 대신들은 하나 같이 중국에서 수입하면 되는 것을 굳이 만들 필요가 있느냐며 되러 나를 사기꾼으로 몰았소.

인터뷰어 그럼 장군님이 국산 화약 제조를 직접 완성시킨 것은 언제였나요?

최 무 선 나는 필시 한다면 하는 사람이오. 좌절이나 포기 따위는 내 사전에 없었소. 내 오랜 꿈이 이루어진 것은 1377년(우왕 3년) 10월이었소. 지겹도록 거듭된 내 청에 우왕이 감복하여 화약 제조 및 화통도감 설치를 허락하였소. 그 때의 기쁨이란, 세상을 다 얻은 듯 했소.

솔직히 그동안 화약 제조에 번번이 실패했소. 이유인 즉 재료배합 비율이 안맞았던 거오. 하지만 나는 꼭 성공하리란 확신이 있었고, 실패에 굴하지 않았소. 먼저 나는 화약제조 비법을 알고자 벽란도에 자주 드나드는, 원나라 출신의 염초장인 이원과 가까이 지냈소. 물론 국가 기밀인지라, 그 자도 비법을 순순히 알려주지는 않았지. 같은 마을에 살면서 요리조리 꼬드겨도 보고 자주 어울렸더니, 그도 내 애국심에 탄복해 어느 날엔가 비로소 보따리를 풀더군. 그리하여 나는 화약의 국산화를 실현하게 된 거오.

강한 조선 수군의 밑거름이 되다

인터뷰어 그렇군요. 그럼 화약을 이용한 무기개발도 직접 하셨나요?

최 무 선 그렇소. 화통도감을 맡은 후 나는 곧장 화포 제작에 착수했소. 언제 다시 왜구가 쳐들어와 깽판을 부릴지 몰라 한시가 급했소. 나는 곧 대장군포, 이장군포, 삼장군포, 육화석포, 화포, 신포, 화통, 화전, 철령전, 피령전, 질려포, 철탄자, 천산오룡전, 유화, 주화, 촉천화 등 다양한 화포들을 개발해내 왕과 대신들을 놀라게 했소.

인터뷰어 그 결과가 진포대첩과 관음포대첩에서 거둔 대승이었군요.

최 무 선 그렇소. 진포대첩에서 우리 고려군은 고작 1백여 척의 배로 500여 척의 왜구를 한방에 무찔렀소. 화약을 이용해 제조한 신무기 덕분이오. 1380년 8월, 왜구는 500여 척의 배를 이끌고 전라도 진포(현 충청남도 서천군)를 거점으로 삼아 내륙에 침입했소. 고려 조정에서는 내가 그동안 개발한 화기를 시험해볼 절호의 기회라며 나를 부원수로 임명해 참전토록 했소. 나세 장군과 함께 내가 지휘하는 고려의 수군은 왜선에 비해 5분의 1밖에 안 되었소. 하지만 우리 고려군은 화포로 무장해, 왜군을 향해 막강한 화포공격을 가해 곧 적선 500여 척을 모두 불살랐소. 살아남은 왜군은 내륙으로 퇴각하였으나, 이를 추격한 이성계 장군에게 지리산 일대에서 모조리 섬멸되었소. 진포대첩은 고려군이 자체 제작한 화기로 거둔 통쾌한 첫 승이었고, 군선에 화포를 정착해 함포공격이 감행된 최초의 해상전투였으며, 함포전술이 가미되어 고려가 해상방어를 적극적으로 하는 계기를 이뤄냈다는 데에 의의가 크오.

관음포대첩 또한 마찬가지오. 고려 말 1383년(우왕 9년) 5월 정지의 함대가 남해 관음포 앞바다에서 왜구를 크게 무찌른 해전으로, '남해대첩'으로도 알려졌소. 진포대첩에 대한 보복으로 왜구는 120여척의 군선을 이끌고 남해에 침입해 합포(현 마산)를 공격하였소. 당시 고려군의 화포 책임자가 바로 나였소. 관음포해전은 움직이는 적선에 화포를 정확하게 명중시킨 매우 훌륭한 해전이었소. 이 전투에서 승리를 거둔 정지 장군이 "내가 일찍이 왜적을 많이 격파하였으나 오늘같이 통쾌한 적은 없었다."고 말할 정도로 왜선을 철저히 격파한 해전이었소. 관음포대첩은 왜구들이 고려 수군에 대한 두려움을 갖게 하고, 세계 해전사상 처음으로 함포를 이용해 적을 무찌른 전투라는 점에서 큰 의의를 지니고 있소. 이 전투는 최영의 홍산대첩, 나세와 나의 진포대첩, 이성계의 화상대첩과 함께 왜구의 세력을 크게 약화시킨 승전이었으며, 관음포대첩으로 얻은 자신감으로 고려군은 대마도정벌을 추진하였소. 후에 조선의 이순신의 거북선 등 강력한 수군의 기반에는 내가 만든 화포가 밑바탕이 되었소.

인터뷰어 그런데 그리 많은 공을 세운 화통도감이 고려 창왕 때 갑자기 철폐되고, 군기시에 흡수통합되었어요. 화통도감이 사라진 이유가 불분명한데, 왜구를 성공적으로 소탕한 뒤 더 이상 필요가 없어진 것인가요? 아니면 고령이 되신 최장군님을 대신할 후계자가 없어서인가요?

최 무 선 글쎄올시다. 그에 대해서는 나도 별로 할 말이 없소. 다만 「태조실록」에도 나왔다시피 나는 1395년 4월 19일에 세상을 떠나기 전, 당시 열다섯살이던 외동아들 최해산(崔海山, 1380-1443)에게 물러주라며 부인에게 화약제조비법이 적힌 책을 남겼소. 내 아들이 다행히 내 유언을 받들어 화약 제조법을 습득하고, 이후 1401년(태종 1년) 군기시에 특채되어 화포와 화차 개발에 주도적 역할을 했소. 워낙 늦게 얻은 아들이라 내가 살았을 당시에는 글도 못깨우쳤는데 말이오. 참 기특하오. 손자인 최공손도 화약제조와 화포무기 개발에 공을 세웠소.

인터뷰어 「고려사」에는 장군님에 대한 기록이 없습니다. 이에 대해 어찌 생각하십니까?

최 무 선 나는 고려인으로 살았지만, 정작 「고려사」에는 기록이 없소. 다만 「태조실록」의 졸기에서 찾을 수 있소. 「태조실록」에 자세한 기록이 남은 이유는 고려 말, 왜구의 노략질을 막는데 이성계와 내가 뜻을 함께 했기 때문이오. 내가 죽자, 태조는 나와 함께 전장을 누볐던 추억을 회상하며 내 죽음을 애도했다 하오.

인터뷰어 끝으로 후대인들에게 남기실 말씀을 한마디만 부탁드립니다.

최 무 선 한마디면 되는 거요? 자주국방이 무엇보다 매우 중요하오. 나라를 잃는 것은 곧 나를 잃는거요.

인터뷰어 장군님, 오늘 말씀 감사합니다. 살펴 가십시오.

신화로 남은
명의(名醫)

「동의보감」의 저자 구암 허준

꽤 오래 전, 인기리에 방송되었던 드라마 <허준>을 다들 기억하실 것입니다. 사실 조선 선조 때의 어의였던 구암(龜巖) 허준(許浚, 1539~1615)에 대한 역사적인 기록이라고는 당대 사람들이 남긴 행적 몇 줄과 「동의보감」 등 몇 권의 의학서를 집필한 사람이라는 기록뿐입니다. 현대에 이르러 소설로, 드라마로 재창작과정을 거치면서 픽션을 덧붙여 가히 신화적인 인물이 되었다고 해도 과언이 아닐 텐데요. 그가 말년을 바쳐서 쓴 「동의보감」은 한의학에 관심있는 사람이라면 한번쯤은 봤을 필독서가 되었고, 중국과 일본 등 해외에서도 꾸준히 출판될 정도로 귀중한 지적 유산이 됐을 뿐 아니라, 이러한 세계적인 영향력을 인정받아 2009년에는 유네스코 세계기록문화유산으로 등재되기도 했지요. 그럼 구암 허준 대감님을 이 자리에 모시고, 그간의 소회를 들어보겠습니다.

의술로 날개를 달다.

인터뷰어 안녕하십니까? 대감님.

허 준 안녕하시오. 나「동의보감」의 저자 허준이오. 후대 분들이 나와 내 책을 이리 귀히 여겨 주시니 감계무량하고 고맙구려.

인터뷰어 신분사회였던 조선시대에 비교적 천직에 속했던 의관을 직업으로 선택한 계기가 있으신가요?

허 준 드라마에서는 내 신분이 다소 천하게 나왔지만, 사실 나는 뼈대 있는 가문의 도련님이었소. 할아버지 허곤은 무관 출신으로 경상우수사를 지낸 인물이며, 아버지 허론 역시 무관으로 용천부사를 지냈지요. 다만, 친모의 신분에 문제가 조금 있었소. 정실이 아니었기 때문에 내 신분도 어머니 신분을 따를 수밖에 없었소. 어머니 역시 천출은 아니었고 양반 가문의 서녀라 들었소. 해서 나는 중인신분이었기에 과거급제를 통해 벼슬길로 나아가는 데에는 제약이 따랐지만 제법 권세 있는 집의 아들이었기에 별 어려움 없이 학문을 습득할 수 있었소. 어려서부터 총민하고 영특해 집안 어른들로부터 칭찬이 자자했소. 나는 어렸을 때부터 나가 놀기보다는 책상머리에 앉아 공부하기를 즐겨했소. 특히 경전과 역사에 흥미가 많아 그런 분야의 서책을 많이 보았지요. 그 중에는 중국의 의서도 있었소. 내가 의관이 되겠다고 결심한 데에는 그러한 영향도 있었을 것이오.

인터뷰어　대감님은 현재 동양의학에서는 신화적인 인물이 되셨지만, 역사적인 자료는 너무 빈약합니다. 내의원에 들어가신 후 『조선왕조실록』에 이름을 남기기 전까지 일반 백성으로서 대감님의 행적을 찾아볼 수 있는 것은, 선조 때 유학자인 유희춘이 남긴 문집이 유일합니다. 유희춘 대감님과의 인연은 어떤 계기였나요?

허　　준　옛날 인물들이 대개 그렇소마는, 그 당시에는 의관 지망생을 교육하는 데가 따로 없었소. 혼자 독학하는 게 전부였지. 나도 중국이나 우리나라에서 이미 나온 여러 의서들을 보고 내 나름으로 연구도 하며 어느 정도 여러 질환에 대한 지식을 쌓았을 무렵, 우연찮게 유희춘대감 일가의 병 치료에 참여할 기회를 얻었소. 내가 독학할 때 노비나 천민들 중 아파도 약 한 첩 쓸 수 없는 가엾은 사람들을 많이 고쳐주었거든. 따로 물어본 적은 없지만 아마 유대감도 나에 대한 소문을 어디선가 듣고 나를 불렀을 것이오. 그렇게 해서 유대감과 친밀해져 각별하게 지냈소. 특히 1569년 유대감의 얼굴에 난 종기를 완치해줬는데 그로 인해서 그의 신임이 더욱 두터워졌소. 용하다는 의원들 중 아무도 못 고쳤고, 종기는 나날이 커지고 있었거든. 결과적으로 유대감이 애써준 덕에 나는 내의원에 들어갈 수 있었소. 나에 대한 신뢰가 어느 정도였나 하면, 이조판서에게 나를 추천하는 서신을 보냈고, 그 덕분에 나는 삼십대 초반에 쉽사리 종4품 내의원 첨정의 자리에 오르게 됐소. 당시 의과의 초시와 복시를 수석으로 합격해 얻을 수 있는 관직이 겨우 종8품이었소. 나는 그야말로 파격 승진을 했지. 서자 출신이라서 의과도 통과하지 못한 내가 말이오.

인터뷰어 그럼 내의원에 들어가 선조와 광해군을 가까이 모시면서 승승장구하신 게 언제부터였어요?

허   준 유대감 추천으로 내의원에 들어가긴 했으나 한동안은 그다지 두각을 드러내진 못했소. 나보다 경험도 풍부하고 뛰어난 의관들이 많았으니까. 그러다가 1575년 당시 어의를 보조해 선조를 진맥할 기회를 얻었고, 1581년 선조의 어명으로 집맥학 책을 편찬하는 작업을 했으며, 1587년에는 다른 여러 어의와 함께 선조의 치료에 참가해 병환이 쾌유되자 그에 대한 보답으로 사슴 가죽을 하사받기도 했소. 나름 인정을 받다가 당시 왕세자였던 광해군이 1590년 천연두에 걸려 죽어가고 있었소. 호전될 가망이 전혀 없을 만큼 상태가 심각했소. 다른 어의들은 모두 발만 동동 구르고 있었는데 두고만 볼 수 없어 내가 나섰소. 선조한테 감히 내게 맡겨 달라 청했소. 나는 나대로 목숨을 걸었지. 다행히 병이 호전되었고 광해군이 다시 건강을 되찾자, 선조는 크게 기뻐하며 내게 정3품 당상관인 통정대부의 벼슬을 내려 공을 치하했소. 당시 사회구조상 서얼 출신의 기술관한테 허용되었던 벼슬은 정3품의 당하관이 최고였소. 말하자면 나는 내 신분의 한계를 뛰어넘어 다시 파격 승진을 한 것이오. 근데 이것은 고작 내 성공의 시작에 불과했소.

1592년 임진왜란이 발발하자, 나는 선조와 함께 피난길에 올랐소. 그와 생사를 함께 하리라 마음먹었지. 내가 성품이 우직하고 충성스럽거든, 에헴. 전쟁 중에 다시 광해군의 병을 고침으로서 동반에 올라, 나는 신분의 한계를 완전히 극복했소. 그로서 문신과 같은, 다시 말해 완전한 양반이 된 거요. 전쟁이 끝나고 한양으로 돌아온 선조는 자신을 끝까지 보필한 문무관이 열일곱 명에 지나지 않을 정도로 힘겨웠던 피난길을 끝까지 동행한 공을 인정해 나를 공신에 책봉하고 종1품 숭록대부 벼슬을 내렸소. 품계로 따지면 좌찬성, 우찬성과 같은 지위였지. 1606년 오랫동안 앓고 있던 숙환이 호전되자 선조는 감격에 겨워 내게 최고관직인 정1품 보국숭록대부를 내리려 했지만, 신분 질서를 어지럽힌다며 완강히 반대하는 사간원과 사헌부의 반대에 부딪쳐 이루어지지는 않았소. 당시 나는 양반계급의 질시를 한 몸에 받고 있었소. 서얼출신에, 기술관인 의관한테 정 1품이라니. 그들 입장에서는 자다가도 벌떡 일어나 상투를 풀 일이었지. 임금으로서 타고난 능력은 없었어도, 나름 인재를 알아보는 안목은 있었던 선조는 내 실력과 우직한 충성심에 신뢰를 아끼지 않았소. 해서 양반네들한테는 더욱 눈엣가시였지. 양반네들한테 굽실거리지 않으며, 임금의 총애를 믿고 교만을 떤다는 게 그들이 나를 고까워했던 이유였소. 허나, 나는 그들에게 순종하고 싶진 않았소. 다만, 내 일과 내 의술이 필요한 사람들에 최선을 다하면 된다고 생각했지.

백성 중심의 의술의 꽃, 「동의보감」

인터뷰어 그렇다면 시공간을 넘어선 스테디셀러 「동의보감」은 언제 어떻게 집필하신 겁니까?

허 준 전쟁이 끝나고, 명나라와 왜의 강화회담의 진행으로 인해 잠시 숨을 돌리고 있던 1596년 선조가 나를 불러 다음과 같이 명했소. "요즘 중국의 방서를 보니 모두 자잘한 것을 가려 모은 것으로 무지한 백성들이 참고하기에 부족함이 있다. 너는 마땅히 온갖 처방을 덜고 모아 하나의 책으로 만들어라."라고.

그 무렵 중국의 신의학이 조선에 유입되어 이전의 전통의학과 섞이면서 잘못된 정보가 판을 치고 있어서 이를 정리할 필요성이 있었고, 전쟁 중에 기근과 역병이 발생해 제대로 된 의서가 절대적으로 필요했었소. 머리가 나쁘지 않았던 선조는 그 책의 방향을 명확히 제시했소. 첫째, 질병은 본래 스스로 잘못 관리해서 생기므로 예방을 먼저 권하고 다음으로 적절한 약물치료를 제시할 것. 둘째, 질병마다 처방이 매우 다양하고 번잡하므로 꼭 필요한 처방 위주로 요점을 간추릴 것. 셋째, 민간에서 흔히 쓰이는 국산 약재의 이름을 적어 백성들이 쉽게 알고 구할 수 있도록 할 것 등이었소. 어명을 받은 나는 당시 뛰어난 의관으로 이름이 알려진 정작, 양예수, 김응탁, 이명원, 정예남 등과 함께 편찬 작업에 들어갔소.

그러나 이듬해 정유재란이 발발하면서 작업이 중단되었소. 설상가상으로 1608년 선조가 죽자, 그 책임을 나한테 물었소. 노망이 나서 탕약을 잘못 써 임금을 죽게 했다는 죄명으로 나는 의주에 위배되었소. 광해군은 내 억울함을 알고 감쌌지만, 그들은 막무가내였소. 결국 나는 1년 8개월간 귀양살이를 하면서 홀로 「동의보감」을 완성했소. 사간원의 극심한 반대를 무릅쓰고 광해군은 당시 71세였던 나를 내의원에 복귀시켜 임금인 자기 건강을 돌보게 했소. 한양으로 돌아온 나는 광해군에게 완성된 「동의보감」을 바쳤고, 이후에도 역병에 대해 저술한 「신찬벽온방」, 「벽역신방」 등의 책을 차례로 편찬했소. 1615년 내가 마침내 77세를 끝으로 생을 마치자, 나에게 정1품 보국숭록대부 작위가 추증되었소.

인터뷰어 끝으로 「동의보감」에 대해 간단히 설명해주신다면?

허　　준 「동의보감」은 의관들만 보는 전문의학서가 아니었습니다. 누구나 쉽게 이해할 수 있도록 정말 쉽게 쓴, 백성들을 위한 대중의학서였지요. 백성중심의 의술, 그것이 내 의술의 뿌리이자 기둥이었소.「동의보감」은 일반백성들 사이에서 부모를 모시는 자식들의 필독서로 통했소. 중국에서 수입하는 약재가 워낙 고가여서 양반조차 약계를 들어야 아픈 부모님께 약 한 첩이라도 올릴 수 있는 게 당시 상황이었어요. 일반 서민들은 몸이 아파도 그냥 속수무책이었지요. 혜민서 등에서 나는 가난한 백성들을 많이 접하면서 그들의 삶의 애환과 질병을 잘 파악하고 있었고 그들을 위해 우리 산야의 약초로 고칠 수 있는 방법을 널리 알리고 싶었소.

「동의보감」은 목차 2권, 의서 23권의 총 25권으로 이루어졌소. [내경편](6권)·[외형편(外形篇)](4권)·[잡병편(雜病篇)](11권)·[탕액편(湯液篇)](3권)·[침구편(鍼灸篇)](1권)으로 이루어졌는데, 특히 탕액편에서는 당시 우리나라에서 흔히 사용 가능한 약재 1천여 종에 대한 효능, 적용 증세, 채취법, 가공방법, 산지 등을 자세히 밝혀놓았으며 약재의 이름 아래에 민간에서 보편적으로 쓰이는 지역사투리 이름을 한글로 달아놓기도 했지요.「동의보감」으로 인해 조선의 의학이 중국으로부터 비로소 독립했다는 자부심에 감회가 새로웠소.

인터뷰어 오늘 말씀 감사합니다. 대감님. 살펴 가십시오.

민본(民本),
오로지 민본만이
시작이자 끝이오.

조선 최고의 학자, 다산 정약용

당대 최고의 필력을 소유한 시인 겸 작가였으며 실학의 집대성자, 유학자, 정치가, 형사재판관, 법의학자, 지리학자, 언어학자, 아동교육가, 건축가, 발명가 등등 그야말로 다재다능하고 프로페셔널한 한 위인이 있었습니다. 그 이름도 유명한 다산 정약용[茶山 丁若鏞 : 1762년(영조 38년)~ 1836년(헌종 2년)] 선생이 되시겠습니다.

다산 선생은 민본(民本)에 바탕을 둔 왕도정치의 구현을 실천하고자 성군(聖君) 정조와 함께 개혁정치의 시너지효과를 내기도 했지요. 정조의 총애에 힘입어 젊은 시절에는 직접 관직에 몸담아 개혁정사를 실천하기도 했고요. 그러나 정조가 세상을 뜨자, 그는 당시 집권세력인 노론의 공격으로 말미암아 무려 19년 동안이나 유배지에 발이 묶여 있어야 했습니다. 생애 대부분의 시간을 개혁이나 정치와는 거리가 먼 곳에서 보낸 셈이죠. 하지만 그는 유배생활을 되러 하늘이 자신한테 허락한 귀한 시간으로 여겼고, 이때 「목민심서」, 「흠흠신서」, 「경세유표」 등 지금까지도 명서로 손꼽히는 500여권의 방대한 저서를 남겼습니다. 그래서 항간에는 다산학(茶山學)이라는 말도 전해오고 있는데요. 이 자리에 다산 선생님을 직접 모시고 여러 이야기를 들어보도록 하겠습니다.

풋내기 성균관 유생, 군왕의 총애를 얻다.

인터뷰어 안녕하십니까. 먼저 선생님의 사상을 딱 한 문장으로 표현하신다면요?

정 약 용 안녕하시오. 나 다산이오. 반갑소. 흠… 내 사상을 한마디로 표현하라. 민본에 중심을 둔 개방과 개혁을 통해 부국강병을 이룩하자.

인터뷰어 선생님은 어렸을 때 어떤 아이였나요? 무척 똑똑하셨을 것 같은데?

정 약 용 나는 1762년 임오화변이 있던 해에 경기도 광주군 마현에서 진주목사를 지낸 정재원의 넷째 아들로 태어났소. 우리 가문은 사대부가였으나 고조부 때부터 벼슬과는 별로 인연이 없었는데 부친이 어찌어찌하다가 진주목사를 하신 게지. 내 자랑 같네만, 나도 어릴 적부터 영특하기로 다른 고을까지 소문이 자자했소. 네살 때에 이미 천자문을 떼었고, 일곱살에는 한시를 지었으며 열살 이전에 이미 자작시를 모아서 「삼미집」이란 작품집을 냈지. 뭐 사실 경기도에서 둘쯤 있을까 말까한 천재나 다름없었지, 히하. 나는 열살이 되자마자 경서를 읽기 시작했소. 책 속에 길이 있다는 말은 내가 장담하오. 어릴 때부터 독서, 참 좋은 습관이오.

인터뷰어 과거시험으로 입신을 했나요? 정조대왕도 그때 만났던 거고요?

정 약 용 진주 촌놈인 내가 한양으로 터전을 옮긴 것은 내 나이 한창 때인 열다섯에 한양 풍산 홍씨 집안으로 장가를 들면서부터였소. 본격적인 입신은 스물두 살 때 초시에 합격하면서였고, 곧바로 성균관에 입학했소. 성균관 재학 시에 이미 정조의 눈에 띄어 영민함을 인정받았지요. 그때 대과와 악운이 있어서 매번 대과에서 미역국을 한 사발씩 들이키는 수난을 겪었지. 내가 공부를 못해서 낙방한게 절대 아니라, 성균관 시험에서는 매번 우등을 하는데, 대과만 보면 그 모양인게요. 요즘 말로 하면 징크스였지. 그러던 차에 내 나이 스물 여덟에 마지막 과거시험 대과에서 차석으로 합격해 벼슬길로 나갔소. 그 때부터 정조가 갑작스레 승하하기 직전까지 내 인생은 순탄대로였소. 나는 새도 떨어트리는 암행어사도 했고.

인터뷰어 정조임금의 최측근으로서 어떤 일을 하셨는지요?

정 약 용 햇수로는 얼마 되지 않지만 첫 관직을 희릉직장으로부터 출발해, 가주서, 지평, 교리, 부승지 및 참의 등을 거치며 승승장구 했었소. 참 좋은 시절이었지. 주교사의 배다리 설계, 수원성제와 거중기 설계 등도 내 작품이오. 1792년 수찬으로 재직해 있을 때, 거중기를 발명, 서양식 축성법을 기초로 해서 성제와 기중가설을 지어 축조 중이었던 수원화성 보수공사를 맡았소. 정조에게 아버지 사도세자의 묘가 있는 수원화성은 그 무엇보다 각별했소. 거중기와 수원화성을 내 실학사상의 축소판이라고 말하는 사람들도 있더군요. 나는 도르래 원리를 이용해 제작한 거중기로 약 4만 냥의 경비를 줄일 수 있었소.

1794년에는 경기도 암행어사로 나가기도 했는데, 관리로서 부적절한 짓을 많이 하고 있던 경기도 관찰사 서아무개와 연천 현감 김아무개의 비리를 고발하여 이 일이 후에 두고두고 내 발목을 잡는 결정적인 계기가 됐소.

서아무개는 나로 인해 파직되었음에도 불구하고 정조의 뒤를 이은 순조와 정순왕후 김씨와의 인연이 깊은 덕에 얼마 안가서 사십대 중반에 우의정의 반열에까지 오르는 등 성공해 내 목을 졸랐소. 그는 훗날 정조 실록을 편찬하는 편찬위원에까지 올랐는데 세상 참 불공

평하지 않소? 하여튼 한 때의 악연으로 죽을 때까지 지독하게 나를
괴롭힌 인간이오.

19년간의 길고 모진 유배 생활 끝에 남은 보물들

인터뷰어 선생님께서는 유배를 오래하신 걸로 유명한대요. 그 이
유는 무엇입니까?

정약용 내가 스물 세 살 즈음 천주교인 이벽으로부터 서학(西學)
에 관해 전해 들었소. 흥미진진합니다. 해서 서양의 역사와 문화에
관련 서적들을 탐독하기도 하고 당시 금기시되던 가톨릭 서적도 몰
래 봤고. 더군다나 유교의 나라에서 제사를 폐해야 한다는 주장을 하
기도 했소. 다들 나를 미친놈 취급했지만 결국 그것으로 말미암아 천
주교 관련 사화가 일어날 때마다 오해를 받는 등 내 인생이 순탄하지
가 않았소. 1789년, 식년문과에 갑과로 급제하고 관직에 처음 임용
되었을 때도 가톨릭 교인이란 오해를 받아서 탄핵을 받고 해미에 유
배되었으나, 정조의 배려로 열흘 만에 풀려났소. 그러나 이후 내 유
일한 보호막이었던 정조가 세상을 뜨자, 1801년 신유박해가 일어났
고 죄명도 없이 내 두 형과 함께 장기에 유배되었소. 노론에서는 우
리 형제들을 모두 제거하려 했으나, 바로 위 약종형님만 순교했고 약

전 형님과 나는 배교, 즉 가톨릭을 등지어 가까스로 참수형에서 유배로 감형되었지요. 이후 다시 큰형 정약현의 사위 황사영이 일으킨 백서사건에 연루되는 바람에 강진으로 유배되었소. 그렇다 보니, 한창 일할 나이에 유배지에서 썩은 셈이오. 무려 19년을.

하지만 나는 그 시간들이 헛되다 생각하지 않소. 하늘이 내게 허락한 기회였다 생각하오. 덕분에 많은 연구를 할 수 있었고, 제자들과 공저이긴 하지만 오백여권에 달하는 방대한 양의 책도 집필했고, 후학 양성도 할 수 있었으니까 말이오. 다만, 내 사상의 한계를 극복할 수 없었기에 아쉬움이 남는 것이지요.

인터뷰어 그 한계라는 게 무엇인가요? 이상에만 머물렀고, 개혁사상을 직접 추진할 수 없었다는 말씀인가요?

정 약 용 이를테면 그렇지요. 생애 대부분을 유배지에 발이 묶여 보냈고, 개혁 정책을 펴볼만한 현장과 유리된 채 이론적인 것만 연구했지요. 오랜 귀양살이를 통해 당시 피폐한 백성들의 삶과 그에 따르는 문제점을 정확히 파악할 수 있어 이상적이고도 참신한 개혁안들을 많이 내놓을 수는 있었지만, 한편으로는 내가 현실정치에 참여할 수 없었기에 개혁안을 직접 추진할 수가 없었고, 관직에 대한 경험 부족 역시 내 개혁안에 '현장성 결여'라는 한계점을 안겨주었지요. 즉 개혁실천에 필요한 구체적 방법이나 과정에 대해서 명확한 대안을 제시하지 못했기에 내 개혁안의 실천적 제한이 드러나는 것이지요. 민본주의 역시 나는 당시 백성을 객체화하여 통치나 보호의 대상으로만 생각했을 뿐, 백성 자신을 통치의 주체로 인식하지 못해 오늘날 민주주의와도 거리가 있었지요.

인터뷰어 선생님은 조선 후기 실학을 집대성한 인물로 후대의 평가를 받고 있습니다. 이 점에 대해 설명을 부탁드리겠습니다.

정 약 용 나는 이익의 학통을 이어받아 개혁사상을 발전시켰고, 사회, 경제. 정치 각 분야의 썩은 부분을 도려내어 나라를 새롭게 하고자 노력하였소. 사회 전반에 걸쳐 전개된 내 실학사상은 조선왕조의 기존 질서를 무조건 부정하고, '혁명'을 꾀했기보다는 파탄에 이른 당시 사회를 개혁해 조선왕조의 질서를 새롭게 강화시키려는 의도와 목표를 가지고 있었소. 그렇게 해서 나는 조선왕조의 새 질서를 세우고 유교의 나라에서 중시해 오던 올바른 왕도정치의 이념을 구현해 '국태민안(國泰民安)'에 부합하는 이상적인 국가를 세우고자 했소.

다시 말하면, 나는 왕이나 관료가 공적인 관료기구를 통해 권력을 행사하는 것을 가장 이상적인 형태라 생각했지요. 즉 위로는 국왕을 정점으로 하는 통치 질서를 강화하고, 아래로는 백성의 보살핌을 강조하는 목민지도(牧民之道)를 확립해 유학의 기본가르침인 민본(民本)의 의식을 실천할 것을 강조한 것이오. 아마 정조대왕이 영조만큼 장수를 하고, 당시 사회 전반에 걸친 개혁이 내 뜻대로 이루어졌더라면 조선 후기 노론이 판을 치는 일은 없었을 테고, 따라서 개혁과 개화가 많이 이루어졌을 거요.

인터뷰어 선생님은 긴 유배기간 동안 5백여권 이상의 방대한 저서를 남기셨어요. 가장 많이 알려진 「목민심서」, 「흠흠신서」, 「경세유포」 등등. 끝으로 대표적인 저서를 중심으로 소개를 부탁드립니다.

정 약 용 「목민심서」는 목민관, 즉 관리와 수령이 지켜야 할 지침을 밝혀 지방 관리들의 부패와 폭정을 막고자 쓴 책이오. 48권 16책으로 된 필사본인데, 내가 서문에 다음과 같은 글을 남겼소. "오늘날 백성을 다스리는 자들은 오직 거두어들이는 데만 급급하고 백성을 부양할 바는 알지 못한다. 이 때문에 하민(下民)들은 여위고 곤궁하고 병까지 들어 진구렁 속에 줄을 이어 그득한데도, 그들을 다스리는 자는 바야흐로 고운 옷과 맛있는 음식에 자기만 살찌고 있으니 어찌 슬프지 아니한가."

즉 청렴은 수령의 기본 의무이며 모든 선(善)의 원천이며 덕의 근본이니, 청렴하지 않고서는 수령 노릇을 할 수 있는 자가 없을 것이라고 말했소. 말을 조금 더 보태면, 수령은 임무가 중요하므로 반드시 덕행, 신망, 위신이 있는 적임자를 선택해 임명해야 하고 언제나 청렴과 절검을 생활신조로 해야 하며 명예와 재리(재물과 이익)를 탐내지 말고 뇌물을 절대로 받지 말아야 한다, 나아가 수령은 백성에 대한 봉사정신을 기본으로 하여 국가의 법도와 규칙 등을 빠짐없이 두루 알리고, 백성의 뜻을 상부에 잘 전달하며 상부의 부당한 압력을 배제해 백성을 보호해야 한다, 다시 말해 백성을 내 가족처럼 생각하는 애휼정치(愛恤政治 : 백성들을 가엾게 여겨 은혜를 베푸는 정치)에 더욱 힘써야 할 것을 강조했지요. 요즘 말로 쉽게 설명하면 복지 우선 정책인 것이죠.

두 번째, 「흠흠신서」는 이른바 형법서인데, 조선시대에 벌어진 살인사건과 관련해 사건 내역과 해결, 범인들 인상착의 및 미제사건에 대한 식견을 집필한 것이오.

조선시대의 수사는 지금처럼 과학적이지 못해 가장 심각하고 중대한 살인 사건의 경우에도 조사와 심리 및 처형 과정이 매우 형식적이고 무성의하게 진행되었소. 사건을 다루는 관료 사대부들이 죄와 법률을 조목조목 분석하며 적는 글에 밝지 못하고 사실을 올바르게 판단하는 기술이 부족했소. 마땅히 존중받아야 할 생명이 경시되는 현실이 나는 매우 못마땅했소. 해서 나는 이를 바로잡고 개혁할 필요성을 느껴 나름의 연구를 걸쳐 집필에 착수했고, 1819년(순조 19)에 완성, 1822년에 간행되었소. 「흠흠신서」는 한국법제사상 최초의 율학(법률학) 연구서이며 동시에 살인사건을 심리하는데 필요한 실무 지침서라 할 수 있소. 그리고 법의학과 사실인정학, 법해석학을 모두 포괄하는 일종의 종합재판학적 저술이란 후대의 평가도 받고 있지요.

「경세유표」는 미처 다 완성하지 못한 저서로, 국가개혁사상이 집대성되어 있는 책이오. 통치와 상업, 국방의 중심지로서의 도시건설과 정전법을 중심으로 한 토지개혁을 바탕으로 세제, 군제, 관제, 신분 및 과거제도에 이르기까지 모든 제도를 고치고, 가난에서 벗어나기 위해 기술개발을 해야 한다는 것이 개혁안의 주요 골자였소. 상공업의 진흥을 통해 부국강병을 도모했소. 내가 마무리를 못한 채 세상을 떠나와서 미완의 책으로 남아 많이 아쉽소.

인터뷰어 참으로 많은 것을 생각하셨군요. 오늘 말씀 감사합니다. 살펴 가십시오.

아비의 십자가를
대신 짊어진
비운의 천재

농업강국의 씨를 뿌린, 고무신박사 우장춘

'서로 다른 두 종은 교배를 통해 완전히 새로운 종을 탄생시키기도 한다.'

이 '종의 합성'의 원리로 우리 농업을 과학적이고 자주자립의 단계로 도약시킨 이가 있습니다. 바로 '씨 없는 수박'으로 많이 알려져 있는 우장춘(禹長春: 1898~1959)박사이신데요. 그는 '종의 합성'이란 논문으로, 기존의 다윈의 '진화론'을 수정, 보완하여 세계적인 육종학자로 명성을 날렸을 뿐 아니라, 우리나라에 머물었던 9년여 여생동안 육종학의 황무지나 다름없었던 우리에게 제대로 된 먹거리를 제공해준 역사상 가장 위대한 '슈퍼맨'이라 이름할만 합니다. 불과 9년 5개월이란 짧은 기간이었지만 우박사는 오로지 조국을 위해, 조국의 가난한 국민들을 위해 스스로를 낮추며 헌신적인 삶을 살았습니다. 그럼 국보급 육종학자 우장춘박사를 모시고, 그의 굴곡지고 모순된 인생에 얽힌 이야기를 들어보겠습니다.

명성황후를 시해한 역적의 아들, 십자가를 지고 귀환하다.

인터뷰어　안녕하세요, 박사님. 박사님은 일본에서 태어나셨고, 생애 대부분을 일본에서 보내셨는데요. 마지막 9년 5개월을 우리나라에 계시면서 세계에서 가장 빈곤한 국가였던 우리의 농업기술을 자립자족이 가능한 수준으로 끌어 올리는 쾌거를 이루셨지요?

우 장 춘　예. 맞습니다. 1950년 내가 일본에서 귀국했을 당시 한국은 너무도 가난했습니다. 일제 식민치하와 한국전쟁까지 겪으면서 빈곤 그 자체였습니다. 사람이 배불리 먹을 수 있는 게 전혀 없었습니다. 땅은 이미 황폐화됐고 농사를 지을 종자를 제대로 생산할 기술조차 없는 형편이었지요. 내가 귀국하는 조건으로 가족 위로금 차원에서 한국에서 받은 1백만엔과 내 전재산까지 탈탈 털어 일본에서 살 수 있는 모든 채소와 꽃의 모종들을 모두 사왔습니다. 가장으로서 내 가족한테는 미안한 마음이었지만, 당시 나는 한국에 진 빚을 어떻게든 갚을 각오였고, 나를 필요로 하는데 대한 고마움도 있었습니다. 여생을 아버지의 나라를 위해 일하며 조국에 뼈를 묻을 각오로 귀국했습니다. 내가 귀국했을 때 한국농업과학연구소의 소장 자리가 이미 내정되어 있었지만, 막상 가보니 연구소에 불도 안들어오는 형편이더군요. 그곳에서 나는 매일같이 스스로 숙식을 해결하며 한결같은 초심으로 연구에만 전념했어요.

인터뷰어 한국에 진 빚이라면 구체적으로 어떤 것을 말하는지요.

우 장 춘 사실 나는 역적의 자식입니다. 아버지의 잘못된 판단으로 인해 나는 국모를 죽인 매국노의 아들, 즉 도저히 용서할 수 없는 사람이었고, 그 주홍글씨로 인해 내 인생도 많이 굴곡졌습니다. 사춘기 시절, 조선인도 일본인도 아닌 내 정체성에 혼란을 겪으며 아버지를 원망한 적도 많았지요.

내 아버지는 조선말 개화파 무신 우범선입니다. 조선의 신분제에 불만을 품고 개화된 일본을 동경해 을미사변 때 급진개화파의 일원으로 활동하면서 명성황후의 시해사건에 적극적으로 가담했지요. 당시 훈련대 제 2대대장으로서 군인 동원의 총책임자였으며 황후의 소각된 시신 처리에도 가담했다고 전해집니다. 그러다가 아관파천 때 정세가 역전되자, 일본으로 도망쳐 일본 여인 사카이 나카(酒井ナカ)와 결혼해 내가 태어났지요. 아버지는 내가 다섯 살 때 옛 동료의 칼에 죽임을 당해 기억도 희미합니다. 어렸을 때 그 사실을 알고, 충격이 말할 수 없이 컸지만 자라면서 언젠가 내 아버지가 고국에 진 빚을 내가 대신 갚겠다는 결심을 굳혔습니다.

인터뷰어 단지 조선인이라는 이유로 일본에서 핍박과 괄시를 많이 받으셨다면서요?

우 장 춘 고국에서 난 역적의 아들이었지만, 일본에서는 더럽고 재수없는 조센징(조선인)이었습니다. 결국 나는 그 어느 곳에도 속할 수 없다는 냉혹한 현실에 대한 절망뿐이었어요. 아버지가 비명횡사하고 나서 가정형편이 어려워진 까닭에 일본인 어머니는 나를 잠시 고아원에 맡겼는데 이지메(왕따)를 혹독하게 당했습니다. 원생들 사이에서는 물론이거니와, 선생들조차 잘못한 게 없는데도 나를 때리고 나무랐습니다. 단지 조선인이라는 이유로요. 하지만 나는 내 운명에 굴복할 수 없었습니다. 지금은 힘이 없지만, 내 기어코 훌륭한 사람이 되어 너희들한테 복수하겠다며 이를 악물었지요.

생전에 내가 이런 말을 자주 입에 담곤 했는데, 길가의 민들레는 무수한 발길질에 짓밟혀도 꽃을 피우지요. 다행히 어머니가 형편이 조금 나아지자 나를 집으로 데려가서 그때부터 아버지 지인들의 도움으로 열심히 공부를 했어요. 어머니는 내가 조선사람임을 잊지 않도록 각인시켜주었죠. 나는 내가 조선인임을 한시도 잊은 적이 없어요. 일본인 이름을 거부하고, 내 본명을 고집해 온 것도 그 때문이었지요.

인터뷰어 그렇다면 '스나가 나가하루(須永長春)'라는 일본식 이름은 어찌된 영문인가요?

우 장 춘 거기에는 그럴만한 사정이 있었어요. 1937년 당시 나는

2년전에 발표한 논문으로 다른 나라에서도 인정받고 직장생활도 잘 하고 있었는데 느닷없이 농림성에서 해고통지서를 보낸 것입니다. 해고 사유인즉, 정규대학 출신이 아닐 뿐 아니라, 일본 이름이 없는 조센징은 나가라는 것이었어요. 당시 조선인들조차 창씨개명을 하던 때인데, 너는 왜 안하냐는 것이었죠. 일본이름이 없으면 재취업도 안 되는 게 현실이었고, 결혼도 할 수 없었죠. 처가의 완강한 반대로 내 아내는 친정과 의절하면서까지 나를 선택했지요. 고심 끝에 일단 후일을 도모하려면 일본에서 살아남아서 이기고 봐야겠다는 오기가 생겼어요. 그래서 한 일본인의 양자로 들어가 '스나가 나가하루(須永長春)'라는 일본 이름을 얻었지만, 논문을 발표할 때나 내 업적을 남기는 공적기록에는 언제나 한국 성을 붙여 '나가하루 우(禹)'로 기록했습니다. 그건 내 자존심이었고, 조선인이라는 자긍심이기도 했으니까요. 단지 조선인이라는, 그 단 하나의 이유만으로 아무리 열심히 일했어도 승진조차 안되었습니다. 내가 1916년 조선인으로서 유일하게 지원 가능한 도쿄제국대학실과 농학과에 들어가, 1919년 졸업과 동시에 농림성의 산하기관 농업시험장에 취직하여 퇴직할 때까지 18년 간을 육종연구에 몰두하였으나, 말단 기수자리에 머물러있었던 이유도 바로 그겁니다. 그 자리도 조선인으로서는 도저히 따낼 수 없는 자리이긴 했습니다만.

고맙다. 마침내 조국이 나를 인정해주었구나.

인터뷰어 귀국 후, 9년여동안 역사상 그 누구도 해내지 못한 대단한 일을 많이 하셨어요. 어떤 일을 하셨는지 말씀해 주세요.

우 장 춘 앞서 말했듯이 내가 귀국했을 때 한국은 전쟁 중이었고, 국민들은 헐벗고 굶주린 상황이었어요. 배추도, 감자도, 무도 제대로 된 게 없었어요. 농사를 지으려면 우선 종자가 필요한데, 식민치하에서는 일본 종자만 수입해 쓰다가 해방 이후 경제와 여러 여건상 계속 수입에 의존할 처지도 아니었습니다. 그런 이유로 나를 필요로 했겠지만, 우선 식량의 자급자족이 절실했지요.

그래서 나는 우리 토질에 맞고 잘 자랄 수 있는 우량종자를 개발하기 위해 연구에 골몰했습니다. 그 결과 최단시간 내에 배추, 무, 고추, 오이, 양배추, 양파, 토마토 등 20여 품종에서 우수 종자를 얻었습니다. 지금의 우리 식탁에 오르는 거의 모든 신토불이 채소들이 내가 개발한 것들입니다. 또 벼 이모작의 기틀도 마련했습니다. 내가 병석에서 중증 십이지궤양으로 고통스럽게 죽어가면서까지 품질 좋은 벼를 얻고자 두 눈을 부릅뜨고 벼이삭을 관찰했던 사람입니다. 이모작 벼 품종 개발을 완성시키기 전에는 눈조차 감을 수 없었어요. 이로서 대한민국은 기아상태에서 차차 벗어날 수 있었지요. 어디 그

뿐인가요? 세계에서 가장 맛좋다는 제주 감귤도, 강원도 특산품인 감자도 내가 개발한 유량종자에서 태어난 녀석들이지요.

인터뷰어 박사님의 싱볼마크처럼 된 '씨없는 수박'이 본래 박사님의 개발품이 아니라면서요?

우 장 춘 그렇소. 난 씨없는 수박을 개발하지 않았소. 그것의 원리는 콜리친이라는 물질을 삽입해서 세포분열을 억제해 씨가 맺히는 걸 막는 겁니다. 사실 기형이라서 종자가 튼튼하지도 않을뿐더러 제대로 된 열매를 수확하기가 힘들어 가격도 꽤 비쌉니다. 게다가 당도도 일반 수박에 비해 떨어집니다. 수익성이 전혀 없는 사업이지요. 씨없는 수박은 본래 1943년에 나와 친분이 있던 교토제국대학 기하라 히토시박사가 개발했는데, 그도 내 「종의 합성」 논문에서 아이디어를 차용했기에 서로 윈윈한 셈이지요. 내가 한국에 와 1953년에 그걸 만든 이유는 대중화가 목적이 아니었어요. 일종의 '마케팅 쇼'였어요. 그때까지만 해도 농민들이 우리 종자에 대한 불신이 심각했어요. 일본 것만 믿을 수 있다고 생각했죠. 그들에게 뭔가 새로운 걸 보여줘야 했어요. 해서 씨 없는 수박으로 전국 시연회를 열면서 우리 종자의 우수성을 널리 알린 겁니다. 결과는 대성공이었어요. 그렇다 보니까 어느새 내가 씨없는 수박의 아버지처럼 돼버린 겁니다.

인터뷰어 고국에서 많은 공적을 쌓았지만 당시 이승만 정권은 박사님에 대해 냉소적이었습니다. 그 이유가 뭔가요?

우 장 춘　여러가지 이유가 있었겠지만 일본에 처자식을 두고 홀로 와서 곧 일본으로 돌아가지나 않을까, 하는 불안감이 그 원인이었던 것 같습니다. 한마디로 나를 못믿었던 거죠. 오자마자 출국금지명령으로 내 발을 묶어 홀어머니 장례식에도, 딸 결혼식에도 갈 수 없었습니다. 가족과 생이별한 것도 가슴 아픈데, 한국말이 서툰 걸 운운해 친일파라며 조롱했습니다. 나는 한국말에는 서툴었어도 모든 공문을 한글로 쓸만큼 한글에는 능숙했습니다. 게다가 내가 연설할 때 가끔 북한에도 내 종자를 나눠주고 싶다는 뜻을 밝혔는데, 그걸 가지고 사상불순입네, 뭐네 하며 생트집을 잡더군요. 그러나 내 등 뒤에는 나를 믿는 농민들이 있어서 나는 그들만 바라보고 연구에 전념할 수 있었습니다. 갑을논박에도 불구하고 내가 죽기 이틀 전, 내 노고를 치하해 정부에서 대한민국 문화포상을 수여했습니다. 안익태 선생 다음으로 두 번째라더군요. 마침내 조국이 나를, 내 진심을 인정한 것이죠. 나의 조국에 고마워 한없이 눈물을 흘렸습니다. 아버지가 진 빚을 갚을 기회를 주어 감사합니다.

인터뷰어　별명이 많으세요. '고무신 박사님'. '불독', 등

우 장 춘　하하. 그런가요? '불독'은 학창 시절 별명입니다. 흔히 환경이 사람을 만든다고 하지요? 나도 그랬어요. 일본에서 거지만도

못한 조선인으로서 살아남아야 했으니까요. 내적으로 외적으로 핍박 받는 조선인으로서 감내해야 하는 여러 장벽, 즉 모든 사회적 차별과 싸워 이기려면 스스로 강해지는 수밖에 없었지요. 외유내강이 지나쳐 스스로에게 가혹할 만큼 엄격해서 동기들 사이에서 붙여진 별명이 '불독'입니다. '고무신 박사'는 내가 연구소에서 일을 할 때나 평상시에 늘 신고 있었던 게 바로 흰 고무신이었습니다. 농민들과 마음을 함께 한다는 의미도 부여할 수 있겠지만, 고무신이 내겐 가장 편한 신발이었어요.

인터뷰어　오늘 말씀 잘 들었습니다. 참으로 고생 많으셨어요. 고국으로 돌아와 주셔서 후손의 한 사람으로서 매우 감사드립니다. 살펴 가십시오.

못 다 핀
천재 물리학자의 꿈

20세기 현대 이론물리학의 금자탑을 세운
이휘소 박사

오늘 소환이 예정된 분은 1백년에 한 분 나올까 말까한 '천재'라는 타이틀이 어울리는 분입니다. 이 분을 일컫는 별명은 꽤 다양한데요. 이를테면, '팬티가 썩은 남자', '노벨상 제조기', 그리고 우리나라에서는 잘못된 정보로 인해 '핵물리학자'로 더 많이 알려진 분입니다. 현재 생존해 계셨더라면 우리나라 출신 물리학자들 중 가장 먼저 노벨상에 근접해 노벨물리학상을 수상하고도 남지 않았을까, 하는 아쉬움이 남는 분이십니다. 바로 이론물리학의 거목 이휘소(李輝昭, 1935. 1.1 ~ 1977.6.16) 박사이신데요. 학계에서는 벤자민 리(Benjamin, W. Lee)라는 영어 이름으로 더 많이 알려졌지요. 고작 20년도 채 되지 않는 학자로서의 짧은 연구 기간 동안 게이지이론의 재구격화, 참 쿼크입자 제시, 힉스입자 예견 등등 그 어떤 물리학자보다 경이로운 연구 성과를 내셨지요.

그는 140여 편의 논문을 발표했고, 지난 2013년도까지 그의 논문이 다른 논문에 인용된 횟수만 하더라도 1만 4천 회로, 지금까지 유래가 없는, 논문의 표준 모형을 제시했다는 찬사를 받고 있습니다.

현대 물리학의 정점이자 지금까지도 세계 석학들의 무한한 존경을 한 몸에 받고 있는 이휘소 박사님을 이 자리에 모시고 여러 말씀을 들어보겠습니다.

내 근본은 부모님,
특히 지혜롭고 인자하신 어머니

인터뷰어 안녕하십니까, 박사님. 저희 소환에 응해주셔서 감사드립니다. 천재 물리학자이시라기에 인상이 굉장히 차갑고 스마트해 보일 줄 알았는데 의외로 문학도처럼 푸근해 보이세요.

이 휘 소 하하. 곰돌이아저씨 푸우 형님 같은 인상이지요. 나 이휘소라 하오. '천재 물리학자'라는 타이틀은 조금 부담스럽소. 그냥 편하게 대해주시오. 편한 게 좋지 않겠소?

인터뷰어 예. 먼저 박사님이 연구하신 물리학, 그것도 이론물리학이라는 게 보통 사람들은 상당히 이해하기가 어렵습니다. 저는 학창시절에 물리시간이 낮잠 자는 시간이었지요.

이 휘 소 혹시 지금 사람들이 이런 옛 동요를 기억하는지 모르겠소. 내가 어릴 적에 동네 친구들과 뛰어 놀면서 많이 불렀는데. "바윗돌 깨뜨려 돌멩이, 돌멩이 깨뜨려 조약돌, 조약돌 깨뜨려 자갈돌, 자갈돌 깨뜨려 모래알…" 이렇게 물질을 잘게잘게 쪼개면 마지막에는 가장 작은, 우리 눈에는 보이지도 않는 무언가가 홀로 남을 겁니다. 바로 그것이지요. 내가 연구한 것은 우주를 구성하는 가장 작게 쪼개진 알갱이, 즉 소립자가 무엇이며 또 어떻게 상호 작용하는가를 연구하는 '고에너지 소립자물리학'이었어요. 이 세상을 구성하는 가장 작은 단위, 가장 기본이 되고 기초가 되는 물질을 찾아내는 것. 그게 내 역할이었어요.

인터뷰어 그렇군요. 박사님은 소년기에 어떤 아이셨어요? 보통 천재들의 어린 시절을 살펴보면 굉장히 호기심도 많고 유별나잖아요.

이 휘 소 지적 호기심이 굉장히 많았어요. 궁금한 건 꼭 답을 알아야 직성이 풀렸지요. 다행히 부모님이 두 분 모두 당시 엘리트 그룹에 속하는 의사셨어요. 자식에 대한 사랑이 한없이 극진하셨지요. 내 지적 호기심을 누구보다 잘 이해하셨고, 곁에서 항상 격려를 아끼지 않으셨지요. 부모님은 겸손하셨고, 검소가 몸에 베인 분들이셨어요. 가난한 환자들에게는 치료비를 받지 않을 만큼 선한 분들이셨지요. 그래서 우리집은 화목했지만 남들이 생각하는 것만큼 부유하진 않았어요.

특히 어머니가 무척 인자하고 자상하며 지혜로운 분이셨어요. 꼬리에 꼬리를 물고 이어지는 내 질문에 짜증 한번 내지 않으시고, 답을 함께 찾아주셨어요. 세상 모든 것이 다 궁금했던 나는, 그러나 때로는 어머니의 설명과 책 속 단순한 지식만으로는 성이 안찼지요. 내가 원한 지식은 이런 게 아닌데, 어쩐지 뭔가 허탈하고 찜찜한 거예요. 어머니는 그런 제 심정을 가장 잘 이해해 주셨고, "책 속에서 답을 찾지 말고, 질문의 답을 얻기 위해 책을 보거라"하고 말씀하셨지요. 그래서 나는 어릴 때부터 독서광이 될 수밖에 없었어요. 역사, 문학, 과학 등 도서관에 더이상 읽을 책이 없을 만큼 손에 잡히는 대로 책을 읽었어요. 전날 미리 공부를 해서 학교 수업시간이 너무 지루해 딴짓도 많이 했고요.

인터뷰어 어머니를 가장 존경하신다고요?

이 휘 소 예. 그렇습니다. 어머니는 나를 있게 한 뿌리입니다. 내가 공부에만 전념할 수 있도록 물심양면으로 뒷바라지 해주기도 했고요. 제가 어렸을 때, 사람은 누구나 죽어 세상에서 사라지는 것이라는 걸 알고 큰 충격에 빠졌습니다. 왜 사람은 죽는 것일까? 며칠 동안 고민했지요. 해답을 찾을 수 없는 질문이지요. 내가 세상에서 가장 사랑하고 존경하는 어머니도 어느 날 내 곁에서 영영 사라진다는 게 너무 무섭고 싫었습니다. 그래서 먹으면 절대 죽지 않는 약을 만들겠다고 결심했지요. 그 때 우리 어머니가 저에게 그런 말씀을 남겨주셨어요. "휘소야, 파란 바닷물에 빨간색 잉크 한 방울이 떨어지면 어떻게 되지? 잉크는 곧 사라져서 눈에 보이지 않겠지만 눈에 보이지 않는다고 해서 그게 완전히 아주 사라진 걸까? 바닷물에 떨어진 빨간 잉크는 눈에 보이지 않을 뿐 아주 사라진 것은 아니란다. 잉크는 바닷물이 되어 온바다를 떠돌게 되지. 생각해보렴. 얼마나 신나겠어. (중략) 휘소야, 사람이 죽는다고 해서 이 세상에서 완전히 사라지는 것은 아니란다. 모양을 바꿀 뿐이지." 우리 어머니는 이렇게 멋진 분이셨지요.

한 젊은 교수의 매우 열정적인 강의를 듣고 감명을 받아 재학 중이던 서울대학교 화공과에서 물리학과로 전과를 하고자 했지만 불가능해서 별 수 없이 자퇴하고 미군 장교부인회의 후원 장학생으로 미국 유학길에 올랐지요. 어머니 곁에 더 이상 머물 수 없게 됐을 때, 어머니와 나눈 편지가 내게 외롭고 고단한 타국생활을 버티게 해주었어요. 어머니가 너무 보고 싶어도 가난한 유학생 처지에 비행기 티켓을 구할 수 없어서 꽤 오랫동안 귀국을 하지 못했지요. 살아생전 장남으로서 효도도 제대로 못했는데, 제가 이렇게 또 불의의 교통사고를 당해 어머니보다 먼저 세상을 떠나와서 어찌나 죄송스럽고 가슴이 아팠는지 모릅니다.

나는 핵물리학자가 아니다.

인터뷰어 박사님의 물리학자로서의 지위와 연구실적은 고국에서보다 해외에서 더 많이 알려졌어요. 게다가 엉뚱하게도 고국에서는 핵물리학사로 이름을 알리셨어요.

이 휘 소 그 점이 나도 참 억울한 부분이오. 나는 이론물리학자지, 절대 핵물리학자가 아니오. 미국이 아인슈타인의 연구를 핵전쟁에 이용한 것에 내가 얼마나 분노했는지 모르오. 과학이 국가 간 권력다툼과 전쟁에 쓰이는 것은 매우 잘못된 것이오. 나는 정말 모든 사람에게 이로운 과학을 하고 싶었소. 가난하고 아픈 이들에게 우리 부모님이 아낌없이 의술을 베풀었듯이 나도 사람을 이롭게 하는 과학을 하고 싶었소. 소립자 연구 중에 세상의 모든 작은 물질들이 현미경으로 봐야만 볼 수 있는 작은 알갱이들로 분해되는 걸 보면서 세상 사람들이 모두 형제라는 생각을 했소. 전쟁이란 것도 결국은 인간의 탐욕 때문이지요. 나는 당시 과학의 불모지였던 고국에 도움을 주고자 귀국을 여러번 고심했지만 당시 박정희 정권의 폭압정치가 영 마땅찮아서 귀국을 미루고 있었어요. 한국인으로 살고 싶어서 미국 시민권 취득도 미루고 미뤄 연구 활동에 지장이 생길 때 즈음에 마지못해 신청한 거요. 그런데 이런 나를 두고 박정희 정권을 도와 핵을 만들려고 하다가 미국 정보기관에 제거됐다니? 황당해도 이렇게 황당하고 억울할 게 또 있겠소? 핵은 내 관심분야가 절대 아니오.

인터뷰어 독자들의 이해를 돕고자 자초지종을 설명해 주십시오.

이 휘 소 학자나 작가는 본인이 공적으로 발표한 것에 대한 책임감을 가져야 한다고 생각하오. 파급력에 따라서 한 사람을 죽일 수도, 살릴 수도 있는 문제요. 그래서 사실 확인이라는 게 꼭 밑바탕이 되어야 하오. 아무리 픽션이 가미된 소설이라 해도 말이오. 근데 1993년에 한 작가가 발표한 소설에 내가 마치 핵물리학자처럼 묘사되었고, 박정희 정권을 도와 핵을 개발하는데 중추적 역할을 하는 걸로 묘사되었소. 결말에는 한국이 핵을 갖는 것을 용인할 수 없었던 미국이 주인공을 의문의 교통사고로 위장해 죽이는 걸로.

이 책은 곧 베스트셀러가 됐고, 영화로도 만들어졌소. 엄청난 파급력에 이휘소는 핵물리학자다, 군사정권을 도와주다가 제거됐다, 이렇게 사실인양 굳어져 사람들에게 인식돼버린 겁니다. 내 유족이 작가를 상대로 법적 소송도 벌였지만 모두 허사였습니다. 작가는 핵물리학자가 어때서 고인의 명예를 실추시킨 게 되냐며 적반하장 격으로 나왔고, 법원은 작가의 표현의 자유를 인정한다며 원고패소판결을 내렸지요. 꼼짝없이 나는 그토록 경멸하던 핵을 만드는 핵물리학자로 낙인찍혔지요. 다행히 근래에 내 제자들과 학계의 노력으로 오해에서 조금이나마 벗어나고 있지요.

남이 아는 것은 나도 알아야 한다.

내가 모르는 것은 남도 몰라야 한다.

인터뷰어 박사님은 흔히 '노벨상메이커'로 통하는데요. 중점연구하신 분야에서 노벨물리학상이 두 번이나 나왔어요. 아마도 너 오래 사셨더라면 노벨물리학상을 수상하지 않았을까, 싶어요. 오펜하이머 (전 미국 프린스턴 고등연구원장)박사가 그런 말을 했다지요. 자기 밑에 아인슈타인과 이휘소가 있었지만 이휘소가 더 뛰어난 학자였다고.

이 휘 소 1979년 기본입자 사이의 전자기력과 약한 상호작용의 통합에 관한 이론 연구와 약한 중성류의 예측으로 내가 모델을 제시한 연구에서 노벨물리학상이 나왔고, 20년 후 1999년 내가 생전에 연구에 매달렸던 게이지 이론에서도 노벨물리학상이 나왔지요. 내가 조금 더 오래 살았더라면 여러 규정상 99년도에 수상했을 거라는 추측도 있긴 하지만 누가 받으면 어떻소. 학계에서 해당 물질이 발견되어 인정받으면 내 역할을 다 한 거요. 1979년 노벨물리학상 시상식장에서 수상자인 압두스 살람이 내가 현대물리학의 시계를 10년 앞당긴 천재라며 내가 서있어야 할 지리에 자기가 서있는 게 부끄럽다는 소감을 밝히는 걸 보면서 감격했소. 또, 우주를 구성하는 세상에서 가장 작은 알갱이인 이른바 '신의 입자'인 힉스 입자의 존재를 예견하고 명명한 것도 나였소.

인터뷰어 박사님의 평소 좌우명은 무엇입니까?

이 휘 소 '남이 아는 것은 나도 알아야 한다. 내가 모르는 것은 남도 몰라야 한다.'입니다. 얼핏 내가 자존심도 세고 마치 사돈이 땅을 사면 배가 아픈 질투심 많은 사람으로 보일 수도 있는데, 그런 뜻이 아닙니다. 남이 알아낸 것을 뒤쫓아 가는 연구가 아니라, 스스로 물리학의 새로운 화두를 제시하는 선구자적인 과학자가 되고자 했던 것이오. 남이 차린 밥상에 수저만 올려놓는 건 재미도 없고, 학자로서 매너도 아니오.

인터뷰어 '팬티가 썩은 남자'라는 별명도 있던데 어쩌다가 그런 별명을…?

이 휘 소 연구에 몰두하다 보면 며칠씩 집에 못가는 것은 다반사지요. 동료와 식사를 하다가도 뭔가가 떠오르면 그 길로 뛰쳐나가 이삼일씩 연구실에 틀어박혀 연구에 전념했죠. 배고픈 것도 잊고. 그러다 보면 속옷도 며칠씩 갈아입지 못했지요.

인터뷰어 그렇군요. 오늘 말씀 감사합니다. 살펴 가십시오.

조국을 위해
던져진 촛불

한국 최초의 여성경제학사, 최 영 숙

  이번 인터뷰는 여성 인권의 불모지 조선에서 안타까이 스러져간 한 여성에 대한 이야기를 하려 합니다. 개회기, 즉 근대로 넘어오면서 이른바 신교육을 받은 신여성들의 삶은 대략 두 부류로 나뉘었는데요. 이전의 어머니의 삶과는 확연히 다른, 배울 만큼 배웠고 자유연애관과 새로운 가치관으로 무장한 그녀들은, 그러나 여전히 두텁고 강한 남성우월사상, 특히 엘리트 여성들에 배타적인 남성 중심적 사회에 무참히 부딪쳐 희생되었습니다. 그들은 제 풀에 지쳐 아무개의 첩으로 사는 것으로서 현실에 안주하거나, 다른 부류의 여성들은 남자들만의 세상에 반기를 들며 진취적인 사명감으로 비상을 꿈꾸었지만 끝내 얼마 날지도 못한 채 시대의 벽에 부딪쳐 추락하고 말았지요.
  '다름'에 배타적이고 적대적인 사회에서 그들은 신여성이기에 불행했습니다. 그 중, 가장 특별했으나, 어쩌면 그 특별함 때문에 오히러 더욱 불행했던 한 비운의 천재가 있었습니다. 그녀의 이름은 최영숙(1906년~1932년 4월 23일). 한국 최초의 스웨덴 스톡홀름대학 출신 경제학사입니다.

오늘 이 자리에 최영숙 선생님을 소환하여 동양인 최초로 스톡홀름대학을 졸업하게 된 계기와 귀국 후 조국에서 겪은 고초 등 여러 이야기를 들어보도록 하겠습니다.

암울한 식민지 조국의 빛과 소금이 되고팠던 한 소녀의 꿈

인터뷰어 안녕하십니까? 최영숙 선생님.

최 영 숙 안녕하세요. 최영숙입니다. 반갑습니다.

인터뷰어 선생님의 스물일곱 해의 짧은 일생을 되짚어보면 한 자루의 촛불 같다는 생각이 듭니다. 멋지고, 경이롭고, 그러면서도 참 많이 안타깝고요. '파란만장'이란 단어밖에 안 떠오릅니다.

최 영 숙 그런가요? 어릴적에는 세상 둘째가라면 서러울 수재로 통했지만, 결국 내 최종 직업은 미나리, 콩나물 파는 구멍가게 야채장수였어요. 직업에 귀천도 없고 야채장수가 나쁜 직업이란 뜻이 아니라 이 나라는 5개국 능통자, 스웨덴 스톡홀름대학 경제학사 출신조차 발붙일 곳이 없어서 구멍가게 야채장수로 생을 마감하게 하는 묘한 재주를 부리더란 말입니다. 내가 지난 날 겪은 고초에는 여자라는, 것도 식민지 조선의 여자라는 이유도 얼마간 포함됐을 거요.

인터뷰어 당대 보기 드문 해외 유학파셨어요.

최 영 숙 당시 엘리트들은 일본 유학파가 태반이었지요. 나는 동양인으로서도 최초로 스톡홀름 대학을 졸업했어요. 그렇다보니 그곳 사람들이 저를 신기하게 여겨 과잉 친절을 베풀기도 하고 어딜 가나 사람들의 주목을 받았지요. 파란 눈의 사내들도 요즘말로 하면 데시를 하더이다. 한마디로 나 '미스 최', 스웨덴에서 아돌프 황제의 총애도 한 몸에 받고 인기 짱이었습니다. 그랬는데 조선에 와서는 찬밥 신세가 되어 사람들의 입방아에 오르내리기나 하고, 결국 생활고로 요절하는 신세가 됐지요.

인터뷰어 당시에는 굉장히 생소한 나라였을 텐데 스웨덴에서 유학을 하게 된 계기가 있으신가요?

최 영 숙 스웨덴의 저명한 여권운동가 겸 사상가였던 엘렌 케이를 만나야 한다는 열의 하나로 가치관과 신념이 비슷한 중국인 친구와 함께 스웨덴 행을 결심했지요. 엘렌 케이는 주활동무대였던 서구에서는 그리 많이 알려지지 않았지만, 조선과 일본, 중국의 여성운동에는 지대한 영향을 끼쳤던 인물입니다. 1910~20년대 동아시아의 자유연애와 여성운동은 엘렌 케이의 사상에 뿌리를 두고 활활 타 올랐지요. 작가 이광수도 소설「무정」의 주인공 이형식의 박식함 을 설명하면서 그가 타고르의 이름을 알고, 엘렌 케이 여사의 전기 를 보았다고 쓸 정도로 엘렌 케이는 당대 동아시아 지식인 사회의 저 명인사였지요. 그녀의 저서들 중 「연애와 결혼」, 「연애와 윤리」 는 당대 신여성의 필독서였어요. 나 역시 중국 난징에서 고등학교를 다닐 때 엘렌 케이의 저서들을 접하고 큰 감회를 받아 그녀를 만나고 싶다는 맘 하나로 시베리아 횡단열차까지 타고 스웨덴으로 무작정 달려갔지요. 그러나 나는 그녀와 조우할 수 없었어요. 내가 스웨덴으 로 출발하기 석달 전, 그녀는 이미 이 세상을 떠나고 말았으니까요.

인터뷰어 많이 아쉬웠겠군요. 선생님은 영어 · 일본어 · 중국 어 · 독일어 · 스웨덴어까지 총 5개 국어 능통자로서 당시 여성으로 서는 보기 드물게 이화학당을 졸업하신 후에 중국으로 건너가 학업 을 계속 하셨습니다. 특별한 동기가 있으십니까?

최 영 숙 후대에 이런 말이 있다지요? 공부가 가장 쉬웠어요, 라 는 말. 하하. 돌 맞을 일이지만, 내가 정말 그랬어요. 공부가 가장 재 미있고 쉬웠어요. 나는 경기도 여주의 한 평범한 집안의 딸이었습니 다. 아버지가 나중에 포목상을 해서 돈을 좀 벌긴 했지만, 그리 큰 부 자는 아니었고 독실한 기독교 집안이었어요. 나는 어려서부터 재주가 비상하고 총명해서 집안 어른들이 딸로 태어난 게 아깝다 했을 정도였지요. 일곱 살에 여주보통학교에 입학해 열한 살에 우수한 성적으로 졸업했는데 당시 보통학교 수학연한이 4년이었고 열네살이 돼야만 중등학교 과정에 입학할 수 있었기 때문에 너무 일찍 졸업해 3년을 집에서 놀면서 보냈어요. 내가 열네살이 되던 해에 3·1운동이 일어났죠. 우리 부모님도 당시 보통 부모들처럼 계집이 보통학교 정도만 졸업했으면 됐지 공부를 더 해서 뭐하냐는 완고한 생각을 하셨어요. 마침 시절도 수상하고 해서 상급학교 진학을 결사반대하셨지요. 하지만 나는 공부를 더 하고 싶었어요. 여자라고 해서 공부를 못하게 한다는 건 뭔가 불공평하다고 생각했지요. 해서 나는 매일매일 예배당에 나가 백일기도를 드리며 완고한 부모를 설득했고, 가까스로 부모님의 허락을 받아 경성으로 상경, 이화학당에 입학했어요. 근데 3·1운동 직후라서 학교 분위기가 어수선했지요. 내 1년 선배가 유관순이었는데, 그 선배님은 모진 고문으로 옥중에서 사망했지요. 학교는 입학식만 겨우 치른 후 휴교에 들어가고……. 다수의 교사와 학생들이 잡혀가 투옥됐거나 목숨을 잃었어요. 그 때 깨달았어요. 식민지 조선의 암울한 현실을. 1923년 이화학당을 우등생으로 졸업하고 나서 제 나머지 생을 조선의 독립운동에 투신하기로 결심하고, 임시정부가 있는 중국으로 건너갔어요.

인터뷰어 그러셨군요. 그럼 그 때 안창호선생과 같은 독립투사들과 조우하신 겁니까?

최 영 숙 예. 그랬어요. 난징에서 여학교를 다니던 틈틈이 상하이로 가서 망명 중이던 임시정부의 여러 인사를 만났지요. 당시 나에게 큰 감화를 준 인물은 도산 안창호선생님이셨어요. 선생님도 총명하고 민족정신이 투철하다며 나를 남달리 중하게 아끼셨고요.

인터뷰어 여학교 시절 별명이 '마르크스걸'이었다는데…… .

최 영 숙 중국으로 건너가 난징 명덕여학교에 들어간 나는 몇 달만에 중국어를 유창하게 구사할 정도가 됐어요. 내가 언어감각이 남달랐거든요. 이듬해 조금 더 좋은 환경에서 공부하고자 당시 명문으로 이름이 드높았던 난징 회문여학교로 편입했어요. 그 곳에서 성적도 우수했고, 특히 영어와 독일어 능력은 타의 추종을 불허할 정도의 수준이었으며, 성악과 피아노의 재능도 남달랐어요. 어쨌든 회문여학교 재학시절 친구들과 마르크스사상에 대한 토론회를 자주 가졌는데, 그 때부터 사회주의사상에 심취해 혁명적 '마르크스 걸'이 됐지요. 인도의 사로지니 나이두 여사와 앞서 말한 엘렌 케이 사상에 심취한 때도 바로 그 시절이었어요. 실제로 제가 스웨덴으로 가는 길에 마르크스사상 및 당시 일본이 멋대로 정한 불온서적이 짐 속에 몇 권 들어있어 검문에 발각되어 고초를 겪기도 했었지요.

인터뷰어　스웨덴 유학시절 중 아돌프 황태자의 총애를 받기도 하셨다는데요. 유학시절 이야기를 부탁드릴게요.

최 영 숙　내 인생에서 가장 빛나던 때였지요. 스물 한 살 되던 해인 1926년 7월, 나는 중국에서 유럽으로 건너갔어요. 상상하던 데로는 아니었시만 조선에 비하먼 스웨덴은 정말 천국 같은 곳이있어요. 핍박받는 약자도 없고, 노동자와 여성이 정당한 대우를 받는 곳, 노동자들이 배불리 먹고도 저축도 가능한 곳이었지요.

나는 여성인권과 노동운동에 관심이 많았기에 그런 게 잘 갖춰진 스웨덴은 참 내게 특별했어요. 엘렌 케이도 만나지 못하고 이역만리 땅에서 쓸쓸하고 고독했지만, 집안에서 유학비용을 한 푼도 지원받을 수 없었기에 울고만 있을 수도 없었어요. 뭐든 해서 학비와 생활비를 벌어야했어요. 해서 저는 일단 시골학교의 청강생 신분으로 들어가 낮에는 스웨덴어를 공부하고, 밤에는 생계를 위해 자수를 놓았어요. 외국 사람들은 자수 같은 걸 좋아해서 베갯잇 하나에 5, 6원의 수입이 생겼어요. 해서 그다지 힘들지 않게 공부할 수 있었고 얼마 지나지 않아 저축까지 할 여유도 생겼지요.

그 때까지 내가 만난 동양인이라고는 중국 대사 부부가 전부였어요. 1927년, 내가 동양인 최초로 스톡홀름대학 정치경제학과에 입학하자, 황태자 도서실에서 연구보조원으로 일할 기회가 생겼어요. 동양문화와 고고사에 관심과 흥미가 유별났던 아돌프 황태자가 아시아 곳곳을 여행하면서 수집해온 자료의 목록을 작성하고 중요 내용을 스웨덴어로 번역하는 일이었어요. 조선어, 일본어, 중국어, 한문에 능통하면서 스웨덴어까지 할 줄 아는 내가 적임자라고 생각했겠지요. 아돌프 황태자는 나에 대한 신뢰와 믿음을 아끼지 않으셨어요. 황태자 도서관에서 일한 덕분에 나는 스웨덴 지식인들과 폭넓게 사귈 기회가 많았고 모두가 나를 신뢰했고 좋아했지요. 내가 조선으로 귀국한다니까 황태자를 비롯해 몇몇 친분이 두터웠던 인사들이 어려울 때 꼭 돌아오거나 연락하라며 무척 아쉬워했고, 실제로 한 자명인사는 내가 어려울 때 사용하라며 어느 곳에서나 통할 수 있는 친서를 써주기도 하셨어요. 그러나 나는 그들에게 이방인에 불과했고, 폐가 되고 싶지 않았어요. 내가 그리 허망하게 죽고 난 후, 혹여 그들이 조선에 와 종종 내 안부를 묻곤, 매우 성실한 사람이었다며 안타까워했다지요.

행복의 기회마저 조국을 위해 희생한 대가.

인터뷰어 인도에서 결혼도 하셨고 아이도 임신 중이셨는데 홀로 귀국하셨다지요.

최 영 숙 그 점에 대해서 정말 억울한 점이 많습니다. 당시 조선인들이 나를 오해하기를, 새파란 처녀가 외국에서 풍기문란으로 혼혈아까지 임신해 왔네, 어쨌네, 하고 입방아를 찧기 바쁘더이다. 내가 어떤 인생을 살았고, 어떻게 죽었는지는 관심이 없고 사생활로 인해 이름이 알려신 바가 없지 않습니다. 풍기문란이라니요. 그건 사실이 아닙니다. 스웨덴 유학시절 파란 눈의 미남의 청혼에도 눈길조차 주지 않았어요. 실제로 내 일기에도 이런 구절이 적혀있습니다.

> "...그러나 S군아 / 네 사랑 아무리 뜨겁다 해도 / 이
> 몸은 당당한 대한의 여자라 / 몸 바쳐 나라에 사용될
> 몸이라 / 네 사랑 받기를 허락지 않는다."

1930년 경제학 학사학위를 받은 나는 미래가 보장된 스웨덴 생활의 유혹을 뿌리치고 이듬해 1월, 귀국길에 올랐어요. 열 여덟살에 난징으로 유학을 떠난 지 9년 만의 귀향이었어요. 아버지의 사업 실패로 집안은 거덜 나있고, 정신병에 걸린 오빠와 어린 동생들의 학업까지 모든 게 내 몫이었어요. 조선인 최초의 스톡홀름대학 경제학사였으니 내가 귀국해 집안을 일으키리라 모두들 나만 기다리고 있었지요. 나 역시 고국에서 해야 할 일이 많으리라 생각했고요. 해서 귀국

을 서둘렀지요. 마지막으로 유럽일주와 이집트, 베트남을 돌아보기로 했어요. 나는 가는 곳마다 환대를 받았지요. 특히 이집트에서 고대 유적을 답사하고 민족운동 지도자와 회견하는 등 분주하게 시간을 보내다가 그만 탈이 난 거에요. 오랜 피로의 누적과 기후가 안맞는 탓에 급격하게 쇠약해져 그나마 있는 돈도 약값으로 다 쓰고, 인도행 배 삯조차 없었지요. 해서 별 수 없이 화물칸에 몸을 싣고 인도로 향했지요. 귀부인 같은 차림새로 화물칸에 탔으니 이목을 끌기에 충분했지요. 낮에는 배 갑판에서 시간을 보냈는데 그 때 한 남자가 나를 며칠 간 유심히 바라보고 마침내 다가왔어요. 1등실 승객이었는데 영국에서 무역상을 하는 인도남자였어요. 무엇보다 우리는 대화가 잘 통했고 신념과 가치관도 비슷했어요. 나이두 여사의 생질이라는 것은 나중에 알았지만 우리는 곧 사랑에 빠졌어요. 그는 내게 아무것도 요구하지 않았어요. 내 의견을 언제나 먼저 존중해주었어요. 결혼 직후, 임신 중임에도 고국으로 돌아간다는 나를, 조국을 위한 내 사명감을 이해한다며 붙잡지도 못한 바보 같은 사람이었어요. 단지 1년에 한번씩 자기한테 와달라는 말만 남긴 채 나를 조선으로 떠나보내 주었어요. 그런데 그게 영영 이별이 되고야 말았지요.

돈의 냉혹함에 무너진 경제학사.

인터뷰어 그럼 귀국 후 어떤 고초를 겪으셨고, 왜 콩나물 장사까지 하게 되신 건가요?

최 영 숙 사랑과 조국 사이에서 수만번 갈등을 하다가 어렵사리 귀국을 해보니 조선은 피폐 그 자체였어요. 대공황여파로 전문학교를 나온들 실업률이 50프로에 육박했어요. 더구나 조선인들, 게다가 여성들에게는 취업의 기회마저 오지 않았어요. 처음에는 내 능력으로 무엇이든지 할 수 있다고 생각했지만, 시간이 지날수록 그건 내 환상에 지나지 않다는 걸 깨달았어요. 처음에는 대학교수, 신문기자 자리를 물색했으나, 현실의 벽은 매번 나를 무참히 무너뜨렸어요. 사실 일본 총독부의 허가가 있어야 취업이 가능한데 그들은 선진 문명을 배우고 와서 노동과 여성의 개화에 목적을 둔 내 존재가 두려웠던 거죠.

내 지식을 필요로 하는 곳은 아무 데도 없었어요. 식구들은 나만 쳐다보고 있지, 목구멍은 포도청이지요. 게다가 나는 부모님께 결혼과 임신사실을 알리지도 못하고, 나날이 힘든 날의 연속이었지요. 결혼반지마저 내다팔고 온 집안의 고무신을 모아 전당포에 잡혀 양식을 마련해야 했을 때는 절망적이었지요. 그때 비로소 나는 돈의 철학을 알았어요.

그러나 나는 누구에게도 내 경제적 곤란을 말하지 않았어요. 절친 임효정이 얼마간 도와준다고 했을 때에도 한사코 거절했어요. 다른 사람에게 구차하게 폐를 끼치지 않는다는 것이 내 평소 생활신조였으니까요. 생계가 많이 어려웠지만, 사회를 위한 일에는 발 벗고 나서서 솔선수범했어요. 낙원동 여자소비조합이 곤란을 겪고 있다는 소리를 듣자, 가만히 있을 수 없어서 손해 볼 줄 빤히 알고서도 자금을 융통해 인수하기도 했고, 이화학당 은사 김활란이 공민학교를 세울 계획을 말하자 만사를 제쳐두고 밥을 굶어가며 도서관에 드나들면서 공민독본 편찬에 적극 나서기도 했지요. 스톡홀름대학 경제학사인 내가 '콩나물장사'에 나선 것은 생계유지를 위해서가 아니라 바로 소비자운동을 전개하기 위해서였어요. 장사가 그리 어렵고 힘든 일인지 그때 비로소 몸소 깨달았지요.

임신한 몸으로 취직자리 알아보랴, 야채장사하랴, 공민독본 편찬하랴 백방으로 뛰어다녔으니 몸이 성할 리가 없었지요. 영양실조, 소화불량, 임신중독증이 차례로 찾아왔고 급기야 각기병까지 걸려 다리가 코끼리다리처럼 퉁퉁 부어올랐어요. 이화학당의 절친 임효정이 자기네 집에 와 얼마간 편히 쉴 것을 권하였으나 나는 그리 할 수가 없었어요. 식구들이 배를 주리고 있는데 나만 배불리 먹고, 맘 편히 쉴 수가 없었지요. 결국 꽃 피는 4월, 나는 실신해 동대문부인병원에 입원했고 나와 남편 로이의 사랑의 결실인 아이는 유산되었고, 수술 과정에서 혼혈아라는 사실 때문에 세간의 입방아에 오르내렸지요.

다시 세브란스병원에 옮겨졌지만, 가망이 없다는 진단을 받고 홍파동 자택으로 돌아가, 4월 23일 오전 11시, 나는 27년의 짧지만 나름 열심히 최선을 다해 살았던 생을 마감했지요.

장례비용조차 마련할 길이 없어서 내 평생 동지였던 임효정이 장례비 일체를 부담했어요. 내가 누울 묏자리 한 평 구하지 못한 탓에 홍제원 화장장에서 내 고단한 육신은 한 줌의 재가 되었지요. 귀국한 지 불과 몇 달 만에 세상을 달관해, "돈! 돈! 나는 돈의 철학을 알았소이다."라고 쓴 남편 로이에게 보내는 마지막 편지는 부치지 못했어요. 나를 보내준 그 사람도 아프고 슬플까봐서요. 내가 세상을 떠난 지 며칠 후, 남편 로이로부터 여비를 보내니 인도로 돌아와 달라는 편지가 도착했으나, 이미 늦은 후였지요.

내게 잘못이 있다면 아마 두 가지였겠지요. 세상을 너무 일찍 태어난 것. 다른 하나는 내 개인이 행복할 기회가 두 번이나 있었지만 조국이라는 큰 봇짐에 떠밀려 희생해버렸다는 것.

인터뷰어   참 가슴이 먹먹합니다. 오늘 말씀 감사합니다. 살펴 가십시오. 선생님.

나비에 미치다

'한국의 파브르', 나비박사 석주명

일제의 식민탄압이 한창이었던 1940년 서울에서 전 세계 나비학자들이 주목한 한 권의 영문 책이 출판되었습니다. 책의 제목은 『A Synonymic List of Butterflies of Korea (한반도 나비의 동종이명)』. 해석하면 '같은 종의 나비이지만 다른 종으로 잘못 알려져서 다른 학명이 붙은 것들을 바로잡는 목록'이라는 뜻이지요.

이 책은 유서 깊은 국제학술단체인 영국의 왕립아시아학회 한국지회에서 2년 전인 1938년에 조선의 가장 신뢰할 수 있는 연구자에게 집필을 의뢰, 미국 뉴욕에서 인쇄된 책이었습니다. 이 연구자는 황해도 개성 송도고등보통학교의 생물교사였던 석주명(石宙明, 1908~1950)이었습니다. 당대 사람들은 그를 가리켜 '나비에 미친 사람', 혹은 조금 온화하게 '나비박사'로 불렀지요. 정작 우리 후대인들한테는 생소한 이름이 되어가는 데 반해, 일본에서는 새로운 나비에 그의 이름을 본 따 학명을 붙여주는 등 지금까지도 그에 대한 연구가 활발하다고 합니다. 20여 년간의 짧은 연구기간 동안 유고집을 포함해 17권의 저서와 120편의 학술논문, 180여 편의 소논문과 기고문을 남기며 과학자로서 불꽃같은 삶을 살아나가 갑자기 세상에서 사라진 석주명 박사. 그를 모시고 여러 이야기를 들어보는 자리를 마련토록 하겠습니다.

외골수, 기타리스트를 꿈꾸다.

인터뷰어 안녕하십니까. 박사님.

석 주 명 안녕하세요. 살아생전 나비밖에 몰랐던 나비박사 석주명입니다. 반갑습니다. 옛날보다 환경이 많이 오염돼서 그렇겠지만 오는데 나비가 한 마리도 보이지 않아 섭섭했소.

인터뷰어 박사님을 상징하는 세 가지 키워드가 있는데요. 첫 번째는 나비, 두 번째는 제주학, 세 번째는 국제공용어 에스페란토입니다. 사진으로 보기에는 모범생 스타일이신데 의외로 여러 방면에 호기심이 많으셨네요. 박사님의 어린 시절 이야기를 부탁드리겠습니다.

석 주 명 내 어렸을 때 꿈은 '나비'와는 거리가 먼 '기타리스트'였소. 나는 평양의 어느 유복한 집안의 삼남매 중 둘째로 태어났소. 학창시절 소 한 마리 값보다 비쌌던 타이프라이터를 선물해 줄만큼 우리 집은 소위 '있는 집'이었소. 송도고보에 다닐 때만 해도 나는 지나치게 성격이 쾌활해 친구들과 나무 그늘에 앉아 기타치고 노래하는 걸 좋아했소. 머리는 나쁘지 않았으나 공부는 뒷전이었지.

한 때 기타만큼은 내가 조선 최고라 생각해 기타리스트가 되고 싶었으나, 어느 날 전설적인 기타리스트 세고비아의 기타연주를 듣고 그만 무너져버렸어요. 내가 열 번 죽었다 깨어나도 그에 버금가는 연주를 할 자신이 없더라고. 그런 연주를 못할 바에 기타를 붙들고 있는들 아무 의미가 없잖소. 그래서 그 길로 기타를 부숴버리고 다시는 기타 근처에도 안갔지요.

송도고보 2학년 말, 성적표를 받았는데 진짜 내가 꼴찌였소. 내 뒤에 아무도 없더라고. 빨간색 표시가 된 낙제과목도 여러 개 있고, 가슴이 덜컥 내려앉고 눈앞이 캄캄합디다. 이런 식이면 나는 아무것도 할 수 없다는 생각에 정신이 번쩍 났어요. 그 날부터 방학에도 집에 안가고 하숙방에서 밤낮으로 공부에 전념했어요. 한번 손에 잡은 건 반드시 끝을 보는 외골수 성미라서.

내가 방학이 돼도 집에 안 가니까 어머니가 하숙집으로 찾아오셨어요. 보나마나 놀기 바빠서 그런 줄 알았는데 내가 인기척도 못느낄

만큼 공부에 열중한 걸 보시고는 깜짝 놀라셨어요. 그 때부터 어머니는 있는 건 뚝심뿐인 이 아들의 가장 든든한 버팀목이자 후원자셨소.

인터뷰어 그렇게 공부에 전념한 결과, 일본의 명문 가고시마 고등농림학교에 유일한 조선인 학생으로 합격하셨군요? 나비에 대한 관심은 이때부터인가요?

석 주 명 가고시마 농림학교는 오늘날 전문대학과 비슷했죠. 내가 어릴 때부터 동물을 좋아했지만 덴마크 같은 낙농국가를 만드는 데 일조하고 싶어서 농학과에 지원했지요. 근데 축산학 교수님이 너무 못 가르쳐서 실망을 하다가 마침 일본 곤충학회의 회장도 지내시고 곤충계의 대부격인 오카지마 긴지 교수님이 있는 생물과로 옮겼지요.

그러던 어느 날, 아침부터 장맛비가 퍼붓고 있었는데 교수님이 학생들한테 나가서 곤충채집을 해오면 상을 주겠다는 거예요. 궂은 날에 곤충이 잡힐지 만무했지만 교수님 말씀인데 감히 안나갈 수는 없고, 마지못해 다들 나갔는데 한나절이 지난 후 돌아올 때는 모두들 빈손이었어요. 나를 제외하고는. 나는 하루살이 한 마리씩 담긴 삼각지 백여 장을 교수님 앞에 내밀었죠. 그랬더니 교수님은 감동 가득한 눈빛으로 나를 바라보셨어요. 그때부터 나는 '성실한 학생'으로 교수님의 두터운 신임을 받았소. 그 분이 내게 나비연구를 해보라 권유하

셨지요. "10년만 공부한다면 자네는 틀림없이 세계적인 나비학자가
될 것이네." 하고요.

조선의 나비에 아름다운 한글 이름을

인터뷰어 그래서 귀국 후 우리 땅의 나비 연구를 시작하신 거로
군요.

석 주 명 내가 귀국하자마자 마침 모교 송도고보에 교사자리가
났어요. 은사이신 원홍규선생님이 다른 학교로 전근을 가시고, 박물
학교사 자리가 비어 내가 들어가게 됐지요. 1931년부터 1942년까지
송도고보에서 일한 시기가 바로 내 연구의 절정을 이룬 시기였지요.
포충망 하나 달랑 들고 주말에는 가까운 산이나 들로, 방학 때는 전
국 방방곡곡 누볐지요. 사람들은 나더러 나비에 미친 놈, 혹은 점잖
은 선생이 코흘리개처럼 나비나 잡으려 이리 뛰고 저리 뛰어 다닌다
며 수군댔지요. 또, 내 허름한 행색과 좌우로 흔들며 걷는 이상한 걸
음걸이 때문에 땅꾼으로 오해 받아 뱀이 득실거리는 곳으로 안내해
주기도 했어요. 사람들이 그러거나 말거나 내 눈에는 오로지 나비 밖
에 보이지 않았어요.

  그러던 중 일본 학자들이 우리 조선의 나비들을 잘못 분류했다

는 사실을 알게 되었어요. 같은 종임에도 날개무늬나 모양이 조금 다르다는 이유로 다른 종으로 분류하거나 연구 실적을 올리기 위해 아예 새로운 종으로 발표하기도 했지요. 일본 학자들은 조선의 나비가 844종에 이른다고 발표했지만 사실은 248종이었던 것이죠. 그들은 외국인이기 때문에 세밀하게 연구하지 않아 쓸데없이 종의 수만 늘려놓았어요. 내가 1931년부터 15년간 한반도는 물론 만주, 홋카이도, 사할린 등을 돌며 채집한 나비만 해도 75만마리에 이르고, 배추흰나비에 대한 논문 한 편을 쓰고자 전국 각지를 돌며 채집한 17만여 마리의 표본을 대조 분석해 날개의 형태, 무늬나 띠의 색채, 모양, 위치 등 다양한 형질의 변이를 하나하나 꼼꼼히 관찰해 분류작업을 했어요.

또, 조선의 산과 들을 날아다니는 나비들에게 아름다운 한글 이름을 붙여주었습니다. 배추흰나비, 봄처녀나비, 도시처녀나비, 유리창나비, 지리산팔랑나비 등등.

인터뷰어 그럼 박사님이 해외에 알려지게 된 계기는 무엇인가요?

석 주 명 정말 기막힌 우연이었는데, 미국의 지질학자 모리스가 몽골탐사를 마치고 일행과 떨어져 혼자 서울로 오던 중 개성을 경성으로 잘못 듣고 개성 역에서 내리게 됐어요. 그게 막차라서 별수없이 개성에서 하룻밤을 묵어야 했는데, 시간은 많고 눈이 심심한 터에 송도에서 명소가 된 송도고보 표본실에 들렸던 겁니다. 거기에 진열된 수많은 동물과 나비 표본들에 감탄해 미국의 박물관과 표본을 교환할 것을 권유했으며, 본국으로 돌아가서도 자신이 직접 나서서 여러 박물관 및 대학과 송도고보와의 교류를 주선해줬어요. 그런 계기로 해서 하버드대를 중심으로 다른 서양 학자들한테까지 알려지게 됐고, 1939년 영국 왕립 아시아학회 한국 지부의 의뢰를 받아 영문 저작 『A Synonymic List of Butterflies of Korea(조선산 나비 총목록)』을 발간했지요. 당시 국내과학자로서 영문단행본을 펴낸 유일한 사례였다고 해요. 이 책은 지금도 영국왕립학회 도서관에 소장돼 있지요. 연구비를 지원해주는 왕립아시아학회의 집필 의뢰를 받고 몇 달 동안 학교를 쉬면서 연구 결과의 정리에만 몰두해 이 책을 쓸 수 있었죠.

인터뷰어 박사님은 제주학의 선구자이기도 하죠?

석 주 명 내가 제주를 참 좋아합니다. 지금은 육지와의 왕래가 자유로워져 토속미가 거의 남아있지 않아 안타까워요. 개발되기 전에는 정말 아름다운 곳이었어요. 내가 살던 당시에는 육지와 떨어진 탓에 제주도의 채집여행이 쉽지 않아 나비 연구에서 항상 취약지구였어요. 그래서 1943년 경성제대 생약연구소 제주도 시험장이 생기자마자 근무를 자청했어요. 내가 전국 각지를 돌며 나비채집을 하고, 다양한 사람들을 접하니까 사투리에도 남달리 관심이 생겼는데요.

그 전에 내가 제주를 두어번 갔는데 사람들의 말이 참 특이했어요. 해서 제주도에 머무는 2년여 동안 나비연구 뿐만 아니라 제주도 방언연구에도 관심을 기울였어요. 제주 곳곳을 돌며 사투리를 수집해 책으로 냈고, 제주의 옛 문헌을 연구했지요. 또 제주 민요인 '오돌또기'를 채보해 알린 것도 내 업적 중 하나입니다.

내 제주 방언연구는 제주도가 아직 육지의 영향을 받기 이전에 이루어진 것이므로 제주 토속 방언연구 뿐만 아니라 고어, 동남아지역의 언어와의 연관성을 밝히는데 중요한 자료가 되고 있지요. 향간에는 나를 '제주학의 창시자'로 부른다고도 하는데……에헴.

인터뷰어 국제 공용어 에스페란토어 보급에 관심을 두신 것도 같은 맥락인가요?

석 주 명 그렇지요. 1887년 폴란드 안과 의사 라자로 박사가 창안한 에스페란토어는 내가 일본 유학시절에 처음 알아서 관심을 가진 것인데요. 다른 민족끼리의 의사소통을 원활하게 돕고자 만든, 배우기 쉬운 국제 공용어이자 가장 대표적인 인공어입니다. 에스페란토어의 사용자들은 '1민족 2언어주의'에 입각해 같은 민족끼리는 모국어를, 다른 민족과는 중립적인 국제공용 보조어 에스페란토어 사용이 원칙이었습니다. 에스페란토어를 상징하는 것은 초록별로서, 초록색은 평화를, 별은 희망을 뜻하지요.

에스페란토어를 간단히 설명하면 문자가 모두 28개로, a, e, i, o, u 등의 5개의 모음과 23개의 자음으로 구성되어 있어요. '1자 1음'의 원칙에 따라서 모든 문자는 하나의 소리를 내고, 소리가 나지 않는 문자는 없어요. 예를 들면 사랑이라는 뜻의 amo의 경우, ama 사랑의, ame 사랑으로, ami 사랑하다, amis 사랑하였다, amas 사랑한다, amos 사랑할 것이다, 이렇게 과거형은 -is, 현재형은 -as, 미래형은 -os를 붙여 시제가 달라지는 거에요. 익숙해지면 되게 쉬운데, 설명으로 하자니 조금 어렵네요.

인터뷰어 과학자로서는 성공을 거두셨지만, 한 사람의 인생으로서, 한 남자로서도 그다지 행복한 인생을 사신 것 같지는 않으세요. 특히 미스테리한 죽음도 그렇고요.

석 주 명 그렇소. 나는 인간적으로는 불행했어요. 집에서는 아내조차 10분이상 대화를 나누지 않았으며 연구에 방해가 되는 요소들을 모두 제거했어요. 안방과 서재 사이에 벨을 두어 용건이 분명할 때만 아내가 나를 대면하는 걸 허락했소. 월급조차 연구비로 상당량이 들어갔고, 중매로 만난 신여성이었던 아내는 그런 나를 이해하지 못했어요. 결국 우리 결혼생활은 4년만에 파경을 맞았지요. 내가 이혼으로 구설수에 오르자 사람들은 '꽃을 모르는 나비박사'라며 뒷담화를 늘어놓았지요.

내가 어이없게 세상을 떠난 1950년 그해는 역사적으로도, 나한테도 최악의 해였어요. 6·25전쟁 중이었던 당시 국립과학박물관 동물학 연구부장이었던 나는 피난도 안가고 자리를 지켰는데, 폭격으로 과학박물관이 모두 불타버렸어요. 내 분신과도 같은 15만마리 가량 되는 나비표본들과 내 20년 연구생활의 피땀이 녹아든 원고뭉치들이 눈앞에서 한 줌의 재가 됐어요.

국군이 서울을 수복한 직후, 과학박물관의 재건 논의를 하려 10월 6일 아침에 집을 나섰다가 술에 취한 괴한의 총에 맞았어요. 군복차림의 그는 나를 붙들고 횡설수설을 했고, 나는 그의 총탄에 쓰러지며 마지막으로 "나는 나비밖에 모르는 사람이야."라고 말했어요. 그게 끝이었어요. 나는 80살까지 사는 게 목표였는데, 너무 빨리 끝나버렸지요. 그래도 후회는 없어요. 나는 매순간 최선을 다해 열심히 살았으니까.

내가 비명횡사하자, 내 죽음을 애석하게 여긴 일본인 학자 시로즈는 나를 기리는 뜻에서 흑백알락나비 아종의 학명을 'Hestina japonica seoki'로 지었고, 다른 일본인 학자 시바타니 또한 네발나비과에 'Seokia'라는 새로운 속(屬)을 설정해, 홍줄나비의 학명을 'Seokia pratti'이라 명명해 주었다고 해요. 그들은 내 연구에 진심으로 경의를 표해 내가 죽어서도 '석(seoki, seokia)'이란 이름이 붙은 예쁜 나비와 함께 날아다니기를 바랐던 것 같아요. 나비에 바친 내 삶이 헛되지 않았던 것이지요.

인터뷰어 오늘 말씀 감사합니다. 살펴 가십시오.

Part 2

역사의 뒤안길로 사라진 영원한 2인자

광해,
달리다 멈춘
그의 꿈

왕이었으나, 왕이 되지 못한 광해군

조선의 5백년 역사상 왕위에 올랐으나, 끝까지 왕의 직무를 수행하지 못하고 반대 서력에 의해 추출당한 불운한 왕이 두 분 계십니다. 바로 연산군과 광해군인데요. 연산군이야 워낙 폭정으로 악명 높았으므로 어쩌면 폐위가 정당한 결과물처럼 보입니다. 그러나 오늘 소환해 인터뷰를 진행할 이 분은 폐위가 다소 과한 처사였고, 본인 입장에서는 억울할 것 같기도 합니다. 그에 대한 후대의 논쟁도 뜨겁고요.

그래서 오늘 인터뷰의 주인공은 조선의 제15대 왕(재위 1608~1623)이었으나 인조반정으로 폐위당해 비극적으로 생을 마친 광해군(光海君: 1575~1641)을 모시고 인터뷰를 진행하겠습니다.

광해군은 무능의 아이콘이었던 선조임금의 둘째아들로 태어나서, 임진왜란을 수습하고자 세자로 책봉, 7년 동안 이어진 왜란 이후의

민심 수습과 실리외교로 부국강병의 기틀을 다진 분으로 긍정적인 평가를 받고 있지요. 두뇌도 총명하고 똑똑하셨다고 전해지는데, 어쩌다가 폐위까지 당하셨는지 여러 말씀을 들어보도록 하겠습니다.

임진왜란을 신봉에서 수습한 세자, 마침내 왕위에 오르다.

인터뷰어 안녕하십니까? 전하. 먼 길 오시느라 고생 많으셨습니다.

광 해 군 내 이름은 이혼(李琿), 조선의 15대 임금 광해요. 요즘 세상에서 나에 대해 궁금해 하는 이들이 많은 것 같소. 예전에는 연산에 버금가는 폭군이라고 그리 욕을 해대더니만. 역시 사람들은 그때그때라니깐. 빨리 진행하도록 합시다. 여기저기서 불려대니 아주 성가시어 죽겠어.

인터뷰어 먼저, 전하에 대한 후대의 평가는 아주 극과 극입니다. 조선의 역대 임금 중에서 보기 드물게 명석하고 똑똑한 임금이었다는 긍정적인 평가와 폐륜을 저지른 폭군이라는 부정적인 평가로 엇갈리는데요. 15년 동안 한 나라의 임금으로 사셨지만 반정으로 폐위당한 까닭에 '조'니 '종'이니 하는 번번한 묘호조차 갖지 못한 채 지금까지도 왕자의 이름으로 불리고 계십니다. 이 점이 상당히 서운하겠어요.

광 해 군 나도 그 점에 대해서 할 말이 아주 많소. 역사는 승자의 기록이오. 폐자 따위는 기억하지 않소. 백번을 잘 했어도 한번을 실수하면 낭떠러지에 처박히는 게 권력의 속성이오. 내가 재임시절 결정적으로 실수를 한 게 딱 한 가지 있었지. 인조반정을 막지 못한 것. 능양군 그 아이가 그리 큰 괴물이 되어 날 쓰러뜨릴 줄이야. 상상도 못했소.

인터뷰어 인조반정을 정말 눈치 못 채셨나요? 아무도 귀띔을 해주지 않았나요? 전하의 귀인 내시들조차도?

광 해 군 내시들? 쳇, 그것들이 뭘 알아. 나는 사람을 믿지 못했소. 나의 아버지조차도 나를 믿지 않았소. 오히려 자기보다 똑똑한 내가 당신 권력을 탐할까봐 조바심에 늘 나를 경계하셨소. 임진왜란이 터지자 나를 맘에도 없는 세자 자리에 올려 방패로 삼으셨지. 당신은 명나라로 도망칠 궁리까지 하면서 한 나라의 임금으로서 너무 무능한 모습을 보이셨지. 분조(조정을 나뉘어 다스림)로 내가 7년 전쟁을 수습하고 공을 세웠어도 아버지는 달라지지 않았소. 나를 세자자리에서 밀어내고 싶어하셨소. 조금만 더 오래 사셨더라면 나는 왕위를 적자인 영창한테 뺏겼을 걸세. 그러니 내가 누구를 믿을 수 있었겠소. 내 아버지조차도 내 편이 아닌데. 그렇다 보니 충신도 보이지 않고 간신만 눈에 들어왔소. 바로 이이첨 같은 작자지.

인터뷰어 이이첨이요? 난을 일으킨 그 이이첨?

광 해 군 내가 인조반정을 막지 못한 결정적인 이유가 바로 이이 첨같은 간신배들 때문이오. 나한테는 충성을 다하는 듯 보여도 뒤에 서는 사실을 은폐 조작해서 자기들의 힘을 키우고 사욕을 채웠지. 내 가 동복형 임해군과 이복동생 어린 영창끼지 죽이고, 계모 인목대비 까지 폐위시킨 것도 이이첨 등 대북파 간신들의 농락에 넘어가 그리 폐륜 짓을 저지른 것이오. 나한테 결국 독이 될 줄 모르고, 그들의 말 을 너무 잘 믿었소. 그게 화근이었소.

내 재위 기간 중 50여건의 역모사건이 있었소. 피바람이 그치지 않았지. 무수한 애꿎은 목숨들이 죽어나갔어. 근데 언젠가부터 역모 사건이 뭔가 앞뒤가 안맞는거야. 뒤가 구리고 타당성도 부족하고. 해 서 나대로 밀착 조사를 해보니, 뒤에 이이첨이 있었소. 그 자 말이라 면 뭐든 철석같이 믿었던 내 뒤통수를 치고 등에 칼을 꽂은 샘이지.

성군을 꿈꾸었으나,
성군으로 남을 수 없었던 까닭

인터뷰어 연이은 역모사건에서 이이첨의 힘만 키운 격이군요?

광 해 군 그렇지. 사람을 볼 줄 몰랐던 내 인사참사였소. 이이첨을 임금인 나도 어쩌지 못하는 괴물로 키운 것이오. 그걸 깨달은 내가 할 수 있는 게 뭐였겠소. 이이첨에게 더이상 힘을 실어주지 않는 거였소. 그 자의 날개를 꺾고자 모반신고가 들어와도 무시하고, 역모신고가 들어와도 콧방귀를 꾸다 보니, 정작 내 왕좌에 바람구멍 숭숭 뚫리는 것도 몰랐지. 그래서 인조반정이 터진 거요.

인터뷰어 위인전에서는 당대를 풍미한 훌륭한 신하들도 많던데 전하께서는 믿을만한 사람이 왜 이이첨 같은 자들뿐이었을까요?

광 해 군 사실 우리 아버지는 본인 능력에 비해 신하복 하나는 정말 끝내줬지. 난세에 인물이 난다고 했던가? 이이에, 이순신에, 곽재우에, 류성룡 영감 등. 기막힌 조합이었지. 근데 내가 왕위에 오르니 그 훌륭하신 양반들이 하나 둘씩 줄지어 세상을 떴소. 임진왜란 때 나를 보필해 나로 하여금 민심을 등에 업게 해준 그 분들이 말이오. 그 분들만 계셨더라면 내가 폐위까지는 안당했을 거요.

인터뷰어 전하께서는 재위시절 경연에도 소홀히 하셨다는데 신하들과 사이가 안좋있나요?

광 해 군 말이 통해야 경연을 하지. 경연이 뭔가? 임금과 신하가 함께 공부를 하며 중요한 정책을 토론하고 결정하는 자리요. 근데 내 신하들은 내가 무슨 안건만 내놓으면 무조건 안되옵니다 안되옵니다, 그러니 경연에 들어가고 싶겠소? 그리고 나는 나대로 국방력 강화에 신경 쓰느라 바빴소. 임진왜란의 기억은 내게 아주 쓰라린 상처였소. 요즘 세상 말로 하면 트라우마였지. 명과 여진, 왜에 끼어 언제 강대국에 먹힐 지도 모르는 판국에 앉아서 경연이나 한다고 뭐가 달라지겠소.

인터뷰어 전하께서 폭군으로 악명 높으신 세가지 이유를 아십니까? ① 폐륜행위, ② 우방인 명을 배신하고 미개한 오랑캐들과 친선도모, ③ 지나친 토목공사로 인한 백성들 수탈. 이 부분에 대해 인정하십니까? 끝으로 항변할 기회를 드리겠습니다.

광 해 군 모든 결과에는 그럴 만한 이유와 원인이 있는 법이오. 나보고 폐륜을 저질렀다고 하는데, 그 시작은 부친과 영창을 세자로 옹립하려는 무리들이었소. 그리고 명나라도 뒤에서 끼어 한 몫 했소. 후대에 그런 말이 있다고 들었소. '광해는 그리 뛰어난 인물이 아니었으나, 앞의 선조와 뒤에 인조로 말미암아 상대적으로 뛰어난 사람으로 보인다.' 내 자화자찬 같지만, 내 아버지 선조와 인조는 묘하게 닮았소. 자기보다 나은 자식을 시기하고 훼방놓는 졸렬함과 못난 심성까지. 인조도 소현세자가 청나라에 볼모로 가서 그들의 문명을 배우고 친하게 지내는 걸 보고 시기해서 제 자식을 죽였다는 설도 있소. 비열하게 내가 잘한 점도 실록에서 모두 지웠고.

우리 아버지 선조도 마찬가지였소. 나이 오십 중반에 새 중전을 맞았는데 새어머니의 나이가 나보다 아홉살이나 어렸소. 뭐 이건 옛날 왕들의 특권이었으니 대수롭지 않고, 병중에 그린 수묵화 한 점을 어느 날 신하들 앞에서 공개를 했더랍니다. 아주 의미심장한 그림인데.

인터뷰어 어떤 그림이었는지요.

광 해 군 대나무 그림이었는데, 바위 위에 왕대가 늙어 바람과 서리에 꺾이고 말라 고목이 된 모양이었고, 그로부터 악죽이 뻗어 나와 가지와 잎사귀가 지나치게 무성해 꾸불꾸불 엉킨 모습이었소. 또 다른 하나는 왕죽의 원줄기로부터 나온 싱싱하고 빛이 나는 죽순의 모습이지. 이 그림에서 왕대는 아버지 자신을, 악죽은 나를, 어린 죽순은 영창을 뜻했소. 이 그림을 본 신하들은 아버지의 마음이 어디에 있는지 대번에 알아챘소. 나를 세자자리에서 내치고자 함이었소. 그때부터 내 자리는 위태로웠소. 아버지가 죽은 직후에는 명나라가 내 속을 긁었소. 임진왜란 중에는 나를 왕으로 추대해야 한다고 해서 아버지의 분노를 사게 하더니, 정작 내가 왕위에 오르려니 장남 임해군을 걸고 넘어지며 책봉을 차일피일 미뤘소. 해서 나는 형에게 미친 척 하라고 시켰고, 결국 내 정적인 형제들을 모두 역모 죄로 처단하며 왕위에 올랐소. 내가 그리하라고 명한 적은 없지만 결과적으로 그렇게 된 것이오. 인목대비는 서인으로 강등돼 서궁에 감금당한 신세가 됐고.

하지만 그들이 나를 끊임없이 자극하지 않고 가만히 놔뒀더라면 그렇게까지는 안됐을 거요. 나 또한 평화롭게 해결을 보고 싶었소. 아무튼 결과가 안 좋다 보니까 성리학 중심의, 특히 효가 근본인 나라에서 내가 저지른 짓은 쉽게 용서되지 않았지요.

두 번째, 명나라를 배신했다는 것도 명을 숭상하는 그들의 명분이오. 나는 내 나라에서 두 번 다시 전쟁을 치르게 하고 싶지 않았소. 그들의 말대로 명이 임진왜란 때 우리를 도운 것은 고맙게 생각하오. 그러나 우리도 우리의 실리를 챙겨야 하지 않겠소? 용의 꼬리가 되느냐, 뱀의 머리가 되느냐 문제였소. 나는 내 나라를 지키고자 명과도 의리를 지키고, 신생국 후금과도 잘 지내고자 중립외교를 펼쳤소. 각 나라에 첩자도 보내 동향도 감시했고. 그게 뭐가 잘못된 거요? 그래서 내 재임기간 중에는 전쟁이 없었소. 뒤에 인조 때는 두 번이나 있었지.

마지막으로 대규모 토목공사, 그건 지금도 후회하는 바요. 내 딴에는 시시때때로 위협받는 왕권을 강화하고자, 진정 임금으로 인정받지 못하는 내 콤플렉스를 그런 식으로 보상받으려 했던 모양이오. 그러나 나도 잘한 게 있소. 허준선생이 집필한 『동의보감』을 민간에 보급해 백성들의 건강을 살폈고, 땅부자인 지주들의 반발로 결국 흐지부지 됐지만 대동법실시는 백성들한테 박수를 받았소. 후대양반들은 이점을 필히 기억해 주시오.

인터뷰어 예. 전하. 오늘 말씀 감사합니다. 살펴 가시옵소서.

아비와 아들에
거세당한
비운의 세자

아비의 명에 의해 뒤주에 갇힌 사도세자

조선왕조 5백년의 역사 속에서 '사도세자'라 하면, 언제고 왕이 될 수 있는 자리에 있었으나, 아버지와의 불화로 인해, 혹은 봉당정치의 희생양으로 뒤주(쌀독)에 갇혀 비참하게 죽은 비운의 세자로 알려져 있습니다. 권좌의 2인자로서, '권력은 부자(父子)간에도 나눌 수 없다.'는 말도 있듯이 부왕(父王)과 불화를 겪은 세자들이 역사상 종종 있었지요.

그러나 아버지의 직접적인 명에 의해 아들이 뒤주 안에서 잔인하게 죽임을 당한 결과를 놓고 보면 비극성과 참혹성은 영조(英祖,1694~1776, 재위: 1725~1776)와 사도세자(思悼世子, 1735~1762)가 가히 압도적이겠지요. 그래서 오늘은 사도세자를 이 자리에 특별히 모시고, 그렇게 된 까닭과 심경을 들어보도록 하겠습니다.

자신의 콤플렉스를 아들로 벗으려 했던
완벽주의자 영조

인터뷰어 안녕하십니까. 저하.

사도세자 안녕하시오. 나 왕이 되려다가 왕이 되지 못한 비운의 세자, 사도세자요. 요 근래 나를 소재로 드라마와 영화로 만들어지고, 그렇게라도 후대 사람들이 나를 기억해주고 재평가해 주니 더없이 기쁘오. 나는 사실 그리 못나고 이상한 사람이 아니었소.

인터뷰어 왕과 세자의 관계가 서열 1위와 2위의 권력 관계이므로 부자관계를 떠나 상당히 어렵고 힘든 관계였지요? 응석 같은 건 감히 생각도 못하고. 저하도 아버지 영조와 불화를 많이 겪으시면서 돌이킬 수 없는 지경에까지 이르셨는데 어렸을 적에도 관계가 안좋았는지요?

사도세자 아무리 어린아이라 해도 세자한테 응석은 어림 반푼어치도 없소. 결론적으로 말씀드리자면, 내가 아버지 영조의 기대에 미치지 못해서 실격 당한 것이지요. 우리 아버지 영조가 장자인 효장세자(만 9세에 요절)를 보내고, 햇수로 7년 만인 마흔 둘에 후궁 사이에서 어렵게 나를 얻었소. 나의 생모 영빈이씨도 옹주만 내리 다섯을 낳은 끝에 왕자인 나를 생산했소. 두 분이 얼마나 좋아했겠소. 얼마나 기뺐는지 부왕이 다음과 같은 말을 남겼다 하오. "삼종(三宗. 즉 효종 · 현종 · 숙종)의 혈맥이 끊어지려다가 비로소 이어지게 되었으니, 돌아가서 여러 성조를 뵐 면목이 서게 되었다. 즐겁고 기뻐하는 마음이 지극하고 감회 또한 깊다"라고요.

그래서 즉각 나를 중전의 양자로 들여 원자로 삼았으며, 이듬해에는 왕세자로 책봉했소. 아직 걸음마도 못 뗀 어린 아이를 원자에, 이어 세자 자리에 올린 건 조선의 역사상 유래가 없는 초스피드한 기록이었지. 그만큼 나는 귀한 아들이자, 귀한 세자였소.

인터뷰어 듣자하니, 저하께서 어릴 적부터 남달리 총명하시어 왕실의 사랑과 기대를 독차지 하셨다는데요. 사실입니까?

사도세자 그랬소. 나는 어렸을 때 실로 대단한 아이였소. 말보다 글을 먼저 깨쳤소. 내 성장과정을 기록한 궁중 문서에도 모두 기록된 사실이오. 생후 7개월이 되었을 때 동서남북 방향을 분간했소. 내 부인인 혜경궁 홍씨가 남긴 「한중록」에도 기록된 내용이지만, 만 두 살 무렵에는 아직 걸음마도 시원찮을 나이인데 나는 60여 자를 깨쳤소. '왕'이라는 글자를 보고 부왕을 가리키고 '세자'라는 글자에서는 나를 가리켰소.

뿐만 아니오. '천지왕춘(天地王春)'이라는 글자를 종이 위에 쓰자 대신들이 서로 가지려고 잠시 다툼이 일기도 했고, 얼마 뒤에는 내 총명함에 감격한 부친의 분부대로 종이에 써서 대신들에게 나눠 주기도 했소. 한 스무장 남게 쓴 것 같소. 나는 글만 깨친 게 아니라 그 글자의 의미까지 명확히 이해하고 있었소. 세 살 때에는 사람들이 약과 같은 것을 주면 복 '복(福)'자나 장수 '수(壽)'자와 같은 좋은 뜻을 지닌 글자가 찍힌 것만 집어먹거나 남에게 권하였소. 후대에도 이런 신동은 드물 거요.

또, 「천자문」을 읽다가 '사치할 치(侈)'자를 보고 내가 당시 입고 있던 비단 옷과 모자를 가리키면서 "이것이 사치한 것"이라 하고는 당장 벗어던져 그 자리에 계신 나인 어르신들을 깜짝 놀라게 했소.

어린 시절 내 영특함은 아버지와 왕실의 기대를 가득히 채우고도 남았소. 그도 그럴 것이 나는 생후 100일 때부터 현대 말로 하면 세자 조기교육을 스파르타식으로 확실히 받았거든.

인터뷰어 세자 조기교육이요?

사도세자 그렇소. '세자는 위엄 있게 키워야 한다'는 게 부친의 소신이었소. 해서 아직 젖도 안 뗀 100일도 채 되지도 않은 갓난아이인데도 불구하고 생모와 떨어져 별채 저승궁(儲承宮)에서 나인들의 보살핌을 받으며 혼자 유아기를 보냈소. 그깟 왕의 자리가 뭐기에. 그리 혹독하게 아이를 대했는지 나로서는 지금도 이해가 안되오.

그도 그럴 것이 내 아버지 영조는 콤플렉스 덩어리였소. 자기가 천한 무수리의 소생이라는 자격지심이 이루 말할 수 없었소. 게다가 선왕이었던 경종을 독살하고 왕위에 올랐다는 의심까지 받고 있었던 터라, 부친은 강력하고 제대로 된 왕노릇을 할 수 없었소. 자기의 과실로 인하여 신하들과 백성들의 험담거리가 생기지 않도록 늘 말과 행동을 조심했고, 왕의 자리에 연연히지 않는 척, 정의로운 척, 의리파인 척 연기를 했소. 신하들의 입에 오르내리는 것 자체를 부담스러워했소. 그렇다보니 타인에 흠 잡힐 틈이 없는 완벽주의자가 될 수밖에 없었고, 그로 인한 일종의 강박증을 갖고 있었소. 부친 스스로도 자신의 성품에 대해 '너무 편벽되고 고상한 것을 지나치게 좋아하며 조급하다'고 평한 바도 있소. 사실이오.

혜경궁 홍씨의 글 「한중록」에도 비슷한 일화가 나옵니다. 자신이 애지중지 여기는 자녀의 집에는 그보다 덜 사랑하는 자녀가 가서 머물지 못하게 하고, 심지어 불길한 일을 당했을 때는 그리 애틋하지 않은 자녀를 불러서 불길함을 떠넘기는 이른바 '귀 씻기' 대상으로 삼기도 했지요. 보통의 아버지는 열손가락 깨물면 다 아프다 하지만, 우리 아버지는 자식도 편애했소. 자신이 보시기에 만족스러운 자식만 자식이었소.

이런 강박적인 사고는 어려서부터 주변 환경이 그를 그리 만든 거요. 천한 신분의 피가 섞였다는 콤플렉스로 인해 제왕이 되고나서도 그리 보일까봐 거기에 무의식적으로 집착을 하는 것이지요.

하여, 본인 아들 세자는 자신과는 다른, 강력한 제왕이 되기를 바라셨소. 신하들의 눈치나 평판 같은 걸 살필 필요도 없는 강력한 1인자.

그래서 백일도 지나지 않은 젖먹이 아이를 따로 떼어내서 엄격한 세자 조기교육을 시킨 거요. 세자만큼은 사사로운 정에 메이지 않고 냉철하고 강한 군주가 되기를 원했던 거지요.

부친은 내가 네다섯 살 때까지만 해도 내가 머무르는 저승궁에 자주 발걸음을 하며 함께 자고 놀아주시기도 했으며, 신하들 앞에서 똘똘한 내 자랑을 하는 등 늦게 얻은 귀한 아들답게 각별한 애정을 쏟으셨소.

하지만 이 역시 자유롭지가 못했소. 당시 저승궁에서 나와 동고동락을 함께 하던 나인들은 대부분 선왕 경종을 모시던 사람들이었소. 부친은 선왕 독살 의혹에서 자유롭지가 않은 처지였고 그래서 그들은 내 부모님(영조와 생모 영빈이씨)에 대해 썩 좋지 않은 감정을 품고 있었기 때문에 두 분이 저승궁에 오시는 일 또한 차차 줄어들었소. 결국 나 세자는 부모의 사랑과 훈육을 제대로 받지 못한 채 나인들 손에 떠받들어져 자라게 되었소.

혜경궁 홍씨도 비슷한 말을 남긴 것으로 아오. 세자가 후에 잘못된 방향으로 어긋나게 된 것은, 세자 교육이랍시고 어린 아이를 너무 일찍 부모의 품에서 떼어 성품이 올바르지 못한 나인들 손에 맡겼기 때문이라고 지적했다지요. 그때부터 내 인생의 단추가 잘못 꿰어진 셈이오.

그렇게 부모와 떨어져 남의 손에 키워졌지만, 지나치게 총명하고 똑똑한 사람이었기에 나를 향한 부친과 왕실의 기대치는 하늘처럼 높아만 갔소. 허나, 기대가 크면 그만큼 실망이 더 큰 법이오. 나는 대리청정 이후, 10대 중반부터 그 기대에서 멀어져 갔소.

인터뷰어 그러면 언제, 어떻게 부왕과 갈등이 시작됐나요?

사도세자 그 전에 우리 아버지 영조에 대해 한가지 더 말하고 싶소. 본래 자식을, 그것도 하나뿐인 외아들을 뒤주에 가둬 죽일 만큼 잔인하고 몰인정한 괴물 같은 사람은 아니었소. 권력이 그렇게 만든 것이지. 노친네가 다혈질인 듯 보이지만, 내면은 상당히 차갑고 철두철미한 성격이었소. 캐묻기 좋아하고 아주 깐깐하고, 치밀한 성격이었지. 자기 안의 엄청난 콤플렉스를 어쩌지를 못해 사람을 절대로 믿지 못했고, 항상 시험하셨소. 아들인 나조차 온전히 믿지 않고, 효심과 충심을 시시때때로 시험하셨지. 그 대표적인 예가 바로 '선위 쇼'였소.

인터뷰어 선위요? 왕의 자리를 내준다, 그런 뜻인가요?

사도세자 그렇소. 아주 징글징글했소. 노친네가 그럴 마음도 전혀 없으면서 걸핏하면 왕좌를 나한테 넘긴다고 쇼를 해대니, 낸들 속이 편하겠소? 그럴 때마다 신하들과 함께 대전 앞마당에 넙죽 엎드려, 아니되옵니다. 분부 거둬 주시옵소서. 아바마마, 를 수 천번을 외쳐야 했소. 비가 오거나 눈이 오거나, 바람이 불거나, 어둡거나, 몸이 편치 않거나 그 딴 것은 상관없이. 내가 세상에 나고 대리청정을 하기 전까지 총 5회의 양위파동이 있었소. 대부분 10세 미만이었소 한 번은 홍역에 걸려 열이 펄펄 끓고 아픈 와중에도 3일 동안을 대전 앞마당에 무릎을 꿇고 있다가 마침내 쓰러진 일도 있었소.

부친은 천한 무수리의 아들 주제에 이복형 경종을 독살하고 자신이 왕좌에 앉았다는 의혹에서 자유롭지 않았기에 때때로 그런 양위파동을 통해 자신이 왕좌에 관심이 없다는 걸 증명해보이고 싶어 하셨소.

왕의 진심이 아니라는 걸 알면서도 세자인 나와 신하들은 강력히 만류해야 했고, 백년 묵은 구렁이 같은 왕과 실랑이를 몇 차례씩 거친 뒤에야 비로소 어명이 거둬지는 거요. 그러면서 왕권이 더욱 강화되고, 정치적 전환이 이뤄지는 것이오. 부왕도 신하들을 제압하거나 정국을 전환하는 수단으로 양위 파동을 교묘히 이용했는데, 첫 양위 파동은 내 나이 만 4세 때였소. 노친네가 어떻게 되지 않고서야 어떻게 이제 막 걸음마를 뗀 아이를 상대로 선위 쇼를 벌일 수 있는지. 아버지 본인의 정치적 필요에 의해 벌이는 선위 쇼에 나는 그 어린 나이에도 매번 진정성을 보여야 했으므로 대전 앞에 무릎을 꿇고 엎드린 채 이마를 바닥에 찧으며 대죄해야 했소.

인터뷰어 참 힘드셨겠네요. 임오화변의 직접적인 계기가 되었고, 세자저하가 부왕의 눈 밖에 난 게 바로 대리청정으로 말미암은 것으로 알고 있습니다. 흑자는 저하가 붕당정치의 희생양이라고도 말합니다. 어떻게 생각하십니까?

사도세자 우리 부자 관계는 대리청정을 계기로 더욱 멀어졌소. 아버지는 나와 권력을 나눌 준비가 전혀 안됐는데 내가 정무에 깊이 관여하고, 노론중심의 정국운영에 반기를 들어 소론 쪽 신하들과 가까워지면서부터 갈등이 심화된 것이지요. 나는 외척세력을 경계했소. 결국 그런 이유로 친모 영빈이씨와도 사이가 멀어졌지만. 내 나이만 14세 때인 영조 25년(1749)에 대리청정이 시작됐는데, 그 이후에도 세 번의 양위 파동이 있었소.

전근대 왕정에서 대리청정은 훈련이 목적이오. 차기 왕좌가 이미 예정된 세자에게 일정부분 권력을 내줘, 시험 삼아 정국을 운영해보라며 부왕이 직접 훈련을 시키는 거요. 그것은 기회이자 위기였소. 국왕을 대신해 정무를 잘 수행하면 능력을 인정받고 입지를 굳힐 수 있지만, 그렇지 못하면 조정의 신뢰를 잃고 실각할 수도 있소.

내가 사춘기로 접어들면서 학문에 싫증을 내고 글보다 무예와 음주가무를 즐기는 기질을 훈련을 통해 바꿔보려 부친은 대리청정을 명했소. 하지만 이것은 우리 부자사이와 내 운명마저 초토화하는 직접적인 계기가 됐소. 부친은 자신이 어렵게 일군 탕평책을 유지해줄, 학문과 지혜가 뛰어나서 유학으로 무장한 조정대신들을 좌지우지할 세자를 원했소. 하지만 나는 그럴 능력까지는 갖추지 못했소. 뭘 해도 질책과 야단만 맞아 아버지를 뵙기가 갈수록 두렵고 무서웠소. 하물며 신하들이 잘못해도 내 탓, 날씨가 안좋아도 내 탓이 됐소. 잘 한 건 하나도 없고, 하나에서 백까지 잘못한 일 뿐이고, 야단만 맞는데 정상적인 판단을 할 수 있었겠소?

　처음에는 나도 어깨가 쩍 벌어진 당당한 체구에 위엄있는 눈빛과 중저음 목소리까지 갖춰 신하들이 감히 고개조차 들지 못했소. 하지만 부친에 야단맞고 혼나는 게 일상이 되니 갈수록 의기소침해져 멀리서 발자국소리만 들려도 가슴이 뛰고 식은땀이 났소. 급기야는 한 궁궐에 살면서도 몇 달간 부왕을 일부러 뵙지 않고 피한 적도 있소. 그렇다보니 부친의 눈 밖에 난 것은 당연했소. 결국 자포자기의 심경이 됐소. 나는 뭘 해도 안되는 놈이다, 나는 절대 임금 같은 걸 할 재목이 못된다, 그런 생각만 자꾸 들고 하루하루가 정말 가시 방석이었소.

그 때 얻은 병이 있소. 바로 '용포트라우마'. 세자가 궐에 들어가려면 용포를 입어야 하오. 언젠가부터 그것만 걸치면 전혀 딴사람이 되었소. 인격이 분리되는 것 같았소. 나는 포악하게 변했소. 용포를 입는 과정에서 나는 신경이 극도로 날카로워져 나인들과 환관들은 말할 섯노 없고 아내 혜경궁 홍씨와 내 사랑하는 여인 빙애에게도 엄청난 폭력을 휘둘렀소.

내 신경을 건드리면 환관이고 후궁이고 할 것 없이 목을 배고, 동궁 안에서도 히스테릭하고 무서운 존재가 되어갔소. 부친의 허락 없이 관서지방 유람도 가고, 동궁에 마음에 드는 여승도 들였고. 나의 죄명 10여가지가 적힌 상소가 올라오자, 부친은 극도로 분노하셨소. 나는 석고대죄를 했지만 아버지는 진실성이 보이지 않는다며 궐 밖으로 나가 상투를 풀고서 엎드린 채 통곡을 하셨소. 자식을 잘못 키워 나라가 망하게 생겼다고, 선왕들을 뵈올 면목이 없다고.

나는 부친이 무서워 벌벌 떨다가 혼절까지 했소. 그런 연후에 내 정신이 온전한 상태였겠소? 아버지가 바라는 세자와 인간 세자인 나는 극과 극이었소. 우리 부자가 닮은 구석이 하나 있긴 했지. '결핍'이오. 그것이 모든 문제의 원인이었소. 부친은 자신의 결핍된 부분을 나로 채우려 했고, 나는 내 결핍된 부분조차 여미지 못했소.

아비를 넘어서지 못한 세자는 실격과 파멸뿐.

인터뷰어   방금 전에 잠시 '빙애'라는 후궁을 언급하셨는데요. 저하와 굉장히 아픈 로맨스가 있었다지요.

사도세자   빙애…. 참 아프고 슬픈 이름이오. 참 가여운 사람이지요. 나를 만나서, 나 때문에, 나로 인해 죽은. 두고두고 미안한 이름이오. 성은 박씨였고, 이름은 빙애였소. 그 아이는 본래 할아버지 숙종의 셋째 부인인 인원왕후 처소의 침방 나인이었소. 어여쁘고 참으로 단아한 여인이었소. 사실 아내 혜경궁 홍씨와는 집안과 집안, 권력과 권력의 결합이었기에 애틋한 정 같은 것은 느끼지 못했소.

그런데 내가 어느 날, 대비전의 부름을 받아 들었다가 그녀를 보고 첫눈에 반했지 뭐요. 당시 왕실에서는 아무리 임금이고, 세자고 간에 웃어른의 나인에 손을 대는 일을 아주 엄격한 금기로 여기고 있었지만, 나는 빙애를 포기할 수 없었소. 내 세자자리와 목숨마저 걸 수 있을 만큼 나는 그녀를 사랑했고, 원했으나 부친은 절대 허락지 않으셨소. 남의 이목을 그리 중시하는 분이신데, 그게 용납이 될 리가 없지.

마침 인원왕후가 세상을 뜨셨고, 국상 중에 빙애를 강제로 내 후궁으로 만들어버렸소. 물론 부왕은 한동안 그 사실을 몰랐소. 아랫사람들에게 입단속을 아주 단단히 시켰거든. 부왕이 아시면 나는 죽은 목숨일텐데. 하지만 시간 문제일 뿐, 언제고 아시게 될 일이었소.

당시 여동생 화완옹주를 회유하여 빙애를 그 집에 숨겨놓았는데, 결국 이 사실이 부친의 귀에 들어갔소. 내가 강제로 빙애를 범했다는 소식, 그깃도 작은 할머니의 국상 중에 그런 몹쓸 짓을 저실렀다는 말을 전해들은 아버지는 실망을 넘어서서 진노하셨소. 부친의 결벽적인 생각으로는 도저히 있을 수도, 생각하기도 싫은 일이었을 테니까요.

나는 이판사판으로 빙애에게 세자의 후궁첩지를 내러주지 않으면 확 죽어버리겠다고 버텼소. 그래도 아버지는 눈도 꿈쩍 아니하셨고 끝끝내 허락하지 않아, 나는 보란 듯이 궁궐 안 우물에 몸을 던졌소. 다행히 곁에 있었던 환관들이 뛰어들어 내 목숨을 구했지만, 하마터면 죽을 뻔했소.

그 난리를 겪고 나자, 부친도 남의 이목도 있고 낯 부끄러워 빙애를 내 후궁으로 인정할 수밖에 없었소. 이후 빙애는 특별상궁에 임명되어 종6품 벼슬까지 얻었소. 나는 빙애를 총애했고, 1남 1녀를 낳고 행복한 시간을 보냈소. 정말 그녀와 보낸 시간은 내 인생 중 최고로 행복한 시간이었소. 지금 생각해도 꿈결같이 느껴지오.

인터뷰어 그런데 그 절대적 사랑이 왜 핏빛 살생극으로 끝난 건가요?

사도세자　바로 '용포' 때문이오. 대리청정 중 의사 결정의 두려움과 아버지에 대한 공포가 극에 달했소. 사사건건 내 탓만 하는 아버지와 시험하듯 곱지 않은 눈으로 쳐다보는 신하들, 내 편은 단 한 사람도 없었소. 날씨만 궂어도 내 탓이고, 아버지께 어떻게 하면 안혼날까, 싶어 하루는 아버지께 물었소. 내가 어찌해야 안혼날 수 있는지. 그랬더니 그걸 질문이라고 하느냐며 또 엄청 혼났소. 그렇다보니까 용포를 입고 궁에 들어가는 일 자체가 내게 엄청난 공포였소. 용포를 입는 순간, 세상은 지옥으로 변했소. 그리고 극도로 신경이 날카로워졌소. 한번 입은 용포는 절대 다시 안 입었고, 불에 태웠소. 그처럼 강박증세가 점점 심해졌소.

용포를 입을 때 나인들이 곁에서 도와주는데, 옷을 입을 때마다 불안해하고 공포에 떠는 증세를 보이면서 갑자기 신경 발작이 일어나 폭력적으로 돌변, 그들에게 무지막지한 매질을 가했소. 아내 혜경궁 홍씨조차 내가 던진 물건에 맞아 이마가 찢어졌소. 그녀는 내 이런 행동을 두고 '의대(임금이나 왕비, 세자, 세자빈이 입는 옷) 병'이라 이름을 붙였더군.

빙애가 후궁이 되고 나서 내게 용포를 입히는 일을 그녀가 도맡아 했소. 정신이 분열되기 직전의 폭력과 공포는 오롯이 빙애의 몫이 되었소. 빙애는 내게 용포를 입히는 동안 갖은 폭력에 시달려야 했소. 옷을 입는 과정에서 수도 없이 발작 증세를 일으켰고, 발작이 시작되면 주변의 나인들과 환관들을 마구잡이로 잡고 때렸소. 그래도 분이 가라앉지 않으면 죽도록 매타작을 했소.

그런데 강직한 성품의 빙애는 아랫사람들을 지키고자 매번 나를 가로막았고, 내가 휘두르는 폭력을 홀로 감당했소. 그리고 내게 바른 말, 듣기 싫은 말을 하며 다그쳤소.

그날도 같은 일이 반복되었소. 아버지의 부름을 받아 대궐로 들어가야 하는데, 내가 용포를 입던 중에 광기가 도졌고, 폭주하면서 주변 하인들을 마구잡이로 때리기 시작했소. 빙애가 끼어들어 나를 말리자, 내가 빙애에게 그 폭력을 다 휘두른 거요. 무자비하게. 그래도 화가 가라앉지 않자, 빙애가 낳은 아들 찬을 연못으로 던져버렸소. 나는 내 정신이 아니었소. 미친 거지. 그것도 아주 더럽게 미친 거지요. 아비도, 사람도 아니었소.

다행히 찬이는 나인들이 구해 낸 덕분에 살았지만, 광기의 폭력을 혼자 다 받아낸 빙애는 피를 토하며 죽고 말았소. 지금 참회하고 후회를 해봐야 아무 소용이 없지만, 그 당시의 나는 정상적인 사고를 할 수 있는 상태가 아니었소. 내가 그토록 사랑한 여인을 내 손으로 때려죽인 광기의 살생극이었소.

그 일이 있은 후, 내가 아랫사람들한테 주도면밀하게 입단속을 시켜 그 당시에 부친은 이런 사실을 미처 몰랐소. 그러나 1년 6개월 뒤에 '나경언의 고변(1762년(영조 38) 5월, 나경언이 세자의 난행과 비행, 그리고 장차 세자가 반역을 꾀하고 있다고 상소를 올린 사건)'이 있고 난 후, 모든 사실을 알게 된 부친은 크게 진노하며 나를 꾸짖으셨소.

"네가 왕손의 어미(빙애)를 때려죽인 게 사실이냐? 이것이 진정 한 나라의 세자로서 행할 짓이냐? 나경언이 아니었다면 나는 그 엄청난 일을 몰랐을 것이다. 내 그리 반대를 했거늘, 국상 중에 몹쓸 일을 벌여놓고 왕손의 어미를 매우 애정한다며 우물에 몸을 던져놓고서 어찌 네 손으로 그 사람을 죽일 수 있느냐? 그러고도 네가 사람이냐? 그 사람이 성품이 아주 옳고 강직했으니 너의 잘못된 행실을 비판하고 간언하다가 너한테 죽임을 당한 게 분명하다. 네 아비 된 사람으로서 아무리 좋게 생각하려 해도 너는 군주의 재목감이 아니다. 나는 그 때 이미 세자로서 실격처리된 거요. 부친 또한 빙애의 강직한 성품을 옳게 보아 아끼셨는데 말이오.

그 무렵 부친에게는 마음에 쏙 드는 후계자 감이 있었소. 바로 세손인 내 아들 정조요.

인터뷰어 정조임금과 임오화변이 연관이 있나요?

사도세자 정조는 나와 많이 달랐소. 학문도 좋아했고. 카리스마와 리더십도 남달랐소. 어찌 보면 나보다 부친을 더 많이 닮았던 것도 같소. 그러니 부친이 좋아할밖에. 그 아이가 그리 총명하지 못했다면

168

부친도 감히 세자를 갈아치울 생각은 못했겠지. 임오화변이 있기 얼마 전, 그걸 시사라도 하듯 부친이 그리 말씀하셨소. 삼종을 이을 사람은 세손이라고.

임오화변이 있기 전 날 밤, 궐안에 흉흉한 소문이 돌았소. 내가 부친과 아들 세손을 죽이고 왕좌를 차시하려 한다는 말도 안되는 소문 말이오. 내 어머니 영빈이씨는 남편과 손자, 친가인 노론세력을 지키려 부친께 하나뿐인 아들인 나를 처단해 종사를 바로 세우라 요구했고, 내 아내 혜경궁홍씨 역시 노론인 친정가문과 아들을 지키고자 나를 버렸소. 그도 그럴 것이, 사랑하는 여인 빙애도 처참하게 맞아 죽었는데 자신도, 아들 산이도 언제고 그렇게 맞아죽을지 모른다는 공포에 사로잡혀 있었소.

그래서 나는 세 사람의 합의하에 뒤주에 갇힌 지 9일만에 비참하게 죽었소. 부친이야 설마 나를 그렇게 죽일 생각은 없었겠지. 미친병을 고쳐보겠다는 생각으로 그리 하신 것 같은데, 아무튼 결과적으로는 그리 된 거요. 향간에는 부왕이 내게 자결을 명했으나, 내가 거부를 하자, 뒤주에 가뒀다는 설도 있소. 뭐 사실이야 무어면 어떻소? 이후 나는 세손의 왕위계승을 원활하게 하고자 역모 누명은 바로 벗겨졌고, 세자가 아닌 폐서인이 되었소. 부친이 사도세자라는 시호도 부여했소. 즉 이는 세자가 제거되어 세손이 왕위를 승계한 게 아니라, 세손의 승계를 위해 세자가 제거되었던 것이오.

결과적으로 내 결정적인 한계는 아버지를 넘어서지 못했다는 것이오. 그건 세자로서 치명적인 결점이었소. 선조와 광해군의 사례처럼 가장 성공적인 아들은 아버지를 극복하고 이기는 아들이오. 나는 개혁군주를 꿈꾸었지만, 무서운 아버지를 극복하지 못했소. 무섭고 강한 아버지에 당당히 맞서지 못했소. 아버지를 내 편으로 끌어들여 정치적 지지자, 동반자로 만드는데 실패했소. 그리하여 내 인생의 결말은 참혹하고도 비참한 파국으로 치달았소.

인터뷰어 오늘 말씀 감사합니다. 살펴 가십시오. 저하.

조선의 기틀을 세운
거인(巨人)

삼봉 정도전이 꿈꾸었던 성리학적 이상세계

흔히 '개천에서 용이 나왔다'는 말을 하지요. 여기 그런 파란만장한 인생을 사셨던 한 인물이 있습니다.

오늘 가상인터뷰에 초대한 분은 바로 조선왕조의 기틀을 세우신 정도전(鄭道傳, 1342~1398)대감이십니다. 정도전 대감께서는 고려에서 조선으로 교체되는 격동의 시기를 거치면서 역사의 중심에 서서 자신이 꿈꾸던, 민본이 중심이 되는 성리학적 이상세계를 설계하신 분입니다. 하지만 결국 자신이 마련한 혁명의 끝을 보지 못한 채 한때 동지였던 정적 이방원의 칼에 죽음을 맞았고, 조선 왕조 내내 위험인물로 분류되는 등의 수난을 겪다가 겨우 조선 말 흥선대원군에 의해 신원이 복권되는 매우 극단적이고도 반전적인 인생을 살았습니다.

그럼 정도전 대감을 직접 이 자리에 모시고 여러 이야기를 들어보기로 하겠습니다.

새 나라의 새 틀을 짜다

인터뷰어 대감님은 고려에서 조선으로 바뀌는 역사적 현장을 가장 가까이에서 지켜보셨을 텐데요. 고려 말 정치 및 사회상황이 어떠했는지 구체적으로 말씀해줄 수 있으십니까? 475년 동안 존속된 왕조를 갈아치울 수밖에 없었던, 절박함이란 게 무엇이었습니까?

정 도 전 맞습니다. 우리는 고려를 갈아엎을 수밖에 없었소. 하나부터 열까지 모든 게 엉망진창이라서. 흐르는 물이 고이면 썩게 마련이지요. 당시 고려의 상황이 바로 썩은 호수 같았소. 썩은 호수에서 구더기 말고는 무엇이 어떻게 살겠습니까. 결국 갈아엎는 수밖에는 다른 방법이 없었소.

인터뷰어 구체적으로 어떤 상황이었습니까?

정 도 전 후손들이 역사책에서 배웠다시피 당시 지배층을 권문세족이라고 하지요. 권문세족은 대개 세 부류로 나뉩니다. 문벌귀족과 무신정권세력, 그리고 또 하나가 바로 원나라의 비호 하에 세력을 키운 친원세력이지요. 이 세 부류의 출신이 아니면 아무리 실력과 능력이 뛰어난들 지배층은커녕 말단 벼슬자리도 구하기가 힘들었소. 나 역시 문장으로 꽤 이름을 떨쳤으나, 출신성분이 별로 내세울 게 없다보니 내 능력에 어울리지 않는 대우를 받았소. 나는 지방의 토착

172

세력 출신이었소. 아버지로부터 노비 몇 명뿐, 물려받은 재산이라고
는 하나 없어서 곤궁한 삶을 살았소. 게다가 모계는 노비의 피가 흐
르는 처지였소. 그래서 과거시험에 합격을 하고도 늘 변변찮은 말단
직만 전전했소. 해서 가슴 속에 설움이 쌓이고, 도탄에 빠진 백성들
의 고단함이 눈에 보입디다.

백성들은 죽어라 일해도 나아짐 없이 일년 열 두달 굶주림에 등골
이 휘는데, 부와 권력을 휘두르는 지배세력과 그들과 결탁한 권력지
향적인 승려들만 흥청망청 호사를 누렸소. 그들에게 백성들의 궁핍
한 삶은 안중에도 없었고, 자기네들이 부와 권력을 차지하기 위하여
마땅히 착취해야 할 대상에 지나지 않았소. 이게 진정 나라요? 아니
지요.

그래서 내가 몇 번 개혁을 시도하다가 요주의 인물로 낙인찍혀서
유배를 많이 다녔는데 정말 헐벗고 굶주린 백성들을 보면서 가슴이
너덜너덜 찢어질 듯 아팠소. 지금 생각해도 가슴에서 뜨거운 열이 솟
구치네.

인터뷰어 그래서 역사적인, 아니, 역사를 바꿀 혁명을 꿈꾸셨군요.

정도전 혁명이라…. 어느 누구도 자기가 혁명을 이룰 것이라
생각하진 않소. 자기에게 주어진 소명을 다하다 보면 그게 우연찮게
혁명이 되는 거지. 나도 그랬소. 이전의 왕들과는 달리 공민왕은 신

분에 차등 없이 과거시험에 응시할 수 있도록 유학 장려정책을 펼쳤소. 그래서 문벌귀족 출신이 아닌 나도 과거에 급제해서 스무 두살 때에 충주사록에 임명되어 관료생활을 시작했소. 또 성균관 교관에 임명되어 정몽주, 이숭인 등과도 친분을 쌓았지. 출세의 길이 눈에 보이던 중 갑작스러운 공민왕의 죽음은 내게 시련의 시작이었소.

개혁파였던 나는 그때부터 권문세족들의 눈엣가시였고, 팔도 각지를 돌며 유배 및 유랑생활을 해야 했소. 유배 생활 중, 어느 날 들녘에서 한 늙은 농부를 만났는데 그가 말하기를, 관리들이 국가의 안위와 민생의 평안과 고통, 풍속의 좋고 나쁨에는 관심조차 없으면서 녹봉만 축낸다며 한탄했소. 시골 늙은이의 질책은 백성을 위하는 길이 진정 어떤 것인지 마음에 새기는 계기가 되었소. 내가 입에 침이 마르도록 외쳤던 민본사상은 절대 허울만 그럴듯한 명분이 아니었소. 백성들의 피폐한 삶을 내 이 두 눈으로 목격한 실제경험에서 우러나온 진정성이 담보된 것이었지. 그 때부터 나는 내가 백성들을 위해 달라져야 한다는 걸 깨달았소. 정치적 시련? 쳇, 그까짓 건 아무것도 아니었소. 대장부의 큰 야망이 그깟 걸로 꺾이지는 않소. 나는 무쇠처럼 더욱 단단하고 강해졌소. 내 뒤에는 백성들이 있었으니까.

이성계와 손을 잡고 새 왕조를 건국하다

인터뷰어 후대에 전해지는 일화 중, 대감님이 평소 취중에 "한나라 고조가 장자방을 이용한 것이 아니라, 장자방이 한고조를 이용하였다."라고 말씀하셨다 하는데요. 후대에서는 이를 한고조를 이성계장군에 대비해, 대감님이 이성계를 이용했다는 뜻으로 해석하곤 하는데, 이성계장군과의 인연은 어떻게 시작되었는지요.

정 도 전 당시 최고의 장수로 손꼽히는 장수는 두 사람이었소. 최영과 이성계. 최영장군은 나라와 백성을 위하는 마음은 나보다 부족하지는 않았으나, 출신성분이 좋아 왕을 사위로 맞을 정도였소. 그렇다보니. 나는 최영보다 나와 비슷한 처지였던 이성계장군에 더 마음이 갔소. 당시 이성계장군은 여러 전쟁에서 큰 공을 세웠으나 문벌귀족이 아니라는 이유로 공도 인정받지 못한 채 변방의 장수로서 전쟁터마다 투견처럼 나서야 했소. 아무래도 부와 권력을 쥔 최영장군보다는 이성계장군이 결핍이 많지 않겠소? 용의 꼬리로 사느니, 뱀의 머리가 되는 게 훨씬 낫지 않겠소? 이런 계산 하에 나는 그를 동지로 선택하고, 1383년 어느 가을날에 유배에서 풀려난 후 함주(현 함흥)로 무작정 그를 찾아갔소. 이성계장군의 군대를 보고서 그가 내 포부를 실현해줄 사람이란 확신이 들었소. 나는 이성계장군에게 이 한

마디 말만을 남겼소. "훌륭합니다. 이 정도 군대면 무슨 일인들 못 하겠습니까?"

그리고 돌아올 때 아쉬운 마음에 군영 앞에 서있던 노송에 내 속이 보이는 시 한 수를 남겼소.

아득한 세월에 한 그루 소나무/푸른 산 몇 만 겹 속에 자랐구나. 잘 있다가 다른 해에 만나볼 수 있을까. 인간을 굽어보며 묵은 자취를 남겼구나.

라는 시를 말이오. 이성계장군도 내가 필요했을 것이오. 서로의 필요에 의한 인간관계는 생각보다 꽤 큰 시너지효과를 내는 법이지요. 신라의 김춘추와 김유신의 경우처럼 말이오.

인터뷰어 그럼 구체적으로 고려에서 조선으로의 왕조교체는 어떤 계기로 이루어지게 됐나요?

정 도 전 당시 원나라는 명나라에 밀리는 중이었고, 명의 세력이 점차 강력해지고 있었소. 그런데 명에서 우리 조정에 매우 불쾌한 요구를 해왔소. 예전에 원나라에서 되돌려받은 쌍성총관부를 다시 달라는 요구였소. 쌍성총관부가 애들 사탕도 아니고, 우리로서는 응할 수 없는 요구였소. 고려 조정에서는 명과 전쟁도 불사해야 한다고 했지요. 이성계 장군은 명과의 전쟁은 미친짓이라며 반대를 했지만 최영과 그의 사위 우왕은 무조건 진격을 명했소. 왕명이라 어길 수도 없어 울며 겨자먹기로 군대를 이끌고 위로 올라갔지만, 위화도 부근에서 이성계장군은 회군을 결심합니다. 그 때가 1388년 6월, 장마철이라 강물이 불어나서 도서히 건널 수가 없었소. 왕녕을 어기고, 군대를 돌렸으니 이성계장군으로서는 사느냐 죽느냐 그것이 문제였지요. 결국 위화도회군이 성공으로 끝나 최영을 끌어내리고, 이성계장군은 조정의 모든 실권을 장악하게 됐소. 나로서는 통쾌한 일이었소.

인터뷰어 그럼 동지였던 이성계장군의 아들 이방원과는 왜 정적이 되어 끝내 그에게 죽임을 당하셨는지요.?

정 도 전 쉽게 말하면 가치관의 차이, 이상과 현실의 차이였소. 이방원은 강력한 왕권 중심의 왕조국가를 추구했지만, 나는 그와는 반대로 왕권과 신권의 조화를 꾀하는 이상적인 왕도정치를 표방하였소. 그리고 내가 이성계장군의 두 번째 부인소생인 왕자를 세자로 옹립한 점도 그로서는 못마땅했던 거오. 이방원은 똑똑하긴 했으나, 굉장히 보수적인데다가 현실주의자였소. 해서 요동정벌을 주장하는 내가 철부지 노친네로 보였겠지요.

인터뷰어 끝으로, 대감님이 이루신 성과나 업적에 대해 말씀해 주세요.

정 도 전 꽤 많은 일을 했소. 우선 한양천도를 전도지휘하고 경복궁을 설계했소. 임금이 된 태조 이성계 장군의 오른팔이 되어 조선이 나아가야 할 방향과 틀을 새로이 짰소. 당대 최고재상이었던 나는 개혁의 최전선에 서서 숭유억불 정책(유학을 장려하고, 불교를 멀리한다)과 병농일치, 사병혁파 등 조선의 기틀을 세웠소. 하지만 나는 마지막으로 꼭 해야만 했던 임무가 하나 있었소. 바로 요동정벌. 당시 명나라의 세력이 만주까지는 미치지 못했으므로 옛 고구려의 땅을 되찾을 수 있는 절호의 기회였소. 만주를 차지하면 조선도 옛 고구려처럼 흥하고 강대해질 것이란 확신이 있었소. 하지만 정적 이방원에게 제거당해 그 꿈은 물거품이 되었고, 결과적으로는 우리민족의 손해이기도 했소. 내가 몇 년만 더 오래 살았던들 요동정벌은 꿈이 아닌, 현실이 되었을 거요.

인터뷰어 예. 저도 아쉬운 부분입니다. 오늘 말씀 감사합니다. 살펴가십시오. 대감님.

Part 3

예(藝)와 애(愛)에 살다

조선 최고의 해어화,
사랑(愛)과 예(藝)에 살다.

조선의 예인(藝人), 황진이

'해어화(解語花)'라는 말이 있습니다. '말을 이해하는 꽃'이라는 뜻을 가졌는데요. 우리 역사상 이에 비유되는 분이 계시지요. 바로 조선의 기녀 '황진이'입니다. 황진이를 모르는 분은 없으실 텐데요. 시대의 전유물인 문학과 TV 드라마, 영화, 유행가에 이르기까지 황진이라는 인물을 소재로 한 작품들이 시대를 뛰어넘어 끊임없이 리메이크되거나 다른 해석으로 새로이 만들어지고 있지요. 그야말로 '황진이'는 시대를 거슬러 언제나 '핫(hot)'한 인물입니다.

세상을 떠난 지 무려 5백년이 훨씬 지났어도 여전히 사람들을 매료시키는 마력을 지닌 조선 최고의 명기(名妓), 황진이!<1520(?)~1560(?)>

사대부가의 양반남정네랍시고 잘난 척하며 자기들 위에 사람 없었던 교만한 사람들 앞에서 춤을 추고 술이나 따르던 예쁘기만 한 기녀로 살기보다는, 한 여성으로서, 한 인간으로서 능동적이고 주체적인 삶을 살고자 했던 선구자적인 면모를 지녔기에 우리는 지금도 그녀를 그리워하지 않을 수 없겠지요.

또, 그녀가 남긴 한시를 비롯해, 여러 문학작품들은 문학사적으로도 매우 가치 있는 것들로 평가받고 있으므로 예술에 대한 그녀의 열정만으로도 충분히 예인(藝人)이라 칭송할 만합니다. 이러한 후대의 평가는 무엇보다 그녀가 남긴 수준 높고 문인다운 문학작품, 즉 6수의 시조와 4수의 한시를 남겼기 때문에 가능했지요. 작품 중 일부는 국문학사의 이정표로 평가받고 있기도 해요. 시조야 본래 기방의 가요이므로 별 어려움 없이 지었겠지만 운율을 맞춰야 하는 한시는 일정한 교양을 습득해야 가능했으므로 그녀가 어느 정도의 문학적 소양을 갖추었는지 짐작하고도 남지요.

그리고 또 한가지, 황진이는 비록 천한 기생신분이었지만 조선이라는 전근대적 신분사회에서 자신의 삶을 능동적으로 개척하고 선택한 주체적 여성상이며, 문(文)과 예(藝)를 목숨보다 귀하게 여긴 진정한 예인(藝人)으로 평가되고 있습니다.

그러나 안타깝게도 조선의 엄격한 신분사회의 굴레에서 가장 천민 신분의 기녀, 게다가 뿌리깊은 남존여비사상이 지배하던 봉건사회에서의 여성이었다는 이유로 그녀에 대해 알려진 사실은 별로 없습니다. 그녀에 얽힌 적지 않은 일화가 전해져 내려오고 있지만, 대부분 입에서 입으로 전해지면서 왜곡되거나 사실이 아닌 것들이 대부분이지요. 다만 그 시절 그녀와 교류를 나누었던 몇몇 문사들의 짤막한 기록들을 통해 그녀의 자유분방하고 무엇보다 당당하고 불꽃같은 삶을 추측할 수 있을 뿐입니다. 당대를 호령했던, 문사들 또한 황진이로 인해 울고 웃었다 합니다. 바로 삼십년 면벽수양을 도로아미타불로 만들어버린 지족선사와 대제학을 지낸 양곡 소세양 대감, 왕족이었던 벽계수 대감, 조선 최초의 계약커플 관계였던 이사종 대감, 끝으로 많은 당대를 쥐락펴락했던 사대부가 남정네들과 교류를 하면서도 마음의 지조만은 언제나 지켰던 황진이의 진정한 애인(愛人) 화담 서경덕 대감이었습니다.

양반들한테 술을 팔고 재주를 팔았지만, 결코 영혼마저 내주지 않았고 되려 허례허식 투성이 양반사회를 신랄하게 비판하고 조롱했던 예인 황진이. 명석한 두뇌와 재색을 겸비한 그녀의 요염과 발칙함은 당시 양반들에게 있어서 거부할 수 없는 '로망'이자 '도발'이었다지요. 당시 양반들은 황진이와 술잔을 기울며 이야기를 나누어보는 게 웬만한 벼슬자리를 얻은 것보다도 더 큰 자랑거리였다 전해지기도 합니다.

대체 황진이에게는 어떤 남다른 매력이 있었기에 이토록 당대는 물론이거니와 시대를 거슬러서도 사람들의 칭송을 받는 것일까요?

그래서 오늘밤은 조선 중기 만인의 로망이었던 명기(名妓) 황진이님을 이 자리에 소환하여, 기녀로서의 일생과 그녀를 아낌없이 사랑했던 다섯 남자들과의 아찔한 로맨스에 대해 이야기를 나눠보도록 하겠습니다.

오로지 자유로운 한 인간으로 살고자 했던, 그녀 황진이

인터뷰어   어서오십시오, 황진이님. 호칭을 어떻게 불러드려야 편하실까요? 내내 모시고 싶었습니다.

황 진 이   안녕하세요, 후대양반님들. 조선의 대표 기녀 명월(明月: 황진이의 아호) 황진이라 하옵니다. 모두들 반갑습니다 호호. 격식에 너무 얽매이면 토크가 재미없는 법이지요. 그대로 부르시오. 말을 터도 되고. 편할대로 하시구려.

인터뷰어   여전히 입소문대로 쿨하고 아름다우십니다. 본격적인 인터뷰를 시작하겠습니다. 먼저, 엄격한 신분사회 조선에서 가장 천대받는 신분인 기녀가 되신 특별한 동기나 이유가 있는지요.

황 진 이   「홍길동전」의 저자인 허균과 허난설헌의 아버지였던 허엽대감님이 어느 날 저를 찾아오시어 술 한 잔 따라주시면서 저한테 그런 질문을 하셨더랬어요. "명월이 당신은 어떤 삶을 살길 바라오."

그 질문에 저는 평소의 생각대로 한마디로 딱 잘라 대답했어요. "오로지 인간이고자 하옵니다, 대감. 저는 여인도 아니고, 송도 제일의 기녀도 아니고, 단지 한 사람의 인간으로 살아가길 바라옵니다." 라고요.

어찌 보면 어불성설로 들릴지도 모르겠어요. 남성 중심의 나라 조선에서 사대부가 남정네들한테 빌붙어서 술잔에 술이나 채우고, 춤이나 추고, 비위나 맞추어주는 기녀가 한 인간으로 대우받고, 그리 살아가길 바라는 게 주제에 안맞을 지도요.

하지만 저는 술을 팔고 재주를 팔았어도, 결코 그들한테 내 영혼마저 내주지 않았어요. 내 마음이 원하는 대로 그들을 대했어요. 존경하거나 사랑하거나 비웃거나 조롱하거나.

인터뷰어 정리를 하면, 한 인간으로서 당당히 살고자 가장 천대받는 직업인 기녀의 삶을 택하셨다는 말씀인가요?

황 진 이 언뜻 이해가 안되겠지만 그렇습니다. 물론 그 전에 명확한 두 가지 이유가 있었지요. 강력한 동기부여가 된 일이 있긴 하였지요.

인터뷰어 기녀의 삶을 선택할 수밖에 없었던 강력한 동기부여가 된 그 일이 무엇이었습니까?

황 진 이 우선 내가 살던 조선의 엄격한 신분 사회였습니다. 부모의 신분에 따라서 자식의 신분도 결정되는, 매우 불합리하고도 불평등한 제도였지만 거부할 수 없는 운명의 족쇄 같은 것이었지요. 아비와 어미 중 어느 한 쪽 신분이 천한 신분이면 그 사이에서 태어난 자식의 신분도 천한 신분으로 결정되는 것이지요. 제 부모의 신분에 대해 떠도는 풍문들이 많은 듯 하옵니다. 내 어머니가 당대 최고의 기생이었다는 설도 있고요. 그러나 기생은 아니었고, 빨래터에서 빨래를 하다가 양반집 아들과 눈이 맞아 사랑에 빠졌다는데, 빨래터에서 빨래를 하신 걸 보면 양반집 여식은 아니었던 것 같고, 그래서 당시로는 신분상의 차이로 이루어질 수 없는 사랑이었겠지요. 다시 말해, 부친은 양반이었으나 모친은 양반출신이 아니어서 정부인은 되지 못하고 첩살이를 했던 것으로 짐작이 되옵니다.

그런데 엄격한 신분사회였던 조선에서 첩의 자손이 양반 집 자제와 혼인을 하는 것은 도저히 있을 수 없는 일이었기에 나는 나의 어머니와 같은 멍에를 짊어지고 양반의 첩실로 들어앉거나 차라리 천대받을지언정 서얼의 굴레에서 벗어나 자유로운 삶을 살 수 있는 기녀로서의 삶을 살거나 두 가지 길에서 하나를 선택할 수밖에 없었어요. 나는 어려서부터 또래 여자아이들보다 남달리 총명했고 사리판

단도 분명했기에 내가 가야할 길을 항상 고민하고 있었어요.

그리고 기녀로서의 삶을 결심하는데 결정적인 일이 내 나이 열다섯 살 되던 해에 일어납니다. 나는 어려서부터 서책읽기를 좋아해서 요즘으로 말하자면 마을의 도서관 같은 교방에 자주 갔었지요. 명색이 양반댁 자손이라 집안일 같은 건 안해도 되었고 천자문도 익혔으니 서책 읽는 게 유일한 즐거움이었지요.

그 날도 교방에서 열심히 서책을 읽고 있었는데, 같은 마을에 사는 한 청년이 나와 눈이 딱 마주치더니 나한테 첫눈에 반해, 상사병에 걸렸다 하더이다. 매일매일 교방문 밖에서 나를 몰래 훔쳐보았지요. 당시에는 남녀상열지사, 남녀칠세부동석이라 하여 말 한번 못 꺼내 보고 끙끙 속앓이를 했던 시절이었어요. 게다가 나는 서출이긴 하나 양반댁 딸이었고, 그는 가죽을 짓는 천민 갖바치 출신이었으니까 절대 이루어질 수 없는 사랑이었지요.

그렇게 열흘이 지나고 한달이 지나고 그 청년은 나에 대한 마음이 깊어질대로 깊어져 상사병에 걸려 시름시름 앓았다 합니다.

어느 날, 청년의 어머니는 사름사름 앓으며 죽어가는 아들을 살리고자 우리 어머니를 찾아와서 자초지종을 설명하고 나와의 혼인을 간청했지만 우리 부모님 입장에서는 아무리 그래도 그렇지 천민출신 갖바치 청년에게 딸을 내줄 수는 노릇이었지요. 그래서 아무리 간청을 해온들 우리 집안에서는 받아들일 수 없었어요. 사실 나는 그 청년에 대해 아는 것이라곤 없었어요. 혼사를 정해야 할 나이긴 했으나 이성에 관심도 없었고, 오로지 서책읽기에만 골몰해 있을 때였지요.

결국 얼마 지나지 않아 그 청년은 병이 깊어져 이 세상을 떠나게 되었는데, 어찌된 일인지 상여가 우리 집 앞에 이르자 바위처럼 딱 멈춰 서서 움직이지 않는 것이었어요. 죽어서도 나를, 이 진이를 잊지 못해 걸음이 떨어지지 않았는지….

상여 행렬과 마을 구경꾼들이 우리 집 앞에 모여 웅성대서 나도 대문밖에 나가 봤지요. 그랬더니 죽은 청년의 친구가 나에게 다가와 매우 슬픈 얼굴로 말하기를, "내 유일한 벗이 당신을 혼자 사모해 결국 이렇게 죽고 말았소. 내 못난 벗이 죽어서도 당신을 보아야 저승 길로 편히 떠날 수 있나 보오." 라며 울음을 터뜨렸어요. 잠시 당황스럽고 난감하긴 했으나, 난 안에 들어가 소복 차림으로 다시 뛰어나와 내 속치마를 벗어서 망자의 관을 덮어주었어요. 나를 끔찍이 사모해 목숨을 잃었는데, 그 가여운 영혼에게 그 정도 위로는 해줄 수 있지 않겠어요? 그 행위 속에는 "말 한번 섞어 본적 없고, 손 한번 잡아 본 적 없지만 그래도 당신이 나를 그리 애틋하게 사랑해 주었으니 나도 그 마음을 고맙게 간직하겠소."란 의미가 담겨 있었소.

그때서야 그 청년의 원통한 마음이 풀렸는지 상여가 움직였어요.

그 날 이후 나는 새로운 결심을 한가지 했어요. 나로 하여 귀한 한 사람이 죽었으니 차라리 만인이 사랑할 수 있는, 나 또한 만인을 사랑할 수 있는 사람으로 살면 어떨까 하고요. 어차피 나는 신분상 사대부 집안 정실부인으로 혼인이 이루어지기는 불가능했으니까요. 또, 틀에 얽매이기 싫어하고 예(藝)를 즐길 줄 아는 자유로운 기질상 내 평생 한 남자만을 바라보며 살 사람은 솔직히 아니었지요. 당시 여인으로서 '자유'가 허락된 공간은 기방밖에 없었고, 그런 연유로 나는 기녀가 될 결심을 했습니다. 부모님 입장에서는 억장이 무너지는 일이었지만, 그러나 나는 기녀로서의 삶을 망설임 없이 선택했습니다. 내가 짊어지고 살아가야 할 내 인생이었으니까요.

두고두고 미안한 그 이름, 지족선사

인터뷰어 그리하여 송도(현재 개성) 제일의 유명 기녀가 되셨군요. 소문에 의하면 30년 동안 벽만 보고 수양하던 반부처 지족선사도 황진이님께서 파계시켰다고요?

황 진 이 아직 세상물정 모르고 제 잘난 맛에 나대던 때의 이야기인데, 요즘 유행하는 말로 하면 '지못미 지족선사'지요. 두고두고 지금까지도 스님한테 죄스럽고, 부끄럽고 후회되는 일입니다. 세상 누구라도 다른 사람의 마음이나 진심을 가지고 장난을 치면 아니되는 것을….

인터뷰어 지족선사와의 일화, 지금 들려주실 수 있을까요?

황 진 이 고해성사 받는 샘치고 후대 양반님들께 이야기하는 건 어렵지 않지요. 허나, 제가 많이 부끄럽소.

당시 저는 송도 제일의 기녀로 소문이 자자했고, 따라서 하늘 높은 줄도 모르고, 제 위에 사람 있는 줄도 모르고 제 잘 난 맛에 취해 있었지요. 나 좋다는 사람은 매력이 없어보였고, 나한테 관심이 없으면 어떻게든 그 사람의 관심을 끌어 내게 굴복시키고픈 아주 몹쓸 마음이 마음 한 켠에 자리해 있었어요. 그 희생양이 바로 지족선사였어요.

일팔 청춘이었으니 젊음과 아름다움, 게다가 총명함까지 두루 갖춰 세상 무서울 게 있었겠어요? 당연히 없었지요. 저는 평소 거침이 없고 도발적인데다가 호기심 천국이어서 뭐든 결심하면 당장 실행해 옮기는 스타일이었어요.

동료이자 절친인 개순이와 내기를 했어요. 당시 송도에서 살아있는 부처로 추앙받고 있던 선승 지족선사가 내 유혹에 넘어오는지, 내가 망신만 당하고 쫓겨날지. 엽전 세냥 걸고 한 내기에 지족선사의 30년 수양이 그야말로 말짱 도루묵이 돼버린 것이지요.

송도 지족암에 30년 동안 면벽참선, 즉 벽만 보고 도를 닦는 스님한 분이 계시다는 이야기는 풍문으로 많이 듣고 있었지요. 30년 동안 벽만 보고 참선을 행하시다니…. 갈수록 그 분에 대해 궁금한 게 많아졌어요. 도대체 어떤 분이시길래, 살아있는 부처로 통할까, 제아무리 살아있는 부처도 이 미색의 아름다운 진이를 보면 마음이 흔들리지 않을까, 하는 호기심도 생겼고요. 마침 개순이와 그분에 대한 이야기를 나누다가 내기까지 하게 되었지요. 저는 그의 인간 됨됨이와 수양 정도를 시험해보기로 했어요. 천하에 지족선사일지라도 내 유혹에 넘어오면 아직 수양이 덜 되었다는 증거일 테니까. 물론 스님이 기방의 기생을 찾아올 리 없으니까 내가 기꺼이 제물을 찾아 나서는 수밖에 없었죠.

인터뷰어 오호라, 갈수록 이야기가 재미있어집니다. 그래서요.

황 진 이 어느 날, 단정한 차림새로 스님을 뵈려 지족암에 찾아가 정중히 스님을 스승으로 모시고 제자로서 수도하기를 청하였지만, 여자는 가까이할 이유도, 필요도 없다며 단칼에 냉정히 거절하셨어요. 쉽지 않으리란 걸 알고 있었기에 그대로 물러설 생각도 없었어요. 열 번 도전해 아니 된다면, 열 한번, 열 두번 도전하는 소위 '깡' 이라는 게 저한테도 있었거든요. 작전을 달리해야 했어요.

얼마 후 스님이 저를 잊을만했을 때 즈음, 겨울비가 추적추적 내리던 어느 날 밤에 소복차림새로 정갈히 단장하고선 세상에서 가장 처량한 모습으로 지족선사 앞에 다시 나타났어요. 불빛이라곤 방안에 켜진 작은 호롱불 하나라 스님은 다행히 저를 알아보지 못하셨지요. 저는 며칠 전에 남편을 잃은 젊은 미망인처럼 행세했어요.

"소인은 시집에서도 쫓겨나 오갈 데 없는 청상과부이옵니다. 먼저 민길 떠나신 지아비의 극락왕생을 빌고사 이렇게 스님을 찾아뵈었나이다. 불전에서 백일동안 불공을 드리겠나이다. 허락해주시옵소서 스님."

비가 추적추적 내리는 아닌 밤중에 소복 차림의 젊은 여인이 비에 흠뻑 젖어 슬픈 얼굴로 애원하는데 천하의 지족스님도 별 수 없었겠지요. 귀신인가, 사람인가, 아니면 자기 불심을 시험하려는 백년 묵은 여우인가, 하는 의문도 들었을 거예요. 저는 스님의 옆방에 침소를 정했어요.

스님께서 말씀하시기를, "본래 나는 여인은 가까이에 두고 싶은 마음도 없고, 그럴 필요도 전혀 없소. 그러나 이리 비도 오는데, 어두운 산길을 되돌려보내는 것도 사람의 도리가 아닌 것 같아 일단 오늘 밤은 여기서 묵으시오. 날 밝으면 다시 생각해보시오." 라고 하셨지요.

제아무리 30년을 수양한 배태랑 수도자여도 비에 흠뻑 젖어 살구빛 속살이 훤히 드러나 보이는 옷에, 호롱불에 아른거리는 여인의 아리따운 자태에 자꾸 사념이 끼어들고 마음이 흔들렸겠지요. 게다가 그리 가까이 보는 여인은 어릴 적 본 어머니 말고는 처음일 텐데.

　그때 제가 직접 지은 축원문을 읽었는데, 그 글솜씨가 보통 여인네의 솜씨가 아니었고, 청아한 음색 또한 반하지 않을 자가 없었겠지요. 그 날 밤, 스님은 목탁을 두드리며 나무아미타불관세음보살만 허무히 되뇌었어요. 개순이와의 내기는 내가 반쯤 이긴 것 같았어요.

　게다가 우리는 이야기도 아주 잘 통했고, 끼니때마다 정갈하고 맛있게 식사를 해드렸으며, 밤마다 죽은 남편을 위해 정성스럽게 불공을 드리는 아름다운 모습을 며칠 동안 지켜 본 지족선사는 어느새 자기도 모르게 내게 감탄하여 자신의 온 마음을 빼앗겨 버리고 말았지요. 30년을 넘게 갈고 닦은 불공도 여인에 대한 욕망 앞에서는 한낱 지나가는 바람에 불과했지요. 하루하루 저에 대한 눈빛이 달라져갔어요. 왜 안그렇겠어요. 첫마음이고 첫사랑인데. 30년 동안 얼마나 속이 허하셨겠어요.

　결국 며칠이 지나자, 저한테 이유 없이 화도 내시고 마음을 다잡기에는 이미 때를 놓쳐 마치 욕망의 늪에 빠져버린 보통의 남자가 되어있었지요. 그렇게 며칠을 함께 보내며 말을 트고, 마음을 열고 기녀본색으로 다정다감한 말솜씨와 애정 어린 눈빛에 곧 열반의 경지에 오르려던 지족선사가 결국 그렇게 무너지고 말았어요. 파계!! 30년 면벽참선의 살아있는 부처가 나만을 원하는 보통 남자가 되어 내 앞에서 와르르 모래성처럼 무너졌어요.

　나는 이제 그의 곁을 떠날 때가 됐음을 직감했지요. 그를 등지고 나올 때 참으로 미안하고 죄스러웠어요. 사람 마음을 가지고 장난을 쳤으니 사람으로서 못할 짓을 한 거죠. 그에게 나는 마녀나 마찬가지였을 거예요.

　첫사랑의 회오리는 이다지도 무섭다고 했던가요. 흔히 세상에 떠도는 말 중에, '십년공부 도로아미타불'이 있는데, 이 말은 지족선사를 빗대 생긴 말이라고 해요.

　나로 인하여 사랑의 포로가 된 지족선사는 나를 찾아 염주도, 목탁도 다 내팽개친 채 반미치광이가 되어 송도거리를 밤낮으로 헤매 다닌다고 하더라고요. 그러나 이미 그에 대한 내 목적이 사라져 버렸으니 내가 굳이 그 앞에 다시 나타날 일은 없었지요.

　한때 살아있는 부처로 추앙받던 그가 나를 만나, 내 유혹에 무릎을 꿇고 파계한 후에 말년을 어떻게 보냈는지는 모르겠어요. 이런 저런 소문이 들리긴 했는데 소문은 그저 소문일 뿐이지요. 후에 저는 제가 남긴 글 「식소록」과 「조야휘언」에서 '30년 면벽수양의 지족선사를 망치게 한 게 바로 나였다'며 깊이 참회했어요. 한낱 철부지의 몹쓸 장난으로 타인의 인생에 씻을 수 없는 상처와 오점을 남긴 씁쓸한 일화지요. 그러나 또 다른 한편으로 내게 변명할 기회가 주어진다면 이렇게 말하고 싶어요. 후에 똑같은 방법으로 화담 서경덕 대감에 접근했으나, 그 분은 지족선사와는 달랐다고.

인터뷰어 조선 중기의 대쪽 같은 선비의 상징인 화담 서경덕 선생도 진이님의 내기에 걸려 드셨군요? 그것도 지족선사와 같은 방법으로요? 그런데 결과가 달랐다고요?

황진이가 진정 존경했던 스승, 화담 서경덕

황 진 이 예. 그랬어요. 제게 인생의 깊은 깨달음을 주신 스승님은 지족선사와 전혀 달랐어요. 전형적인 외유내강의 남산골 선비셨지요. 만인의 다정다감한 연인 기녀로 살아가면서 여러 사람과 만나고 교제를 하는 건 직업상 피할 수 없었지만, 지조와 자존만큼은 함부로 팽개치지 않았습니다. 그 많은 사람들 가운데 단 한 분이 지금까지도 내 마음에 오롯이 새겨져 있습니다. 제가 가장 절실하게 원하고 바랐으나, 나만의 사람이 될 수 없었던 단 한 사람, 바로 조선의 대학자이며 주기론의 아버지 화담 서경덕 대감님이십니다.

인터뷰어 진이님과 더불어 '송도삼절'로 유명하신 화담선생과의 일화가 궁금해집니다.

황 진 이 몇 백년 뿌리를 내린 아름드리나무 같은 분이시죠. 가난한 집안 환경 탓에 낮에는 산에서 나물을 캐면서 독학으로 사물의 이치와 학문을 익히신 분이세요. 사실 그분의 학문의 깊이와 인간됨됨이는 풍문으로 들어 익히 알고 있었어요. 그 시절 기방은 요즘 말로 하면 모든 정보의 네트워크 같은 곳이었으니까요. 핫(HOT)한 인물에 대해 줄줄 꿰고 있었지요. 권좌까지 거래를 하는 곳이기도 했고요.

그 즈음 글을 좀 안다는 선비들 사이에서 자주 입에 오르내리는 이름이 바로 '화담'이었어요. 요새 화담 어른이 어쩌고 저쩌고. 요즘 말로 하면 핵인싸이면서도 아웃사이더였다고 해야 하나? 그래서 그분에 대해 주워들어 아는 게 많아지고, 그 정도의 덕망과 학식을 갖춘 분이라면 한번 뵙고도 싶었는데, 그 같은 분이 기방에 놀러와 시답잖은 수다나 떨 리는 없잖아요. 고래를 보려면 바다로 가야지요. 그리하여 저는 그 분을 직접 뵙고, 소문이 자자했던 인간됨됨이와 학문의 깊이를 시험해볼 생각이었어요. 사실 쉬울 줄 알았어요. 30년 면벽지기 생불로 추앙받던 지족선사도 내 매력에 반해 단 며칠 만에 파계를 하고 말았는데, 그깟 선비쯤이야……. 한마디로 만만해보였지요. 지족선사처럼 나한테 매달리면 이름값 하라고 망신이나 주고올 생각이었지요. 하지만 그 분은 달랐어요. 너무나 강건한 분이셨어요. 오히려 그런 몹쓸 생각을 하고 찾아간 내가 얼굴을 들고 그 분을 바라볼 수조차 없이 부끄러웠어요.

당시 스승님의 문하생이 되고자 하는 청년들이 전국 각지에서 몰려들었고, 스승님께서는 출신 고하와 신분에 차별을 두지 않으시고 학문을 배우고자 하는 열의가 있는 사람은 누구나 모두 제자로 받아들여 주셨어요. 본인이 독학으로 학문을 한 설움이 크셨던 탓이겠지요. 심지어는 여자인 저도 흔쾌히 받아주셨어요. 당시 사회 통념상 계집은 글월을 알아서도, 지어서도 아니 되었으며 서책을 만지거나 읽는 것조차 허락이 안되던 시절이었어요. 지금처럼 여성에게도 학문을 할 기회가 주어졌다면 나도 기녀가 아닌, 조금 더 멋지고 바람직한 삶을 선택하고 그리 살았을 겁니다.

뭐 어쨌든 그 당시 여인의 몸으로서 어지간한 사대부가 선비 정도의 학식을 갖추었다고 자부하던 제가 철모르고 오만방자하여 스승님의 인품과 학식을 감히 시험해보려 했던 것이지요.

인터뷰어 예. 그래서 제가 진이님을 모시기 전에 후대에 이어져 내려오는 자료를 인터넷이라는 사이버 공간에서 검색해보았습니다. 지족선사와는 달리, 진이님이 화담선생과 오로지 스승과 제자 사이로 각별해진 계기가 무엇인지 알아보았더니 다음과 같은 내용이 나오더라고요. 진이님과 화담선생과의 첫 만남에 두 가지 설이 있더라고요. 한가지는 지족선사에게 했던 것처럼 비를 쫄딱 맞고서 선생의 숙소로 찾아가 남편을 잃고 집에서도 쫓겨난 나그네라며 하룻밤 쉬어가게 해달라 졸랐는데 선생은 진이님의 잔꾀에 끄떡도 않고 아무 사적인 감정도 없이 호탕한 태도로 젖은 옷을 아주 정성스럽게 닦아주었다고. 그래서 선생님의 인품을 시험하려 한 자신이 되려 창피해 진이님이 그길로 숙소를 뛰쳐나와, 며칠 후에 다시 찾아가 제자로 삼아줄 것을 정중히 청했냐고요. 맞습니까?

또 다른 설도 있는데 진이님이 화담의 정자에 놀러갔는데 돌아갈 시간이 되자 갑자기 배탈이 났다며 핑계를 대고서 하룻밤 쉬어가기를 청했다고요. 검소한 생활이 몸에 밴 선생은 한 채밖에 없는 이불을 진이님에게 내어주고, 자기는 윗목에서 촛불 한 자루 의지해서 새벽까지 서책을 읽으셨다지요. 진이님은 아픈 척 연기를 하며 이따금씩 눈치를 슬쩍슬쩍 살폈지만 선생은 무념무상으로 너무나도 의연하게 흐트러짐 없이 꼿꼿이 허리를 세우고 앉아 서책을 열심히 읽으셨다지요. 다음날 아침, 진이님이 눈을 떠보니 선생은 역시나 윗목에 조그마한 포대기를 단정히 개어놓고서 간밤의 그 자세로 서책을 읽고 있었고요. 그의 대쪽같은 성품과 의연함에 되려 진이님이 깊이 감동하셨다지요.

그래서 진이님은 자신의 시험이 부질없는 짓임을 깨닫고 부끄러워 도망치듯 선생의 숙소를 나왔다고요. 두 가지 설 중 어느 것이 사실입니까?

황 진 이 하하, 이것 참 …. 둘 다 사실일 수도 있고, 둘 다 사람들 입을 통해 전해지면서 허구로 굳어졌을 수도 있어요. 어느 것이 사실 인지 제가 밝힐 필요도 없고요. 그럼 천기누설이 될 테니까요.

하지만 이 한가지는 말씀 드릴 수 있어요. 첫 만남 후, 스승님이 내 마음을 감동시켜 며칠 후 다시 찾아가서 제자로 받아줄 것을 정중히 청하며 한가지 질문을 했어요. "선생님, 송도에는 삼절이 있다 는데 그것을 아십니까?"라고요. 만물의 이치를 깨달은 스승님께서도 모르는 게 있었지요. 그래서 사람들이 말하는 '송도삼절'에 대해 알 려드렸지요.

인터뷰어 송도삼절이라? 들어본 것도 같긴 하지만 생소하네요. 그게 무엇입니까?

황 진 이 요즘 말로 하면 송도를 대표하는 자랑거리 정도로 설명 할 수 있겠네요. "송도삼절이란, 첫째는 박연폭포요 둘째는 스승님 이시고 셋째는 나 황진이입니다." 스승님께 그렇게 말씀을 드렸더 니, 껄껄 웃으시며 다음과 같이 말씀하셨어요. "이 비록 아름다운 선 학이나 또한 진지(眞知 : 참된 지식)이니라."라고요.

스승님은 여인도 얼마든지 학문을 익힐 권리, 사람답게 하고 싶은 걸 하며 즐겁게 살 권리가 있다며 제가 당신의 문하생이 되는 것을 흔쾌히 허락하셨지요 그리하여 우리는 사제지간이 되었답니다.

제가 살아생전 만났던 그 많고 많은 사람들 중, 스승님의 인품과 학식은 단연 레벨 1이셨습니다. 생전 어느 누군가에게 내 속내를 밝힌 적이 딱 한번 있었답니다. "지족선사는 삼십 년 면벽수련에도 단 며칠 만에 내 앞에 무릎을 꿇었지만, 화담 서경덕은 그리 오랜 시절을 봐왔지만 끝끼지 니에게 이르지 않았으니 진정 성인이다."라고요.

저는 그 분을 일평생 마음에 담았는데 그의 마음은 끝까지 내 것일 수 없었지요. 참 따뜻하면서도 분명하고, 나뭇잎을 비추는 아침 햇살처럼 맑디맑은 분이셨지요.

스승님이 돌아가시고 나서, 저는 마음을 둘 곳을 잃어 그 분에 대한 그리움을 달래며 그의 발걸음이 닿았던 곳이라면 어디든 두루 찾아다녔지요. 금강산, 지리산, 속리산, 묘향산을 막론하고 그의 흔적이 남아 있는 곳이면 어디든 마다하지 않고 그의 발자취를 쫓아다녔지요. 어느새 내 나이도 서른을 넘기고 있었던 때였어요.

글쎄요. 스승님도 남자니까 행여 이 진이를 남몰래 잠시라도 마음에 두셨는지, 그저 단순히 재주 있는 제자라서 아꼈는지 아무도 모를 일이지요. 그 깊디 깊은 속을 누가 알겠어요.

그분을 만나 저는 새로운 삶으로 거듭나게 되었지요. 조선에서 가장 천한 신분인 기녀였지만, 기녀가 아닌 '천리 이치를 터득한 도인(道人)'이 되었던 것입니다. 제가 생전에 스승님을 그리워하며 쓴 시도 있어요. 이 시를 들어보시면 후대 양반님들도 제가 얼마나 그 분의 영향을 많이 받았는지 알 수 있을 거예요. 스승님을 뵙기 전까지 제가 이런 시를 지을 거라 생각도 못했어요. 사람은 누구를 만나느냐에 따라, 어떤 인연을 맺느냐에 따라 전혀 새로운 사람이 될 수도 있답니다.

인터뷰어 아, 그럼 진이님이 지은 시 한수 듣기를 청해도 될까요?

황 진 이 뒤에 벽계수 양반을 조롱하며 쓴 시도 그렇고, 제 시는 후대 양반님들이 공부하시는 국어교과서에 대부분 실려 있을 거예요. 국어시간에 꾸벅꾸벅 졸아서 기억이 안나신다고요? 호호. 그럼 제가 지족선사를 울린 낭랑한 음성으로 시 한 수 읊어드리이다. 다들 눈을 감고 들어보시어요, 후배양반님들.

산은 옛 산이로되 물은 옛 물이 아니로다/ 주야에 흐르나니 옛 물이 있을 손가/ 인걸도 이와 같아 가고 아니 오노매라/ 청산은 내 뜻이요 녹수는 님의 정이라/ 녹수는 흘러간들 청산이야 변할손가/ 녹수도 청산이 그리워 울어 예어 가는가

인터뷰어 예, 저도 국어시간에 많이 졸았지만, 진이님 시를 배

운 기억이 납니다. 시험 문제에도 종종 출제되었고요. 그 시보다도 더 유명한 자작시가 있지요? '청산리 벽계수야' 이렇게 시작하는 시도 있고요. 개인적으로 제가 가장 좋아하는 시는 '동짓달 기나긴 밤울….'입니다.

황진이 그래요? 하하. '청산리 벽계수야'는 내 앞에시 잘난 칙하다가 낙마로 망신당한 왕족 벽계수 영감을 조롱하며 읊은 즉흥시인데, 후대에서는 그 시가 꽤 알려진 모양입니다.

인터뷰어 벽계수 영감과의 일화도 궁금합니다. 이름부터가 왠지 범상치 않아 보여요.

청산리 벽계수야, 이 명월이를 우습게 보지 마라

황진이 저를 소재로 만들어진 드라마나 영화, 문학작품 등에서 벽계수 영감은 아주 괴팍하고 못된 사람으로 표현이 많이 돼 있더군요. 뭐 사실 그런 점도 없진 않았어요. 자기보다 힘 있는 자 앞에서는 납작 엎드려 비굴하게 굴고, 약자 앞에서는 온갖 잘난 척을 다 하면서 자기 잇속 챙기는 스타일. 한 마디로 말해 요즘 말로 하면 찌질한 중생이었지요. 기방에 와서 기녀들한테 종종 추태도 부리고요

그 양반은 제가 생전에 몹시도 못마땅했을 겁니다. 왕족 신분이라

고 남들한테 떠받들어지길 원하고, 타인을 존중할 줄 모르는 그런 사람을 저는 아주 경멸해 저도 존중해주지 않았거든요. 대놓고 맞짱 떴어요. 명색이 왕족 신분인데 한낱 계집, 그것도 천한 기녀한테 무시를 당하니 얼마나 피가 뜨겁게 끓어올랐겠어요? 모든 사람을 쥐락펴락 할 수 있었지만 저 하나만은 자기 뜻대로 할 수 없었으니까요. 나를 자기 발밑에 납죽 엎드리게 해 굴복시키고픈 것이었겠지요.

그는 왕족이라는 제 신분을 퍽 자랑스럽게 여기며 자존심이 엄청 강하고 찬바람이 쌩쌩 불만큼 매정했고 매우 까탈스러운 성격이었어요. 타인에 의해 받들어지는 것에 익숙하며 권력과 신분 중심의 체제에 안주하며 모든 변화를 거부하는.

어느 날 그가 나를 두고 사람들에게 이렇게 말했다고 합니다. "사람들이 진랑이(황진이 본명)를 한번 보면 빠져버리고 말지만 나는 그 미모에 혹하지 않을 뿐 아니라 마땅히 그 버릇없는 년을 호통쳐 내쫓고 말리라." 라고요.

그렇게 호언장담하던 벽계수 영감은 제가 유명 명사가 아니면 만나주질 않자, 자존심이 상할 대로 상해서 고민고민하다가 겨우 잔꾀를 내 내가 머무는 교방 근처 정자에서 노래를 한 곡 불러 나를 유인하는 데는 성공했지요. 그 노래란 게 어찌나 새벽에 못생긴 수탉 울음소리처럼 듣기 거북하고 부담스럽던지 어떤 인간일까, 얼굴이나 한번 보려고 나가 보았지요. 보니까 그 사람 벽계수였어요. 기녀들 사이에서 입소문으로 들어 알고 있었지요. 어떤 성품의 사람인지. 그래서 몇 번 만남을 요청받았으나 거절한 거고요.

그런데 그렇게 제 발로 나를 찾아왔으니 그 잘난 자존심을 묵사발로 만들어 다시는 내 앞에 얼씬도 못하게 해줘야지, 싶었어요.

그 못생긴 수탉 울음소리 같은 음성으로 고래고래 소리를 지르며 부르는 그 사람의 노래에 내가 홀딱 반한 듯이 저도 화답을 했어요. 그랬더니 그 양반이 뒤도 안 돌아보고 말 위에 올라 달려가더라고요. 자존심상, 그리고 작전상 뒤를 돌아 저를 바라볼 수가 없었겠지요. 자기 딴에는 자기 노래 솜씨에 혹한 내 애간장을 녹여보려고 한 짓인데, 내가 그걸 모를 리가 없지요.

해서 내가 멀리까지 잘 들리도록 즉석에서 지은 시 한 수를 크게 읊어드렸지요.

청산리 벽계수야/ 수이감을 자랑마라/ 일도창해하면 다시 오기 어려오니/ 명월이 망공산할 제 쉬어간들 어떠리.

인터뷰어 아, 그 시가 그 시였군요. 그렇게 약을 올렸는데 벽계수 영감의 다음 반응이 궁금합니다.

황 진 이 호호. 그렇지요. 그 시를 들은 벽계수 영감은 발끈하며 뒤를 돌아 나를 째려보다가 마침내 중심을 잃고 낙마하고 말았지요. 나는 낙마해 땅바닥에 뒹구는 그를 한낱 '풍유랑'이라며 힐난하게 조소하고 교방으로 들어가 문을 꽝, 닫아버렸어요. 낙마사고보다 나한테 받은 망신살이 더 자존심이 상하고 아팠을 겁니다. 그 후로 그는 정말 내 앞에 얼씬도 안하고 사람들한테 내 험담만 늘어놓았다고 합니다. 호호.

위 시는 '벽계수 낙마곡'으로도 유명하지요.

내 시를 의역하면 대충 이런 뜻이 될 것이예요. 참고 하세요. 빨간 펜으로 밑줄 쳐도 좋아요.

"이 못난 벽계수야 인생은 한번 가면 그뿐, 천하의 명기(이름 난 기녀) 명월이가 무르녹아 있으니 어째서 나와 놀아볼 생각은 못하고 그냥 가려고 하느냐. 나와 함께 여기서 재미있게 놀아보는 것은 어떻겠느냐."

자, 후대 학생 여러분, 이 시에서의 핵심은 '남자'인 벽계수를 흐르는 '물'에 비유하고 '여자'인 나를 하늘에 뜬 '달'로 비유한 것이예요. 그러니까 당시 이것은 남존여비사상에 정면으로 도전하는 것은 물론, 신분사회인 조선에서는 있을 수 없는 아주 발칙한 행위였어요. 풍기문란 죄로 관가에 끌려가 곤장을 맞을 짓이었지요.

그래서 절대 권력의 왕족마저도 조롱하는, 무늬만 사대부이고 아무 가치도 없는 양반에 대한 지독한 풍자와 야유가 담겨있는 시로 볼 수 있어요. 그래서 후대 분들은 진정한 예인으로서 황진이의 자존심과 인간 황진이의 당당함이 드러나 있는 시로 좋게 평가해 주더라고요. 후한 평가에 저야 감사할 따름이지요.

인터뷰어 그렇군요. 벽계수 영감은 정말 한동인 진이님을 잊을 수가 없었겠어요. 하하.

황 진 이 그럴테죠. 아마 그 양반 성격에 이를 부득부득 갈았을 겁니다.

내 의지가 내 삶의 원동력, 신분을 극복하고 주체적이고 능동적인 여성상으로 명명되다.

인터뷰어 말씀 재미있게 듣고 있는데 어느새 인터뷰를 정리할 시간입니다. 본인 인생에 어떤 후회 같은 건 없으십니까?

황 진 이 비록 신분 피라미드상 맨 아랫부분에 속하는 천한 기녀 신분이었지만 저는 제 삶을 당시 여인들의 인생과는 달리, 아주 주체적으로 살아나갔습니다. 글을 익혔고, 시와 음악, 풍류 등 예를 즐겼습니다. 남한테 휘둘리지 않고 저 하고 싶은 건 모두 자유롭게 도전하며 사랑하며 후회없이 원없이 살았습니다. 왕비의 삶이, 정승 부인의 삶이 저보다 자유로웠겠습니까? 기녀였기에, 기존의 질서 어딘가에 속하기를 거부했기에 자유를 얻은 것이지요. 생전에도 그랬고, 지금도 그렇습니다. 저는 그것 하나면 충분합니다. 다른 걸 바라지도, 꿈꾸지도 않았습니다.

다른 사람에 의존 없는, 당당하고 주체적인 삶! 그래서 저는 정말 노래를 빼어나게 잘 부르던 이사종 대감과 조선 최초의 계약커플로 6년간을 함께 지낼 때조차 제 생활비를 따로 챙겨갔습니다. 경제적으로 누군가에 예속된 순간 대등한 관계는 깨지고 마니까요. 우리는 서로를 사랑했지만 6년 후 미련없이 관계를 정리했습니다.

인터뷰어 예. 이제 마지막 질문입니다. 언제 어떻게 사망하셨는지 정확한 사실이 전해지지 않습니다. 다만, 마흔 살 내외에 병에 걸려 죽었다는 것밖엔 알 길이 없는데, 죽기 전에 집안 사람들에게 다음과 같은 유언을 남기셨다죠. "나는 평생에 여러 사람들과 같이 놀기를 좋아했으니 조용한 산중에다 묻지 말고 사람들이 많이 다니는 대로변에다 묻어주며, 또 평생에 음률을 좋아했으니 장사지낼 때에도 곡을 하지 말고 풍악을 울려 장례를 지내 달라." 라고요.

황 진 이 그랬지요. 조용한 산속 무덤가는 정말 싫었습니다. 찾아오는 이 하나 없는데 얼마나 외롭고 적적하겠습니까? 저와는 맞지 않죠. 그래서 제 무덤은 몇 백년 전까지만 해도 송도 대로변에 있었지요. 지금은 북한 땅이라 저만 갈 수 있지요. 하하.

인터뷰어 : 진이님의 주체적이고 능동적인 삶에 찬사와 감탄을 보냅니다. 살펴 가십시오.

내 인생은 나의 것,
내가 그리는
한 폭의 그림이니라

사대부가(家)의 여인으로서 예(藝)를 행한다는 것은,
신사임당 VS 허난설헌

우리나라 역사상 시대를 초월해 가장 주목받는 여성예술인들 가운
데 신사임당과 허난설헌도 빠지지 않을 텐데요. 두 분은 동시대를 살
았다는 공통점뿐만 아니라, 사대부가의 여인으로서 자기 삶을 주체
적으로 이끌었다는 점, 글과 그림에 남다른 재능을 보여 당대는 물론
후대에도 조선 최고의 예인(藝人)으로 손꼽힌다는 공통분모를 가졌습
니다.

신사임당(1504~1551)은 선조 때의 대학자였던 율곡 이이의 어머니로,
그 곧고 강직한 성품과 빼어난 그림 솜씨, 그리고 시로써 당대는 물
론이거니와 후대인들에게도 널리 알려졌죠. 아시다시피 우리나라 5
만원권 지폐의 주인공이십니다.

허난설헌(1563~1589) 역시 소설「홍길동전」의 저자 허균의 누이답

게 빼어난 글 솜씨로 널리 알려진 분이시지요. 그러나 이 두 분은 남성중심의 신분사회, 글마저도 사대부가(家) 남성들만의 전유물이었던 조선시대에 글을 이해하고 깨달은 여인들이라는 이유만으로 고단한 삶을 인내하며 사셔야 했습니다.

그래서 오늘은 이 두 분을 모두 한사리에 소환해 여러 이야기를 들어보도록 하겠습니다. 인터뷰 형식이라기보다는 두 분의 대담 형식으로 진행해보겠습니다.

글을 깨쳤다는 이유로 핍박받은 여인들의 삶

신사임당 난설헌 동생 왔는가? 자네를 한번 만나고 싶었는데 이제야 만나는구만. 우리는 같은 강릉 사람인데다가 서로 통하는 것도 많지. 내가 반세기를 먼저 살았으니 말을 놓겠네. 그래도 괜찮은가?

허난설헌 그럼요. 저도 언니의 영민함과 재능을 어릴 적부터 전해 들어서 잘 알고 있어요. 우리는 같은 동향 사람들이지만 집안끼리는 가까이 하기엔 먼 사이죠. 특히 언니 아들 율곡대감은 서인의 수장이었고, 우리아버지 허엽대감은 동인의 영수였으니 만나면 서로 으르렁거렸겠죠. 결국 우리 오라버니 허봉은 율곡선생을 탄핵하려다가 오히려 역풍을 맞아 위배를 가 객사까지 했고 우리집안은 아스라이

몰락하고야 말았지요. 율곡선생이 조금만 봐주지 그러셨어요.

신사임당 나는 그런 것 모른다네. 붕당정치의 '붕'자만 들어도 골이 쑤셔. 조선이 왜 망한 줄 아는가? 그 놈에 당파싸움만 하다가 제대로 망한 것이라네. 물론, '경쟁'이라는 순기능이 있기도 하지만, 나는 그다지 좋게 보지는 않았다네. 일종의 남정네들의 패거리 정치지, 그게 뭔가? 나는 그냥 그림 그리고, 시 쓰고 그런 것만 생각했다네. 우리 아들 이이가 성품이 대쪽 같긴 해. 걔 열여섯 살에 내가 세상을 떠나와서 한참 사춘기 때라 상처가 많았을 걸세.

자, 이제 머리 아픈 남정네들 정치 이야기일양 접어두고 우리들 이야기를 해보세. 나도 자네도 남정네들의 세상에서 여인의 몸으로 타고난 재주를 억누르고 사느라 얼마나 고생이 많았을고.

허난설헌 혀 깨물고 죽고 싶을 만큼 힘들었소. 스물일곱 꽃다운 나이에 유명을 달리한 게 아깝긴 하지만, 모진 시집살이를 떠올리면 그나마 일찍 죽은 게 불행 중 다행이라고 생각하오.

신사임당 에구, 시집살이가 모질었구나. 아버지 허엽대감, 두 오빠 성과 봉, 그 유명한 「홍길동전」의 작가 막냇동생 균, 그리고 자네 허초희. 이렇게 다섯을 가리켜 허씨 다섯 문장가라 칭송이 자자하던데 어쩌다가…. 시댁은 어떤 집안이었어?

허난설헌 그 시절 여인이라면 누구나 그렇듯 아버지가 콕 찍어주는 집안으로 갔소. 열 다섯, 열 여섯 나이에 사랑 같은 것은 전혀 따지지도 생각하지도 못했던 시절이었지요. 사대부 뼈대만 겨우 남은 안동김씨 문중이었소.

동인 중에서도 북인계에 속했던 우리 집안은 학문의 가르침에 아들딸 차별을 두지 않았죠. 우리 집은 모든 게 정말 자유로웠소. 여사도 글을 쓰고 서책을 얼마든지 읽을 수 있었소.

근데 시집은 완전 다른 세상이었소. 남인 보수 꼴통집안이라 가부장적이고 여인네들은 서책 근처에도 가면 안되고 그랬어요. 몰락한 양반집안이기에 피해의식도 피할 수 없었고요

결국 나는 기가 드세고 남정네들의 전유물인 글을 안다는 이유로, 멍청하고 불성실해서 과거급제를 못하는 남편의 앞길을 막는 요물로 낙인찍혀서 10년 동안 시어머니한테 말로 다 못할 정도로 모진 갈굼과 핍박을 받았소. 여인은 무조건 방구석 돌그림자처럼 지내야했소. 아파도 슬퍼도 울지 못하고. 억울해도 성내지 못하고, 그저 그 집안에 나를 억지로 끼워 맞춰 새로 만들어야했소. 정말 혼인생활이라는 것이 극한의 고통이었소. 지금시대야 안 맞으면 이혼도 할 수 있지만 그 시대 여인들은 어떤 이유를 불문하고 혼인 후에는 그 집안의 귀신이 되어야 했잖소. 지금 생각해도 그게 가장 억울하오. 왜 그리 힘들고 어렵게 살았을까요. 한번 뿐인 삶인 것을. 그게 혼인생활인 줄

알았더라면 차라리 자유로운 기녀로 구속 없이 살 걸 그랬소.

신사임당　그랬구나. 나는 시집살이는 별로 안했는데. 자네 아버지만큼 우리 아버지도 깨인 분이셨어. 우리 아버지는 당신 딸들뿐만 아니라, 조카딸들한테도 유교의 4서6경을 가르칠 만큼 개화된 분이셨지. 우리 집이 아들 없이 딸만 다섯이었다네. 그래서 아버지는 아들 같은 사위를 얻길 바라셨어. 특히 어려서부터 총명하고 재주가 많던 나를 유독 아끼셔서 시집보내기 싫어하셨지. 과년한 딸을 시집 안 보낼 수는 없고, 궁리 끝에 편모슬하에 독자인 남편한테 가라셨지. 말하자면 데릴사위 비스무레했는데 남들은 보잘것없는 집안으로 딸을 시집보낸다고 뒤에서 수군거렸지만 우리 아버지 생각은 다르셨어. 내가 마음 편히 그림을 그릴 수 있는 환경과 이해심을 갖춘 사람을 고르는 게 우선이었지. 자네처럼 명문세도가로 보내면 시집살이를 해야 할 테니까. 그래서 나는 친정에서 오래 엄마를 모시고 살 수 있었지. 내가 살던 조선 중기 때에는 딸도 자식이라는 관점에서 사위도 의무적으로 처가살이를 얼마간 해야 하는 좋은 제도도 있긴 했어.

허난설헌　언니는 정말 시집살이, 마음고생 같은 것 모르고 사셨겠소. 정말 좋으셨겠다.

신사임당　아니, 그것도 아니라네. 나도 자네만큼이나 혼인생활이 순탄치 않았다네. 혼인 초에만 잠시 평안했을 뿐, 이름값 제대로 한 남편 이원수 때문에 속깨나 끓였다네. 오죽하면 내가 속을 끓이다 못해 심장병으로 세상을 떴겠나. 이원수 저원수 속으로 참 많이도 욕했다네.

허난설헌 언니 남편 이름이 이원수요? 이름이 참 의미심장하네. 그 시설 남자늘이란 게 어쩜 그렇게 떡판으로 인절미 찍어낸 듯 비슷비슷한가요.

신사임당 정말 원수가 따로 없었네. 친정살이를 허락해준 것만 빼고, 나와는 모든 게 안맞았지. 사람이 순하기만 했지, 무능하고 우유부단하고, 융통성도 없고. 평강공주 노릇 하기도 지겨웠다네. 입신양명에 뜻이 전혀 없는 못나터진 위인이었거든. 한번은 내가 과거급제할 때까지 10년 동안 별거하자며 한양으로 올려 보냈더니 나약해빠져서 나와 아이들이 보고 싶다며 대관령도 넘지 못하고 돌아오기를 세번이나 반복했네. 어찌나 속상한지 내가 특단의 조치로 내 머리칼을 싹둑 잘라 보이며, 남자로 태어나 출세도 못할 못난 지아비랑 사느니 내 차라리 머리를 빡빡 밀고 절에 들어가서 비구니가 되겠다고 으름장을 놓았다네. 그래도 소용없었다네. 3년 만에 과거준비를 때려치웠네. 차라리 그 과거준비를 내가 하고 싶었네. 조선의 여자로 태어난 게 더없이 답답했네.

허난설헌 우리 지아비도 마찬가지였소. 차라리 말이라도 고분고

213

분 잘 듣는 바보온달을 데리고 사는 편이 나을 뻔했소. 시어머니는 당신 아들 그릇은 생각도 않고 내가 요물이어서 그 사람 앞길을 막는다고 매일매일 닦달을 했는데, 내가 죽은 해에 겨우 문과 병과에 급제하여 홍문관 정자가 됐다 하오. 자기 말로는 내가 8세 때부터 「광한전백옥루상량문」을 지은 신동이라 아내로서 매우 부담스러웠다고 합디다. 결국 그가 공부 못한 것도 내 탓, 과거 급제 일찍 못한 것도 내 탓이 되었소.

어느 날, 내 친정 하녀와 외도한 그 허름한 안목에 더 이상 할 말도 잃었소. 소설가답게 사람을 보는 눈이 예리한 내 아우 균이 그 사람에 대해 언젠가 이런 말을 했소. '문리는 모자라도 능히 글을 짓는 자. 글을 읽으라고 하면 제대로 혀도 놀리지 못하는 자'라고요. 균이 잘 봤소. 그 사람은 그런 사람이었소.

담담하게 당당하게 무소의 뿔처럼
삶을 헤쳐나간 그녀들

신사임당　자네 남편 취향이 어쩜 우리 남편 이원수랑 비슷할까. 우리 남편도 술주정뱅이 주막집 주인과 외도하는 것을 내 현장을 목격했지. 내 생애 그런 굴욕은 처음이었네. 횟병으로 드러누워, 내가 죽거든 재혼할 생각을 아예 하지 말라고 했네. 중국 옛 경전에 등장하는 성인들을 예로 들며 아들딸을 일곱이나 뒀는데 무슨 자식이 더 필요하냐고 제발 우리 아이들을 생각해서 재혼하지 말라고 두 손 잡고 부탁까지 했다네. 그랬더니 이 웬수가 요목조목 반박하더니 내가 죽은 시 얼마 안돼 나보다 스무살이나 어린 수막집 주인 권씨와 덜컥 재혼을 해버렸네. 우리 아들 이가 금강산으로 가출까지 하고. 그래서 우리 이가 성품이 조금 까칠했다네.

허난설헌　그랬군요. 언니도 지아비 때문에 마음고생이 이만저만이 아니었겠소. 우리가 너무 똑똑하고 지혜로워 남정네들이 되려 우리를 시기하고 부담스러워 했던 것은 사실이오. 그 시대 남정네들은 다들 백치미 취향이었잖소. 혼인 후 귀머거리 3년, 벙어리 3년, 맹인 3년이란 말도 있었잖소.

　나도 밤마다 독수공방 처지에 어렵게 얻은 두 아이를 돌림병으로 모두 잃었어요. 뱃속 아이마저 유산하고, 더 이상 세상에 남아있을 이유가 없었소. 언니는 그래도 자식농사는 성공했잖소.

신사임당　내가 사실 남편복은 없어도 자식복은 있었지. 나를 닮아 소사임당이라 불릴 만큼 그림에 재능이 남달랐던 화가 이매창이 우리 큰 딸이고, 셋째아들 이이는 더 말할 것도 없고, 이이의 아우 이우도 시와 글씨, 거문고, 그림 등에 능해 4절로 불렸지. 아이들이 성품도 고와 내 속을 상하게 한 일이 없었다네.

허난설헌 언니만의 남다른 교육비책이 있었나 보오.

신사임당 내가 글을 안다 해서 나는 아이들을 끼고 가르치진 않았다네. 양떼 방목하듯 키웠네. 단지, 스스로 깨닫는 교육법으로 훈육했을 뿐이네. 내가 유명해진 이유? 당대에도 유명했으나, 잘 키운 아들 이이 덕분이라고 할 수 있네. 노론의 수장 송시열영감을 비롯해 이이의 추종자들이 별볼일없는 아버지 대신 화가이자 문장가였던 어미인 나를 추켜세워 가히 신격화한 까닭이네. 내 이미지는 결국 실제와는 달리 현모양처 이미지로 5백년동안 굳어져 버렸지. 나는 지아비에 순종한 적이 없네. 늘 동등한 위치에 있었지. 당대의 여인들과는 조금 다른 주체적이고 능동적인 삶을 살려고 노력했네.

허난설헌 언니도 나만큼 파란만장했소. 그러나 우리의 고통과 노력이 헛되지 않았죠.

신사임당 그렇지. 우리는 남정네들 중심의 풍진 세상에서 우리 여인들의 역사를 남겼다네. 그리하여 「자리도(어하도)」와「자리도」, 「산수도」, 「초충도」, 「노안도」 같은 후대에서 멋진 작품으로 인정받는 작품들도 남겼고. 여러모로 힘이 들었지만 열심히 살며 나 자신을 늘 바로잡아 갱생한 보람은 있었지. 허난설헌 자네도 고생이 정말 많았네.

오늘 이야기는 여기서 마무리 짓고 다음에 또 봄세.

박제가 되어버린 천재

모던보이, 작가 이상

'박제가 되어 버린 천재'를 아시오? 나는 유쾌하오. 이런 때 연애까지가 유쾌하오... 나는 걷던 걸음을 멈추고 그리고 일어나 한 번 이렇게 외쳐 보고 싶었다. 날개야 다시 돋아라. 날자. 날자. 한 번만 더 날자꾸나. 한 번만 더 날아 보자꾸나.

작가 이상의 소설「날개」의 처음과 끝부분입니다. 작가 이상(李箱: 1910.09.23.~1937.04.17)의 이름 앞에 붙는 수식어가 참 많지요. 한국문학의 돌연변이, 한국문학사의 이단아, 근대문학의 마침표이자 현대문학의 시작, 한국 시사(詩史) 최고의 아방가르드 시인, 한국 현대시 최고의 모더니스트, 한국의 보들레르 등등. 즉 이상의 등장 자체가 한국 현대문학사상 최고의 스캔들로 통합니다.

특히 기생 금홍과의 스캔들은 상식적인 남녀관계의 방식을 깨는, 매우 기이하고 당시로서는 파격적이며 통념을 뛰어넘어 사도마조히즘적인 관계로 후대에 영화와 연극의 소재로 수도 없이 리바이벌되기도 했습니다.

"불행한 운명 가운데서 난 사람은 끝끝내 불행한 운명 가운데에서 울어야만 한다. 그 가운데에 약간의 변화쯤 있다 하더라도 속지 말라. 그것은 다만 그 불행한 운명의 굴곡에 지나지 않는 것이다."

이상이 제 운명에 대해 했던 말인데요. 천재작가 이상의 삶은 자신이 했던 이 말처럼 철저히 불운과 비극으로 점철되었습니다. 스물일곱해의 짧은 생을 살았던 그의 삶은 마치 인간이 겪을 수 있는 불행의 축소판을 모두 보았던 불운의 사내였습니다. 그럼 이 자리에 이상 작가님을 모시고 왜 그런 불행한 인생을 살 수밖에 없었는지 자세한 이야기를 들어보도록 하겠습니다.

보이는 대로 뭐든 따라 그리던 그림 천재 흰동이

인터뷰어 안녕하세요. 이상 작가님.

이 상 안녕하시오. 「날개」와 「오감도」의 작가 이상이요. 반갑소. 요즘 젊은 친구들은 방가방가라고 한다지요. 방가방가.

인터뷰어   흔히 작가님을 불운의 천재라고 말하지요. 대부분의 천재들이 자신의 재능을 제대로 펼쳐보지도 못하고 불행한 삶을 살았지만 이상 작가님은 특히나 더욱 그러하셨지요. 그 원인이 무엇이었다고 생각하십니까?

이 상   우선 일제강점기라는 시대적 상황과 가난한 집안의 맏이라는 처지 등 여러 요인이 복합적으로 뒤섞여 발생된 불행이 아니겠소? 나는 어미젖을 갓 뗀 후, 아들이 없는 큰집에 구원투수로 입양되어 백모의 서릿발 같은 눈총을 받아가며 성장기를 보냈소. 나의 불행의 시발점은 거기에서부터 시작됐지. 내 집이 아닌 남의집살이.

나는 명석한 두뇌와 뛰어난 재능을 가져 어려서부터 '천재'라는 말을 종종 들었지만 가난과 소외, 그리고 병마의 굴레로부터 평생 벗어나지 못했소. 내 바람과는 달리 돈이 도무지 따라주질 않아서 '제비'를 비롯해 벌이는 다방사업마다 얼마 못가서 말아먹고, 가까운 친구한테조차 '얼치기', '괴팍한 시인'으로 불렸소. 겉으로는 언제나 쿨한 척했지만, 나는 '입양아 콤플렉스'에서 평생토록 자유롭지 못했소. 만 스무 일곱 해 동안 아무도 진심으로 사랑하지도, 또 사랑받지도 못했소. 내게 사랑과 연애는 철저히 유희에 지나지 않았고, 상대를 이기느냐 지느냐만 관심 있는 게임이었소.

인터뷰어   어렸을 때부터 그림에 남다른 소질을 보이셨다고 전해지는데…….

이　　상　그랬소. 나는 어린 시절부터 유독 뭘 그리는 것을 좋아했소. 얼굴이 유난히 창백해서 마을 어른들이 '그림 잘 그리는 흰둥이'라고 불렸지요. 그때야 지금처럼 종이가 흔하지도 않았고, 그저 어른들이 버린 담배갑 속지에 끄적거리는 정도였지. 하지만 나는 무엇이든 주의 깊게 관찰하고 골똘히 생각해, 밤을 새워서라도 종이 위에 똑같이 그려내 어른들을 놀라게 했소. 한번은 내 나이 서너살 때에 길가에 버려진 화투 목단 열 곳 짜리를 똑같이 그려냈지요. 백모가 환쟁이(화가)는 상놈이라고 막무가내로 혼내고 말려도 소용없었소. 나는 그림 그리는 게 좋았고, 혼자 있을 때엔 늘 무언가를 그렸어요. 내 미술 쪽 재능은 보성교보에 다닐 때 촉발됐소. 당시 보성교보에는 한국 최초의 서양화가였던 고희동이 미술 교사로 재직 중이었고, 미술공부를 하기는 더 없이 좋은 분위기였소. 나는 솔직히 다른 수업은 재미가 없었지만 유독 미술시간 만큼은 두 눈을 반짝이며 집중했소. 그 시절, 교내 미술전람회에서 작품 「풍경」으로 1등상을 받았고, 몇 해 후에는 조선미술전람회에서 작품 「자화상」을 출품해 입선하기도 했소. 나는 화가가 되고 싶었지만 백부가 가난한 화가는 집안에 도움이 안된다면서 건축을 공부하라고 권하셨소. 다행히 미술과 건축이 연관이 있기에 별 거부감 없이 건축을 선택한 것이오. 당시 문인들 중, 나처럼 문벌이 버젓한 전문직업인은 없었소.

인터뷰어 원래 이상이 본명이 아니었죠? 필명에 얽힌 이야기를 부탁드려도 될까요?

이 상 내 본명은 김해경이오. 1932년 스물세 살 즈음, 총독부 건축과에 취직해 기수로 일할 때에 공사장 인부들이 일본어로 '김상(金さん)'을 '이상(李さん)'으로 칙긱해 그렇게 부르던 것에서 유래됐다는 설도 있고, 내 행동과 성격이 워낙 남달라 사람들이 '이상한 사람'이라는 의미로 그렇게 불렸다는 설도 있지요. 그러나 1929년 경성고등공업학교의 졸업앨범에 '이상'이라는 필명이 처음 등장하는데, 실습생 시절 공사현장에서 인부들이 본인을 그렇게 부르는 것을 필명으로 사용했다는 게 맞을 거요. 그 후, 1932년 작가로 등단작품이라 할 수 있는 시 「건축무한육면각체」를 발표할 때부터 나는 김해경이 아닌, 이상의 삶을 살았소.

금홍이와의 스캔들

인터뷰어 기생 금홍과의 연애, 안 여쭈어볼 수가 없군요. 금홍과는 언제 어떻게 어떤 계기로 만나셨습니까?

이 상 내가 천생 남 밑에서 월급쟁이나 할 위인은 아니잖소? 걸핏하면 일본인 상사와의 갈등으로 총독부 기수 자리를 박처고 나와서 얼마간 폐인처럼 문란하게 지냈더니 폐결핵에 걸리고 말았소. 당시 결핵은 아주 흔한 병이었지만, 걸리면 꼼짝없이 죽는 병이었소. 특히 작가들의 전문직업병이 결핵이었소.

암튼 1933년 황해도 배천온천에 요양차 갔을 때 금홍(본명: 연심)을 만났소. 금홍이는 온천에서 가까운 '능라정'이란 요정의 기생이었소. 금홍이를 조선시대 명기 황진이나 매창, 계량 같은 기녀로 생각하는 건 어림 반 푼어치도 없소. 조선에서 근대로 넘어가는 과정에서 예(藝)를 갖춘 기녀들의 명맥은 대부분 끊겼고, 대신 말 그대로 술 팔고 몸 파는 싸구려 기녀들과 그들을 데리고 영업하는 요정들만 우후죽순으로 늘어났소. 해서 금홍이도 장구와 잡가 등을 대충 조금 배우고 색주가로 팔려온 케이스였소.

내 소설 「봉별기」를 보면 금홍이와의 만남과 동거, 그리고 작별까지의 모든 전말을 상세하게 기록돼 있으니 관심 있는 분들은 읽어보시고.

금홍이는 체구도 꼭 풋고추마냥 자그맣고 통통하며 귀엽고 앙팡진 스타일이었소. 한마디로 남자들을 홀리는, 섹기가 좌르르 흐르는 스타일 말이오. 나도 당시 피 끓는 일팔 청춘이었으므로 별 수 없었소. 어쨌든 나는 처음 본 다음날부터 금홍이를 좀 짓궂게 가지고 놀았소. 다른 남자들한테 소개해주기도 했는데 금홍이는 싫어하는 내

색도 없었소. 지병인 폐결핵을 치료하려 요양차 비싼 한약까지 지어 공기 좋고 물 맑은 유명 온천에 갔지만 결국 정성껏 약을 달여 먹기는커녕 금홍이와 이상야릇한 유희를 즐기는 데만 골몰했소. 허나, 어찌나 그 '놀이'라는 게 재미지던지 각혈까지 멈췄소.

인터뷰어 그래서 금홍이에게 그런 시까지 바치셨던가요? 내가 그다지 사랑한 그대여….

이　　상 맞소. 내가 쓴 글 중에서 유일하게 달달한 글이오. 한번 읊어드리다.

내가 그다지 사랑한 그대여 / 내 한평생 그대를 잊을 수 없소이다 / 내 차례에 못 올 사랑인 줄은 알면서도 / 나 혼자는 꾸준히 생각하리다 / 자, 그러면 내내 어여쁘소서.

인터뷰어 그렇게 예뻐 보였던 금홍이와는 왜 헤어지셨어요?

이　　상 온천에서 만났던 금홍이와는 백부의 부음을 받고 서둘러 경성으로 가는 바람에 아쉽게 헤어졌소. 1933년 6월, 백부의 유산으로 청진동 한 건물에 전세를 내 다방 '제비'를 개업하고, 금홍을 불러와 얼굴마담, 아니 요즘 신식으로 말하면 메니저 신분으로 앉혔소이다. 어쨌든 이게 내 본격적인 물장사 역사의 출발점이자, 금홍이와의 기묘한 동거의 시작이었소.

　명색이 기녀 출신인 금홍이가 사업수완이 없는 나를 대신해 다방 운영을 잘할 것이라고 내심 기대를 했지만 빗나갔소. 우리 다방은 커피 맛이 아주 엉망진창이었거든. 나도 맛없는 걸 누가 와서 돈 내고 마시겠어. 금홍이는 술만 따라봤지, 커피에는 관심도 없었고 게다가 까만색으로 사면을 모두 칠한 다방 '제비'의 분위기는 아주 음습하기 짝이 없었소. 암튼 그래서 점점 손님도 줄고 망해갔지. 다방에 파리만 날리니까 어느 날부터 금홍이가 바깥으로만 나돌고, 어느 날엔가는 때 묻은 버선짝을 방바닥에 벗어던지고 어느 놈이랑 눈이 맞아서 가출을 했소. 컴백홈과 가출을 반복하다가 아주 이별했소.

　인터뷰어 후대인들은 금홍이란 인물에 대해 '천재 이상을 단명 시킨 팜므파탈'로 생각하는데요. 이에 대해 금홍이 대신 항변하신다면?

　이　　상 금홍이가 팜므파탈이라고? 허허, 듣다보니 별 소리를…. 솔직히 그럴만한 여자가 못되지 않나? 동거 초기에는 우리는 여느 신혼부부처럼 함께 산책도 다니고 사이가 아주 좋았소. 내 일생에 있어서 금홍이랑 함께한 날들이 가장 행복하고 안정되었소. 만 스무 일곱 해의 생애에 있어서 교제한 여자가 금홍이 외에도 똑똑한 신여성이 두 명이나 더 있었지만 영혼 깊숙이 각인된 것은 금홍이였소. 금홍이를 만나기 이전의 나는 자폐성이 강한 사람이었소. 몸집만 어른이었을 뿐, 내 자아를 세 살 때 백부의 집으로 입양될 즈음에 가둬버렸기에 나는 어른으로 성장할 수 없었소. 금홍이는 어른이 아직 되지 못한 내 잠재적인 인격과 나름의 정체성을 찾아 자기 식으로 길들였소. 그게 육체적 관계였든, 가학적 관계였든 뭐든 간에. 암튼 금홍이와 함께일 때 비로소 나는 '입양아 콤플렉스'에서 자유로올 수 있었소.

그러나 어떤 면에서는 우리 두 사람은 그 어떤 진실한 감정의 커뮤니케이션 없이 마치 게임이라도 하듯 그렇게 엔조이에만 머문 관계였을지도 모르오. 우리는 어쩜 사도마조히즘적 광기. 금홍은 '매춘녀'라는 직업으로 인해 유혹자이기도 했지만, 반대로 남자들의 성적 욕망, 그리고 야릇하고 독특한 내 짓궂은 게임 본능을 채워주는 희생자이기도 했소.

인터뷰어 시간 관계상 마지막 질문입니다. 신여성 변동림과 결혼 직후, 동경에서 유명을 달리하셨는데 그렇게 된 이유가 무엇입니까?

이 상 세상을 떠나기 1년 전 쯤, 절친 구본웅의 의붓 이모였던 신여성 변동림과 결혼을 했지요. 솔직히 똑똑한 신여성과 살아보니 금홍이만큼 재미가 없었어요. 마침 부잣집 아들이었던 친구 구본웅이 이 이모부에게 돈 몇 푼 쥐어주며 며칠 동경이나 다녀오라고 했지요. 나는 동경이 가고 싶었어요. 내 눈으로 발전한 근대의 모습을 보고 싶었어요. 근데 동경도 별게 없습디다. 가솔린 냄새만 진동하지.

어쨌든 기왕 갔으니까 구경 좀 하다 올 생각이었는데 돈도 없고, 먹는 것도 시원찮고, 추운 겨울나기가 쉽지 않았소. 그래서 결핵은 심해졌고, 설상가상으로 외모가 봉두난발에 옷차림도 허술해서 산책길에 일본 경찰 불심검문에 딱 걸려 한 달 넘게 옥고를 치렀소. 결국 내 폐는 녹아내렸고, 손을 쓸 수조차 없이 남의 나라에서 죽어갔소. 하지만 마지막은 외롭지 않았소. 조선 유학생들이 밤낮 없이 내 곁을 지켜주었소.

인터뷰어 그랬군요. 마지막 유언이 "센비키야 멜론, 멜론이 먹고 싶어." 라고 남기셨다고 하는데, 당시 센비키야 농원에서 나오는 멜론이 가장 맛이 좋은 멜론이었나 봅니다.

이　　상 그렇소. 맛좋기로 소문난 멜론이었는데, 맛을 보지 못하고 말았소. 그 말을 듣고 동림이가 사오기는 했는데, 목 안으로 넘길 수는 없었소.

인터뷰어 안타깝네요. 오늘 말씀 감사합니다. 살펴 가십시오.

현해탄에 던져진
고독한 꽃

조선 최초의 소프라노 윤심덕

    우리나라 최초의 소프라노, 최초의 대중가수, 최초의 국비유학생, 당대 최다음반판매량 기록자, 최초의 방송국 여류사회자, 최초의 현해탄 정사 등등 그를 가리키는 수식어는 무척 많습니다. 고작 삼십여 년 남짓한 짧은 생을 살았지만 그녀의 인생은 현해탄의 물결처럼 파란만장하고도 거침없었습니다. 누구일까요? 바로 '사의 찬미'의 주인공 윤심덕(尹心悳 : 1897 ~ 1926)입니다.

    당대 여성으로서는 보기 드물게 일본 국비유학까지 다녀온 그녀는 빼어난 미모와 가창력으로 당대 최고의 스캔들메이커였으며 늘 화제의 중심에 서 있었습니다. 희곡작가이자 촉망받는 엘리트였던 연인 김우진과 함께 현해탄 정사로 생을 끝마치면서 당시 사회에 큰 충격과 경악의 도가니로 몰아넣었는데요. 현해탄 정사는 그들이 처음이었다고 전해지기도 합니다. 그로 인해 당시 페시미즘(pessimism : 염세주의 사회분위기를 타고 모방 행위도 유행처럼 번져 한동안 사회문제로 대두되었습니다. 하지만 단순히 연인과의 사랑을 이룰 수 없었기에 정사를 선택한 것은 아닌 것 같습니다. 그럼 윤심덕 씨를 이 자리에 소환해서 왜 그런 극단적인 선택을 할 수밖에 없었는지 여러 이야기를 들어보겠습니다.

평양 제일의 왈녀, 마침내 세상의 중심에 서다

인터뷰어 안녕하세요, 윤심덕 선생님.

윤 심 덕 예. 조선 최초의 성악가 윤심덕입니다. 반갑습니다. 이 자리를 빌려 저에 대한 세간의 오해를 모두 풀었으면 좋겠습니다.

인터뷰어 우선 선생님의 어린 시절이 궁금합니다. 평범한 아이는 아니었을 것 같아요.

윤 심 덕 학교 다닐 때 별명이 '왈녀', '말괄량이', '대장' 이런 것들이었어요. 옛날 할머니들 말씀으로 하면, 어려서부터 계집애가 사내아이처럼 기가 드셌지요.

어릴 적에 평양의 부촌에 살았지만 저는 가난한 집의 딸이었어요. 1남 3녀 중 둘째딸. 아버지는 풋나물 장수였는데 입에 풀칠하기도 어려웠지요. 매사 적극적이고도 강한, 전형적인 평양여자였던 엄마가 생계를 책임지셨죠. 부모님은 독실한 기독교인이셨는데 그 때문에 배움의 중요성에 대해 일찍 눈을 뜨셨죠. 엄마는 여자도 공부를 해야 한다고 생각하셔서 어려운 살림에도 저희 자매들을 당시로서는 보기 드물게 고등교육까지 시켜주셨지요. 당시 같은 또래 여자들은 학교 근처에 얼씬도 못하던 때였죠.

저는 강직하고 이치에 밝은 어머니의 성품을 빼닮았어요. 소학교에 들어가자마자 교회활동과 어머니에게서 배운 노래며 성경지식으로 두각을 나타내서 반장을 도맡아했고, 자화자찬이지만 영특해서 학업성적도 우수했어요. 친구도 남녀나 나이에 구분을 두지 않고 사귀었고, 워낙 성격이 괄괄하고 활발해서 짓궂은 상급반 남자아이들까지 제 앞에서는 순한 양처럼 굴었어요. 한마디로, 리더십 강한 '골목대장'이었지요. 고생하시는 부모님을 생각해서 우리 형제들은 철이 일찍 든 편이었지요. 저는 둘째였지만 어려서부터 항상 집안의 기둥역할이었어요. 특히 제 음악적 재능은 학교, 교회, 동네를 넘어서 나중에는 평양시내에까지 소문이 자자했지요. 어릴 때부터 음악이 참 좋았어요. 얼마나 좋았으면 부엌아궁이에 불을 지피다가도 멀리서 교회의 찬송가가 들리면 밖으로 무작정 뛰쳐나가 부지깽이를 들고서 팔을 휘저으며 지휘를 했겠어요. 저는 어떤 노래든 한번만 들으면 완벽하게 기억해 따라 부를 수 있었어요. 그래서 사람들은 저보고 음악의 천재라며 감탄했죠.

인터뷰어 그럼 그 때부터 음악가의 길을 걷겠다고 결심하신 겁니까? 현대와는 달리, 당시 음악을 전문적으로 공부해서 직업으로 삼기가 매우 어려우셨을 것 같은데요.

윤 심 덕 인프라가 아예 전무했지요. 속된말로 완전히 맨땅에 헤딩하기, 계란으로 바위치기였어요. 제가 어려운 환경에서도 계속 공부를 할 수 있었던 것은 어머니의 헌신 외에도 한 분의 노고가 더 있습니다. 제게는 어머니와 같은 분이신데, 미국인 의사 홀부인입니다. 소학교를 졸업할 무렵. 우리 집은 시골에서 평양으로 다시 이사를 가게 됐지요. 아버지의 수입만으로는 여섯식구가 먹고 살기 어려워서 엄마가 일을 해야 했는데 시골보다 평양이 일자리가 있었으니까요. 교회를 통해 인연이 된 게 바로 평양 광해병원이었어요. 엄마는 그곳에서 사무를 보셨는데, 한 미국인 여의사가 유독 나를 예뻐하셨습니다.

내 영특함과 재능을 꿰뚫고, 경제적 후원을 약속하시며 의사가 되라 하셨지요. 가난한 조선에는 예술가보다 의사가 더 절실할 거라면서 저를 설득했지요. 부모님도 제가 홀부인처럼 의사가 되기를 원하셨지만, 끝내 저는 의학공부가 아닌, 마음껏 노래를 부를 수 있는 조선 최초의, 최고의 오페라 가수가 되고 싶었습니다. 경제적으로는 윤

택하나 홀부인을 보며 느낀 의사의 매일 반복된 일상에 회의를 느껴서였습니다. 매일 병원 안에서 아픈 사람들만 보는데 얼마나 재미없고 답답할까요? 그래서 저는 의사가 되기 싫었습니다. 홀부인은 내 뜻을 존중해주셨고, 음악가의 길을 걷더라도 후원을 멈추지 않을 것을 약속하셨지요. 내가 경성여고보 사범과(현 경기여고)를 졸업할 때까지 그 분은 그 약속을 지키셨습니다.

평양에서 튀던 아이가 서울이라고 안 튀겠습니까? 서울에서도 물론 튀었지요. 늘 우등생이었고, 여전히 음악적 천재였으며, 말괄량이였지요. 자수솜씨가 좋아서 기숙사 친구들한테 자수용품을 팔아 제 용돈과 평양집 생활비를 보태기도 했고요. 졸업 후, 1년쯤 원주, 춘천 등지를 돌며 적성에도 안맞는 교사를 했어요. 얼토당토않은 산골 마을에 발령이 나서 총독부 학무과장의 멱살잡이도 해봤고요. 당시 사범과는 관비로 공부했기에 의무적으로 1년 간 교사직에서 봉사를 해야 했지요. 고생 끝에 낙이 온다고 내 나이 열아홉에 드디어 일본 유학길이 열렸어요. 일본 총독부 장학생선발시험에 우수한 성적으로 합격해 1915년 4월 마침내 도쿄음악학교로 유학을 떠났어요. 내 파란만장한 일생 중 가장 행복하고 반짝반짝 빛이 나던 시기였죠.

불모의 땅에서 스러져간 선각자의 이름이 되어

인터뷰어 조선 유학생들 사이에서 요즘 말로 하면 '퀸카'로 통했다죠?

윤 심 덕 사교성이 남달라서 화가 겸 문인이었던 나혜석 다음으로 제가 인기가 많았지요. 한 남학생은 만날 꽃다발을 바치며 프러포즈를 했는데 제가 거절하자 미쳐서 정신병원에 입원까지 했었고. 그에게 미안한 마음이야 있지만 싫은 것을 좋다고 할 수는 없잖아요.

메이지유신의 영향으로 당시 도쿄의 분위기는 우리 조선과 많이 달랐어요. 비교가 안됐지요. 밤늦게까지 오페라와 영화를 봤고 모든 게 자유로웠어요. 제가 꿈꾸었던 곳이었지요. 그렇게 흥청망청 즐기다 보니, '조선의 윤양' 하면 모르는 사람이 없을 정도였죠.

인터뷰어 그럼 도쿄 유학시절에 연인 김우진 씨를 만난 것인가요?

윤 심 덕 예. 당시 김우진씨는 와세다에서 얀극을 공부하고 있었는데 처음에는 서로 관심이 전혀 없어서 소가 닭 보듯, 닭이 소 보듯 했지요. 흥, 무슨 저런 건방진 계집애가 다 있어? 어디 목포 촌뜨기가? 하며 서로 같잖게 봤어요. 나이는 동갑이었지만 그는 조혼을 헤 고향에 아내와 자식이 있었고 일본인 간호사 여자친구도 있었으니까요. 또 내가 요즘 말로 하면 남사친(남자사람친구)에게 허물없이 대해서 오해도 많이 샀는데, 나는 나만 결백하면 된다는 생각이어서 신경도 안

썼지요.

어쨌든 김우진씨와는 조선 유학생들이 얼마 되지도 않고, 서로 종종 뭉치다 보니까 한번씩 보면 눈인사정도 나누는 게 고작이었어요. 그러던 게 김우진씨가 조선 유학생들을 중심으로 조직한 극단 '동우회'에 나도 함께 하게 되어 방학 중에 잠시 귀국, 전국 순회공연을 했어요. 그가 그때부터 나를 눈여겨봤다고 해요. 노래도 잘하고 묘한 매력이 있어서.

한번은 그가 자기 집에 초대를 해서 동생들과 함께 목포에 갔는데 세상에 그렇게 큰 집은 처음 봤어요. 사람이 어찌나 검소한지 부잣집 아들 티를 전혀 안내서 몰랐지요. 알고 보니 목포 만석꾼 장남이었어요. 근데 그이는 조금도 행복하지 않았어요. 돈과 권력에 타락한 자기 아버지를 증오하고, 부르주아의 자식이라는 것에 심한 죄책감을 갖고 있었어요. 단 한번도 돈으로 위세를 부리거나 사람을 함부로 대하지 않는 딸깍발이 선비같은 사람이었어요. 나는 그런 그에게 감명받았고요. 내가 사람들의 오해와 따가운 시선에 깊은 상처를 받았을때 진심어린 조언과 위로를 아끼지 않았지요. 내겐 그가 정신적 지주였어요. 우리 두 사람 중에 누가 더 많이 사랑했냐, 라고 묻는다면 분명 나일 거예요. 자존심 상하지만 그는 나만큼 사랑하지는 않았어요. 함께 죽는 순간까지도 그의 마음을 헤아리기가 어려웠어요.

인터뷰어 두 사람이 함께 현해탄 정사를 선택할 만큼 당시 상황이 좋지 못했던 건가요?

윤심덕 그 전에 여러 가지 이유와 사정이 우리를 압박했어요. 나는 음악의 불모지 조선에서 어떻게든 새로운 음악의 꽃을 피워보려 애썼어요. 귀국 후 몇 달간 공연이란 공연은 다 참석해 노래를 불렀어요. 귀국 독주회도 열었고요. 제가 좀 유명해지니까 일본 총독부 예능부장이 나를 불러서 압력을 넣더군요. 총독부에서 유학을 보내줬으니까 조선 노래를 부르지 말고 일본노래를 부르라고, 그리고 일본인들 연회에도 꼬박꼬박 참석하라고요. 그건 나한테 기녀가 되라는 말과 다르지 않았어요. 나는 조선의 성악가로서 활동하고자 했지, 일본인 시중을 드는 기녀가 될 수는 없었어요.

그런 일들로 해서 차츰 설 땅이 점점 좁아졌는데 남동생의 미국 유학자금이 필요했어요. 내가 집안의 실질적인 가장이었고 나는 동생의 미국 유학을 꼭 바랐거든요. 내가 돈이 필요하다는 소문을 듣고 당시 나를 눈독들이던 돈 많은 사람들이 연락을 해왔어요. 요즘 말로 하면 연예인 스폰서제의지요. 결국 장안의 최고 재력가 이용문과의 스캔들로 나는 그동안 쌓아온 걸 모두 잃게 됐지요. 내가 아무리 결백하고 떳떳한들 믿고 싶은대로만 믿는 사람들에게 진실은 중요하지 않았어요. 얼굴을 들고 다닐 수가 없을 정도였는데 노래를 어떻게 하겠어요. 그럴바에 차선책으로 배우를 하겠다고 나섰지요. 당시 여배우는 술집 작부도 안할 만큼 천하디 천한 직업이었어요. 김우진씨의 조언으로 토월회에 입단했는데 연기가 안되니까 그것도 쉽지가 않고 나는 계속 세상의 웃음거리가 되었죠. 더 이상 내가 발 디딜 곳이 없었던 거죠. 내 꿈은 이게 아닌데, 때마침 조선총독부에서 또 일본 노래를 레코드에 취입하라는 압박이 들어왔죠. 내가 성악가로 조선에서 활동한 기간은 2년 남짓입니다.

김우진씨도 사정이 다르지 않았어요. 부친의 사업을 이어받아야 했지만 사업에는 전혀 마음이 없었고 부친과 심한 갈등을 빚다가 일본으로 잠시 피한 상태였습니다. 그는 독일로 가서 연극공부를 계속하고 싶어했는데, 귀국을 하면 꼼짝없이 자기 집 곳간이나 지키는 신세가 될 게 빤했지요. 우리 둘 다 우울증이 있었는지도 모를 일이고요. 그래서 귀국하는 배에서 즉흥적으로 바다를 향해 몸을 던졌는지도. 길이 아닌데 그 지옥 같은 길로 다시 돌아가고 있었으니까요.

인터뷰어 당시 대중음악이 지금까지 전해지는 경우가 드문데, 유일하게 선생님의 마지막 곡 '사의 찬미'는 백년 가까이 지난 지금까지도 꾸준히 후배 가수들에 리메이크 되고 사랑받고 있어요. 이비노비치의 '다뉴브강의 잔물결'의 선율에 선생님의 자작시를 붙였다지요?

윤 심 덕 예. 원곡은 밝고 경쾌한 리듬인데 반해 내 노래는 많이 어둡습니다. 당시 내 생각을 담았으니까요.

'사의 찬미' 가사가 이렇게 됩니다.

> 1. 광막한 광야에 달리는 인생아 너의 가는 곳 그 어데이
> 냐. 쓸쓸한 세상 험악한 고해에 너는 무엇을 찾으러 하느
> 냐. / (후렴) 눈물로 된 이 세상이 나 죽으면 그만일까. 행
> 복 찾는 인생들아 너 찾는 것 서름(설움)./ 2. 웃는 저 꽃
> 과 우는 저 새들이 그 운명이 모두 다 같구나. 생에 열중한
> 가련한 인생아 너는 칼 위에 춤추는 자로다. / 3. 허영에
> 빠져 날뛰는 인생아 너 속였음을 네가 아느냐. 세상의 것은
> 너에게 허무니 너 죽은 후에 모두 다 없도다./ 4. 잘 살고
> 못되고 찰나의 것이니 흥흥한 암초는 가까워 오도다. 이래
> 도 한세상 저래도 한 세상 돈도 명예도 내 님도 다 싫다.

인터뷰어 당시 일본 식민지와 조선의 뿌리깊은 남성중심사회의
높은 벽을 뛰어넘지 못해 결국 선생님도 극단적인 선택을 하셨습니
다. 하지만 여타의 다른 신여성들과는 다른 점이 있습니다. 무엇보다
다른 신여성들이 자기 폐쇄적이고 현실에 순응하는 삶을 살았다면
선생님은 진취적이고 자주적인 신여성의 삶을 사셨다고 생각됩니다.

윤 심 덕   그렇습니다. 불꽃같은 삶이었죠. 나는 모든 일을 스스로 결정했고 개척했습니다. 내 스스로 일본 유학길에 올랐고, 김우진씨가 부잣집 도련님이었으나, 그에게 무얼 요구하거나 그러지 않았습니다. 그가 처자식이 있는 사람인 걸 알면서도 그를 사랑했고 그 사랑에 대해 한 치의 부끄럼 없이 당당했습니다. 그의 소중한 가정이 깨지는 걸 바라지도 않았습니다. 어쩌다가 의도치 않게 결국 함께 끝을 맺었지만 내 선택에 후회하지 않습니다. 한 가지 아쉬움이 있다면 우리는 너무 빨리 세상을 살았습니다. 30년 후에, 아니 20년 후에 태어났더라면 그도 나도 어쩜 덜 불행했을지도. 너무 일찍 피운 꽃은 꽃샘바람에 하르르 지듯이 말입니다. 조금 늦게 왔더라면 세상에 '사의 찬미'보다 더 멋진 선물을 남겼을 지도. 그래서 사람들은 우리가 아직도 어딘가에 살아있을 거라 믿고 싶어 하는지도 모르겠습니다.

인터뷰어   오늘 말씀 감사합니다. 살펴 가십시오.

여인도
사람이외다

여성인권운동의 선구자, 나혜석

몇 해 전, 한 여검사의 폭로로 시작된 대한민국의 미투(ME TOO)운동이 사회 각 분야 전반으로 확산 중입니다. 지금도 현재 진행형인데요.

돌이켜보면 오랜 유교관습에서 비롯된 남성중심사상으로 그간 불모지나 다름없었던 우리나라의 여권운동의 태동 역할을 했던 한 여인이 있었습니다. 물론 다소 차이가 있지만, 미투운동의 효시가 이분이 아닐까, 생각이 듭니다.

그녀가 살았던 시절은 일제 잠정기의 칠흑같이 어두운 시대였고, 식민치하 여성들의 인권은 개뼈다귀만도 못한 것이었지요. 하지만 학창시절 그녀는 신문 지면에 이름이 수시로 오르내리는 수재로 통했고, 계집이라는 이유만으로 소학교도 다니기 어려운 시절에 조선 여자로서는 최초로 일본 유학길에 올라 미술공부를 마쳤고, 세련된 외모와 넘치는 재기발랄함으로 기꺼이 조선 남자유학생들의 로망이 되어 당대 최고의 엘리트들과 자유연애를 즐겼습니다.

그녀에게는 '최초'라는 수식어가 항상 따라붙습니다. '조선 여성 최초로 도쿄 여자미술전문학교 입학', '한국 최초의 여류 소설가', '한국 최초의 여류 서양화가', '한국 최초의 여성운동가' 등등. 그녀는 바로 1920년대 조선의 대표 신여성 나혜석(羅蕙錫 : 1896년 4월 28일~1948년 12월 10일)입니다.

당시 여인들 중에서는 보기 드물게 전문 직업인으로서 남부러울 것 없는 최고의 전성기를 누렸던 여인이었으나, 한 남자로 인해 삶이 풍비박산 나고, 끝내 행려병자로 거리에서 죽어가야 했던, 죽음조차 세상의 외면을 받았던 나혜석 작가님을 이 자리에 소환하여 한 서린 이야기의 빗장을 풀어보도록 하겠습니다.

이름조차 갖지 못한 여인들

인터뷰어 안녕하십니까? 나혜석 작가님.

나 혜 석 안녕하세요. 나혜석입니다. 반갑습니다.

인터뷰어 나작가님은 한국 최초의 여권운동가로 후대인들에게 알려져 있습니다. 당시 일본 식민치하였고, 조선의 유교적인 영향으로 여성들의 인권이 엉망이었을 텐데요. 작가님은 그래도 예외가 아니었을까, 추측됩니다.

나 혜 석 전혀 그렇지 않았습니다. 우리 집은 본래 수원지역에서 고을 유지로 통했고 부친도 용인군수를 지낸 분이었는데, 이미 아들이 둘이나 있으면서도 내가 태어나니까 딸이라는 이유로 이름조차 지어주지 않았어요. 해서 어릴 적에는 어른들이 부르는대로 '나아기'로 불리다가 학교에 입학할 무렵 '나명순'으로 개명했고, 진명여자보통학교에 다닐 때에 비로소 '나혜석'이라는, 남자 형제들과 같은 돌림자를 사용하는, 온전한 이름을 가지게 되었지요. 내가 호적에 '나혜석'이란 이름 석자를 새겨 넣었던 날의 기쁨을 지금도 잊지 못해요. 그날은 내가 한 인간으로 새로이 태어난 날이었으니까.

당시에는 이름도 못가진 채 살아간 여자들이 대다수였어요. 예를 들어 할머니가 돼서도 간난이, 개똥이, 최성녀(최씨 성의 여자), 김이녀(둘째 딸) 등으로 불리던 여자들이 정말 많았어요. 딸자식은 이름조차 지어주기 아까운, 곧 남의 집 사람이 돼서 떠날 자식 같지 않은 자식이니까 이름조차도 아까운 거지요. 여성들은 사람대접 자체를 못 받았어요.

부친의 봉건적이고 가부장적인 군림으로 인해 억압적인 집안분위기 속에서 자라며 여성의식을 고취하는 계기가 되었어요. 그래서 나는 부친과 종종 마찰을 빗기도 했어요. 누가 가르쳐주지도, 일깨워주지도 않았지만 폭넓고 다양한 독서를 통해 '여자도 남자와 똑같은 사람' 이라는 것을 깨달았지요. 나는 다른 여자들이 간 길은 가지 않겠다고, 나혜석이란 이름을 걸고 보란 듯이 성공해서 멋지게 내 인생을 살겠다고, 그래서 내 나라 조선과 이 땅의 억압받는 여성들에 큰 힘이 되겠다고 결심했지요.

인터뷰어 학창시설 특유의 총명함으로 평판이 자자했고, 조선 여인으로서는 최초로 일본 유학길에 올라 도쿄 미술학교에 입학하셨지요. 일본에서의 유학생활은 어떠셨는지요? 조선 유학생들 사이에서 인기가 정말 대단하셨다고 들었어요.

나 혜 석 그랬죠. 부친은 내 유학을 격렬히 반대하셨지만 내 총명함을 아끼던 경석오빠의 강력한 지지로 유학길에 함께 올랐어요. 단 1년 동안만이라는 조건이 붙었지만, 도쿄 사립여자 미술학교 서양화과 선과에 입학했지요. 당시에는 일본에서 조선 여자유학생들의 수가 워낙 적은 탓에 유학생들 사이에서 나는 단연 돋보이는 존재였어요. 나는 이른바 '이슈 메이커'로 통했어요. 자화자찬이긴 하지만, 조선 남자유학생들 사이에서 나는 로망이었어요. 학교나 화장실 담벼락에 '장차 내 부인은 나혜석이다.'라는 낙서가 종종 써 있을 정도로.

본래 성격이 낯가림이 없고 당차고 활동적이어서 남사친(남자사람친구)이 많았어요. 특히 경석오빠 친구들이 나를 많이 눈독들였지요. 첫사랑 최승구부터 해서 소설가 이광수, 전 남편 김우영에 이르기까지 내가 사귄 남자들 대부분이 경석오빠 친구들이었어요. 지금 생각하면 사생활 보장도 안되고 불편한 게 많았는데, 그때야 인간관계 범위가 워낙 좁았으니까요.

인터뷰어 첫사랑 이야기를 부탁드려도 될까요? 굉장히 아픈 사랑을 하셨다는데.

나 혜 석 내게 첫사랑의 상흔은 죽을 때까지 아리고 안타까운 것이었어요. 대쪽 같은 선비 스타일에 모든 방면에 다재다능했던 시인 최승구가 내 첫사랑이자, 끝사랑이었지요. 세월이 지나도 다른 사랑이 불가능했어요. 일본 유학 중에 만났는데 당시 조선 유학생들이 발간하는 '학지광'이라는 문예지가 있었어요. 그가 편집장이었고 나는 거기에 소설 「경희」를 비롯해 여러 작품들을 발표하고 편집도 하느라 만남이 잦았어요. 그러다가 서로 사랑하는 사이로 발전했고 결혼까지 약속했지만, 그 당시 대부분의 조선 유학생들이 그렇듯, 그도 조혼으로 고향에 아내가 있는 몸이었어요. 첫날밤조차 안 치른 명분상 지아비와 아내에 불과했죠. 그는 어떻게든 아내 충주댁과 이혼을 하려고 애를 썼지만 집안 어른들의 반대가 워낙 극심했어요. 나는 그와 함께 할 수만 있다면 절차 따위에 얽매이고 싶지 않았어요. 하지만 그는 나에게 온전한 자기 아내 자리를 부여하고 싶다며 집안 어른들과 계속 마찰을 빚었고, 과도한 스트레스와 영양결핍 등으로 결핵을 얻고 말았지요.

하지만 저는 아픈 그의 곁을 지킬 수가 없었어요. 계집이 무슨 유학이냐며 퍼뜩 들어와 적당한 혼처로 시집이나 가라고 노발대발 하시는 부친을 설득하고자 일시 귀국해야 했고, 유학경비를 마련하고사 얼마간 선생 노릇도 해야 했는데, 1년여 만에 일본에 돌아가니 그의 병이 깊어질대로 깊어진 상태였어요. 설상가상으로 부친의 부음에 다시 일시 귀국했고, 다시 그를 만났을 때는 이미 죽음의 문턱에 가까워진 상태였어요. 나를 보고 떠나겠다는 그 일념 하나로 며칠을 버틴, 나를 보고 그제서야 이제 됐다는 듯 마음 편히 떠난. 지금도 후회되는 건 내가 왜 그 사람 곁에 있지 않았을까, 하는 것입니다. 당시 결핵은 불치병이었지만 병간호를 잘하면 이광수작가의 경우처럼 툴툴 털고 일어설 수도 있었거든요.

그때 내 나이 스물 둘이었고, 그의 나이 스물 여섯이었는데, 그리 허망하게 요절하지만 않았던들 내 삶이 그리 처참하게 무너지진 않았을 것이고, 그 사람 역시 김소월이나 한용운 등과 어깨를 나란히 하는 시인으로 이름을 올렸겠지요. 기막힌 운명의 장난이었지요. 그보다 나를 더 아껴주고 이해해주고 사랑해주는 사람을 두번 다시 만나지 못했어요. 내 가슴에 열 살 때 죽은 큰아들 선과 함께 묻었던 바로 그 사람입니다.

첫사랑 무덤으로 신혼여행을

인터뷰어 남편 김우영씨는 언제 어떻게 만나셨어요?

나 혜 석 최승구를 어이없이 떠나보내고 그 충격으로 얼마간 나는 발광상태에 있었어요. 세상에 아무 재미도, 의미도 없었어요. 근데 그때 내 눈에 자꾸 얼쩡대던 사람이 오빠친구 김우영이었어요. 나한테 첫눈에 반해서 열정적으로 구애를 해왔지요. 달달한 편지 공세는 물론이거니와 당시에는 구경조차 어려운 과일바구니를 종종 사들고 찾아와서. 사실 전처소생 딸아이가 하나 있는 사별남이었어요. 성품이 둥글둥글하고 언변이 조선 제일이라서 내가 아니어도, 그 어떤 사람과도 평안하게 잘 살 사람이었어요. 그는 나를 사랑해 줬지만, 나는 그만큼 그를 사랑하지 않았어요. 이 사람과 결혼하면 그냥 편히 미술을 하고, 글을 쓰겠구나, 그런 속물적인 생각을 했어요. 오빠의 강력한 지지 하에 우리는 6년을 연애했고 마침내 결혼을 했어요. 보통의 여자들처럼 남자가 내민 손을 덥석 잡는 건 천하의 나혜석답지 않죠. 내 결혼조건은 세 가지였어요. <1. 일생을 두고 지금과 같이 나를 사랑해 줄 것. 2. 그림 그리는 일을 평생 허락해줄 것. 3. 시어머니와 전실 딸과는 따로 살게 할 것.>

그는 나와 결혼하는 자신이 자랑스러웠는지 결혼식 때 엄청난 하객을 불러 모아 내 비위를 건드렸어요. 그의 허세가 마뜩찮아서 내가 한 방 먹였어요. 신혼여행을 첫사랑 최승구의 무덤이 있는 전남 고흥으로 갔어요. 나만 따라오라고 했더니 묵묵히 따라왔는데 그게 최승구의 무덤일 줄은 몰랐을 겁니다. 처음에는 당황해 했지만, 내 첫사랑이자 자기 친구이기도 하니까 안타깝고 미안한 마음에 비석을 세워주더군요. 당시 내 생각은 그랬어요. 당신이 나와 결혼을 했다고 해서 내 전부를 가진 거라고 착각하지 마. 당신은 영원한 두 번째, 이 사람을 절대 대신할 수 없어, 내 나름의 경고메시지였어요. 김우영, 그는 그런 사람이었어요. 모나지 않고 사람은 좋은데, 맺고 끊음이 불분명한 사람.

봉건사회에 '이혼고백장'과 '정조유린손해배상 청구소송' 전대미문의 폭탄을 투척하다

인터뷰어 남편 김우영씨와 결혼 11년 만에 이혼을 하면서 1934년에 『삼천리』지에 「이혼고백장」을 발표, 세상을 떠들썩하게 하셨어요. 그렇게 공개적으로 이혼사실을 공개하기가 쉽지 않았을 텐데, 어떤 심경이었어요?

나 혜 석 물론 그랬지요. 남편과 이러이러해서 이혼했소, 라고 공

245

개적으로 밝히는 것은 그야말로 내 얼굴에 침을 뱉고 낙인찍는 어리석은 행위였지요. 만주에서의 외교관 생활이 끝나자 조선 총독부에서 우리를 이용해먹기 좋게 회유하기 위해 선진문물을 탐방하고 오라며 세계일주 여행을 제의했어요. 제게는 좋은 기회라서 미국과 유럽을 1년 6개월간 여행했지요.

파리에서 마침 남편의 고향 선배이기도 하고 사회적으로도 덕망 높은 한 분을 만났어요. 바로 천도교 제사장 최린입니다. 남편은 최린에게 나를 맡기고 독일로 단기 법학연수를 떠났어요.

사랑하기 좋은, 사랑이 넘치는 도시 파리, 그 이국의 낭만에 취했지요. 최린은 내 첫사랑 최승구를 떠올리게 했어요. 그가 나를 정말 사랑한다고 생각했습니다. 그래서 건너지 말아야 할 강을 건넜지요. 외국 부부들은 잠깐 한눈을 팔기도 하고 그렇게 자유롭게 구속없이 지내는 것 같아 그래도 되는 줄 알았어요. 어느새 나는 조선인들 사이에서 '최린의 작은댁'이라는 모욕적인 별명으로 통했고, 남편도 이 소문을 들었어요. 곧 조선 남자들 사이에서 남편은 자기 여자 하나 간수 못한 못난놈으로 낙인이 찍혔지요. 남편이 그 무렵 총독부의 영향에서 벗어나고자 변호사를 개업했는데, 나 때문에 평판이 좋지 않아서 생활고에 시달렸지요. 나는 생활고에서 벗어날 생각에 한창 잘 나가는 최린에게 도움을 청했고, 그게 사람들 사이에서 다시 조롱거리가 되었지요. 그때부터 남편이 돌변한 겁니다. 줄기차게 이혼을 요구했지요. 나는 네 명의 자식들 때문에 이혼만은 피하고자 필사의 노력을 했지만, 결국 무일푼으로 쫓겨났습니다. 『삼천리』지에 발표한 「이혼고백장」은 남편의 마음을 돌려볼 생각으로 발표했지만 되려 이 일로 친정에서조차 집안의 수치가 되어 버림을 받았고 남편은 장안 최고의 기녀 신정숙과 다시 재혼을 했지요.

인터뷰어 그럼 '정조유린 손해배상 청구 소송'은 최린한테 하신 겁니까?

나 혜 석 그렇습니다. 나는 그 때문에 이혼 당하고 내 아이들도 못 보고, 세상으로부터 완전히 낙인이 찍혔는데 내 정조를 유린한 그 작자는 아무 제재도 받지 않고 만족의 지도자로 승승장구하고 있었어요. 너무 불공평하고 억울한 일이지요. 나는 파리로 가고 싶었어요. 내가 다시 여인이 된 곳도 파리, 나를 죽인 곳도 파리니까 다시 파리로 가서 새로 시작하고 싶었어요. 여비로 1만원을 청구하려 했는데 최린이 유명인사다 보니 자기 보호를 목적으로 총독부에 매수를 당해 결국 총독부의 훼방으로 재판조차 못하고 흐지부지 실패로 돌아갔지요.

나로 인한 위협으로부터 자신을 지키기 위함이었는지, 그 직후 최린과 김우영은 총독부에 긴밀히 협조, 결국 친일행적으로 인해 해방

후 반민특위에 회부되어 옥고를 치렀지요. 특히 김우영은 나와 이혼 후 조선 제일의 언변가라는 타이틀은 온데간데없이 점차 말을 잃고 내성적인 성격으로 변해 사람들과도 거리를 두고 지냈다고 합니다. 어쩌면 그 완만한 성품의 사람도 나를 만나, 나 때문에 내면에 깊은 상처가 생겼겠지요.

나 또한 계속되는 스트레스와 무엇보다 장남 선을 잃고 나서 그 충격으로 몸이 쇠약해져 그림도, 글도 쓸 수 없게 됐고, 결국 행려병 자로 세상을 떠났지요. 내 아이들을 비롯해 가족들은 나를 모른다며 시신조차 인계하지 않았어요. 나는 한 순간의 실수로, 내 모든 걸 잃고 세상으로부터 버림받았어요. 피해자는 나였지만, 세상은 나를 정조를 버린 '꽃뱀' 취급했지요. 이제라도 나에 대한 재평가가 이루어져 다행입니다. 여성은 갖고 놀아도 되는 유희의 대상이 아니고, 남자들과 동등한 사람입니다. 어깨를 나란히 하는 파트너이기도 하고요. 남자들도 이 점을 명심해야 할 것입니다.

인터뷰어　오늘 말씀 감사합니다. 살펴 가십시오.

조선의
모든 여인들에게
자유와 개조를

작가 겸 승려 김일엽의 행복과 불행의 갈피

".. 무엇무엇 할 것 없이 통틀어 사회를 개조하여야 하겠
습니다. 사회를 개조하려면 먼저 사회의 원소인 가정을 개
조하여야 하고, 가정을 개조하려면 가정의 주인 될 여자를
해방하여야 할 것은 물론입니다. 우리도 남같이 살려면, 남
에게 지지 아니하려면, 남답게 살려면 전부를 개조하려면
여자 먼저 해방이 되어야 할 것입니다."

위 글은 1920년 3월에 이화학당이 경제적 지원을 하고, 이화학
당 출신 신여성들이 주축이 되어 발행한 『신여자』 중 문인 겸 승
려 김일엽(金一葉: 1896~1971)이 남긴 창간사 중 일부입니다. 이때만 해도
그녀는 승려가 아니고 독실한 그리스도교인이었지요. 여성인권의 불
모지 조선에서 강렬하고 가열차게 여성 해방운동의 한 획을 그은 김

일엽은 사실 문학사적인 평가보다 당대 내로라하는 유명 인사들과의 개인적인 스캔들과 파격적인 사생활로 더 세간의 주목을 받았습니다. 김일엽에 대한 후대의 평가를 살펴보면, 조선 여성들의 인권과 가정 및 사회적 지위 향상을 위해 적극적이고 능동적으로 사회운동을 펼쳤던 한국 여성운동의 대모(代母) 격입니다. 앞서 언급된 나혜석과 윤심덕, 최영숙 등 당대의 신여성들이 남성중심사회의 단단하고 높은 유리벽에 부딪쳐 쓸쓸히 스러져간 것과는 달리 김일엽은 이를 꿋꿋이 맞서 극복했던 '무소' 같은 여인으로 평가되고 있습니다.

김일엽이 남긴 문학작품에 대한 평가 또한 우리 근대문학사에 한 획을 그을만한 업적이었습니다. 특히 1907년, 그녀가 열 두살 때 집필한 동생을 잃은 슬픔을 표현한 시 「동생의 죽음」은 육당 최남선의 시 「해에게서 소년에게」보다 1년 앞서 쓰인 국문 자유시라는 점에서 문학사적 의의가 크다고 할 수 있습니다.

그럼 이 자리에 김일엽작가를 소환해 파란만장한 인생 이야기를 들어보도록 하겠습니다.

천애고아, 이혼을 하고 일본으로 떠나다

인터뷰어 안녕하세요. 김일엽 작가님.

김 일 엽　반갑소. 중생들이 나를 소환한다기에 가슴 설레며 이리 냉큼 달려왔소.

인터뷰어　작가님의 인생을 살펴보면 한 편의 영화처럼 파격적이고 파란만장하더군요. 조실부모와 잘못된 결혼, 그때부터 여권운동에 관심, 남편과의 이혼, 일본 유학, 일본 명문가의 아들과의 열애, 집안의 반대로 사생아 출산, 모든 걸 버리고 귀국해 본격적으로 작가와 사회 운동가로 활동, 이후 몇몇 명사와의 스캔들. 종국에는 탈속하여 불교로의 귀의, 승려로서 그토록 파란만장한 인생여정에 마침표를 찍으셨어요.

김 일 엽　불교사상에 '윤회'라는 것이 있지요. 내 업보가 그만큼 많았던 탓이라 생각하오. 나는 본래 불자가 아니었소. 나의 부친이 목사였던 까닭에 어려서부터 독실한 기독교인이었지. 우리 부모님은 종교의 영향으로 일찍부터 개화한 분들이었소. 아버지는 향교의 향장을 하신 지식인이자 목사셨소. 5대 독자인 아버지가 결혼 6년여 만에 얻은 귀하디 귀한 자식이 바로 나였소. 해서 보통 다른 집 딸자식들과 달리 귀염과 기대를 독차지하며 자랐소. 일찍 개화한 부모님은 딸자식도 교육의 기회를 똑같이 줘야 한다고 생각하셨지요. 어려운 살림에도 불구하고 집과 땅을 팔아서라도 나를 대학교에 보내 남자들 못지않게 훌륭한 사회인으로 키우실 각오도 하셨고요. 어린 시절 내게 가장 큰 영향을 끼친 것은 기독교와 근대교육이었소. 딸자식은 가르치는 게 아니라는 아들 중심, 남성 중심적 사회분위기에서 소학교 문 앞에도 가기 어렵던 당대 여성들과는 달리, 개화한 부모님 밑에서 근대교육을 받을 수 있었던 것도 내 생애에 있어 가장 큰 행운이었소. 어릴 적 꿈은 전도부인이었소. 죄를 짓고 지옥에 떨어지는 영혼들을 구하고 싶다는 소망을 품었던 적도 있을 만큼 신앙심이 깊었던 때도 있었지. 하지만 가난한 살림살이 탓에 어머니가 벌이를 나가면 아직 어린 내가 갓 난 동생들을 돌봐야했고, 내가 시로도 남겼던 열두 살 때에는 바로 아래 동생이 병으로 죽고, 연이어 세 동생과 부모님마저 세상을 떠나는 비극을 겪어 내 나이 열일곱에 천애고아가 되고 말았소. 그때부터 기독교에 대해 회의를 가졌고, 불교에 귀의하기까지 무신론자로 지냈소. 가난과 고독은 어린 시절 나를 가장 힘겹게 했고, 철이 일찍 들게 했지요. 그래도 외할머니의 헌신적인 뒷바라지 덕분에 경성(현 서울)으로 와서 이화학당에 입학해 공부를 계속할 수 있었소.

인터뷰어　앞서 소개글에 잠시 언급한 바와 같이, 이화학당 출신 신여성들이 주축이 되어 발행한 『신여자』의 창간사에 그러한 글을 쓰기도 하셨고, 반평생 가까이 여성의 권익 향상에 적극 참여하셨죠?

김 일 엽　예. 어릴 적부터 그쪽 방면에 관심이 많았습니다. 부모들이 아무리 없는 살림이어도 아들은 공부를 시키고 학교에 보냅니다. 하지만 우리가 클 때에 딸자식들은 학교 대신 부엌에서 집안일을 거들고 초경이 시작되고 나서 얼마 후면 부모가 짝 맞춰준 집안으로 시집을 가 그 집 귀신이 되어야 했소. 남편이 어떤 사람이든 간에 일률적으로 정조와 순종을 강요당했소. '사랑'이 기본이념인 기독교에서조차 여성은 '어머니', 아니면 '창녀'라는 식의 이분법적 논리로 여성을 비하하곤 하죠. 나는 그런 모욕적인 취급을 받으려고 인간으로 태어나지 않았고, 다른 여성들 모두 마찬가지입니다. 지금이야 여건이 많이 좋아지긴 했지마는, 여성과 남성은 뭐 하나 다를 게 없는 똑같은 감정과 똑같은 능력을 가진 똑같은 인간입니다. 그러나 우리 사회에서 여성들은 철저히 독립이 불가능한 인형 취급을 받아왔어요. 나는 바로 그런 가부장적인 사회 인습에 반기를 들었소. 여성은 남성을 위한 소모품이 아니라고 절규했고, 여성은 남성을 위한 장식물이 아니라고 부르짖었소. 내가 살던 당시 근대 교육을 받은 소위 '신여성'이라 하는 여성들은 허영에 들뜬 여성의 대명사로 낙인됐소. 친구 나혜석이 그랬고, 윤심덕과 김명순도 그렇게 외면받아 스러져갔소. '자유연애'를 외쳤을 뿐인데, '탕녀'로 매도되던 시대였소. 남자들은 첩을 몇씩 집안에 들이고, 요릿집 기생들과도 그리 방탕하게 지내도 누구 하나 손가락질을 받지 않았고, 남자니까 그것이 당연시 되던 때였소. 나는 그것이 매우 부당하게 여겨졌소. 여자에게 정조를 요구하면서 남자들은 정조를 지키지 않는 게. 남자라는 이유만으로 특권과 면죄부를 부여하는 건 매우 성차별적이고 부당하며 잘못된 처사요.

해서 나는 남성들과 똑같이 자유연애를 하며 인습을 비웃었소. 몸소 우리 여성들도 연애를 이렇게 자유롭게 즐길 수 있다는 걸 세상에 보여주고 싶었소. 나 역시 잘못된 인습의 피해자였기에 내가 먼저 실천했던 거요. 진정한 정조는 육체적인 순결이 아니라 마음에 있는 거요. 천상과부열녀문은 남자들이 만든 판타지일 뿐이오. 내가 주장하는 '정조'란 '남성이라는 그림자가 완전히 사라진 여인의 진정한 사랑은 언제든지, 얼마든지 정조를 재생할 수 있다'는 것이오.

청춘을 불사르고 결국 국화꽃이 되다

인터뷰어 작가님 또한 잘못된 인습의 피해자라고 말씀하셨는데 구체적으로 어떤 일을 두고 하신 말씀이신가요? 혹시 연희전문대학 이노익교수와의 첫 결혼을 두고 하시는 말씀인가요?

김 일 엽 예. 그렇소. 내 나이 스물두살에 마흔 살인 전남편 이노익씨와 결혼이라는 걸 했소. 그는 미국유학을 막 마치고 돌아와 연희전문대학 화학과 교수로 내정되었는데 다리가 불편했소. 그의 콤플렉스 같은 건 이해로 극복할 수 있다고 믿었고 어린 시절부터 너무 외로워서 무엇보다 안정적인 울타리가 필요했기 때문에 결혼을 쉽게 결정했소. 그런데 서로 성격차이로 인한 심적 고통이 너무 커 결혼의 허상을 깨달았소. 결국 『신여자』 동인지 활동 이후 남편에게 이혼을 요구하고, 결혼 4년만인 1921년에 우리는 헤어졌지요. 그리고 나는 일본으로 건너갔소.

인터뷰어 작가님에게는 가장 가슴 아리는 상처가 아닐까, 싶은데 일본인 오다 세이조와의 이루어질 수 없는, 격정어린 사랑을 하셨지요?

김 일 엽 내가 일본 영화학교에 재학 중일 때 도쿄행 특급열차에서 그 사람을 처음 만났어요. 그는 규슈 제국대학 법학과에 재학 중이었는데, 대화가 잘 통해서 우리는 곧 친해졌어요. 첫 결혼 상대와는 달리 필(feel)이 통했다고 해야 하나? 암튼 그래서 사랑이란 걸 했소. 근데 알고 보니, 그 사람 집안이 어마어마했소. 할아버지는 에도 시대의 명장으로 도쿠가와 이에야스를 도와 일본을 통일한 명장이었고, 아버지는 시중은행의 총재였소. 오다 가문은 일본에서 내로라하는 명문가였는데 식민지 조선 여인을 며느리로 받아줄 리가 있겠소? 조센징 여자, 게다가 장애인 남편을 버린 비정한 여인을 며느리로 받아주는 건 가문의 수치라며 그 대단한 집안에서 극구 반대를 했소. 그 때 나는 아이를 잉태 중이었는데, 결국 그 아이도 그의 친구 집에서 낳는, 여인으로서 수모를 겪었어요. 우리는 서로 사랑했지만 상황을 받아들이기에는 자존심이 허락지 않았어요. 그는 부모의 뜻을 거역하지 못했고, 나는 그에 대한 기대를 버렸지요. 해서 '당신이랑 함께 살면 내 일신은 편안하겠지만 나로 인해 천륜을 끊는다는 것은 말도 안되니 다른 여자와 가정을 꾸리길 바라오'라는 편지를 남기고서 조선으로 혼자 돌아와 버렸소. 그랬더니 그 바보 같은 남자가 나를 못 잊고, 죽을 때까지 독신으로 혼자 살았다는군요. 오다 가문과도 의절하고, 아이는 조선인의 집 양자로 입적시키고.

인터뷰어 그 아이가 김태신 화백, 즉 일당스님인가요?

김 일 엽 그렇소. 사실 그 아이에게는 많이 미안해요. 어미로서 한번도 품어주질 못했으니까. 나는 참 나쁜 어미였소. 세상 어느 누구도 내 심정을 알지 못할 거요. 부처님 빼고. 부처님이 속세에 둔 아들의 이름이 '라훌라'였어요. 라훌라는 '애물'이라는 뜻의 범어이기도 한데, 부처가 출가하여 수도할 때 아들이 태어나자 수행에 방해된다 하여 그렇게 이름을 붙였다고 해요. 나 역시 그 아이가 '라훌라' 같은 의미였어요. 조선에 돌아와 백성욱과 허윤실 같은 사람들과 어울리면서 불교 교리에 심취, 내 나이 서른세 살에 모든 정념을 끊고 불교에 귀의했소. 수덕사에 있을 때, 그 아이가 나를 어미라고 찾아왔소. 내심 반가웠지만 속세와의 인연을 뿌리쳐야 하는 내가 그 아이를 어미라며 품에 안을 수는 없었소. 해서 그 아이에게 나를 어미라 부르지 말라며 매정하게 등을 떠밀어 수덕여관으로 내려 보냈소. 속으로는 피눈물이 났지만 비구니가 된 어미는 차라리 없는 게 낫소. 그 때 마침 수덕여관에 친구 나혜석이 기거하고 있었소. 나혜석도 나와 비슷한 처지였으니 제 아이들 생각에 우리 태신이를 다정히 맞아 주었소. 화가로서 성공한 삶을 살다가 내 영향을 받았는지 나이 육십 줄에 그 아이도 출가를 했소.

인터뷰어 작가님이 생각하는 '정조'에 관해 정리해 주신다면?

김 일 엽 내가 살던 때에는 정조를 물질시하여 일단 과거를 가진 여자의 사랑은 신선한 맛이 없는 진부한 것으로 생각했었소. 정조를 잃은 것을 마치 어떤 보옥으로 만든 그릇이 깨어져서 못쓰게 된 것처럼 큰 흠으로 여겼소. 그러나 정조란 그런 고정체가 아닌 것입니다. 정조는 어디까지나 서로 사랑이 있는 동안에만 유효한 것입니다. 정조란 상대에 대한 사랑과 함께 하는 것이지, 그 사랑이 끝이 나면 정조 개념도 더 이상 유효하지 않습니다. 이것이 내가 생전에 주장했던 정조관입니다.

인터뷰어 오늘 말씀 감사합니다. 살펴 가십시오.

지은이 홍지화

중앙대학교대학원 문예창작학과 수료.

1994년 장편소설로 문단에 등단.

대학 시절 <고려대학교 대학문학상>과 <원광 젊은작가상>,

<천강문학상> 외 다수 수상.

저서로는 장편소설 「첫사랑」과 「사랑꽃」,

단편소설집 「드라이아이스」,

인문에세이 「거장들의 스캔들(2012 문화체육관광부 우수교양 도서 선정)」과

「한국문단의 스캔들」 등이 있다.

KBS 라디오문학관에서 단편소설집 ≪드라이아이스≫에 수록된 작품

<드라이아이스>와 <왕년의 한 스타의 죽음>이 각각 오디오북으로 제작되어

방송되기도 하였다.

현재 소설가와 프리랜서 작가로 여러 매체에 글을 기고하며 활발하게 활동하고 있다.

쉽고 재미있고 무겁지 않으나, 진중한 글을 쓰자는 게 작가의 신조이다.

한국의 역사인물 가상 인터뷰집

초판 발행 2021년 12월 15일

지은이   홍지화
펴낸이   정유진
편 집   구웅희
디자인   hartbak design
펴낸곳   노북(no book)
주 소   서울특별시 서초구 강남대로3길 8 11층
전 화   031-8025-9200   팩 스 050-4211-8560
https://blog.naver.com/nobookorea
이메일   nobookorea@gmail.com
출판등록 2018년 7월 27일 제2018-000072호
인 쇄   새한